Databiographie

Du même auteur

Circuit, Seuil, « Fiction & Cie », 2007, Espace Nord, 2014.
L'Homme de profil même de face, Seuil, « Fiction & Cie », 2010.
Citoyen Park, Seuil, « Fiction & Cie », 2012.
Chut, Seuil, « Fiction & Cie », 2015.

Charly Delwart

Databiographie

Flammarion

Représentations graphiques conçues et réalisées
par Alice Clair.

ISBN : 978-2-0814-7971-5

Je crois en un chaos profondément organisé.

FRANCIS BACON

L'opposé du jeu n'est pas le sérieux mais la réalité.

SIGMUND FREUD

Prologue

J'ai question à tout. C'est mon mode de fonctionnement depuis toujours. Je me demande en permanence ce que font les gens, pourquoi ils le font, à quoi ils pensent, autant de possibilités de mener une journée, une existence. Les questions s'appliquent à moi aussi. À vingt ans, je faisais des référendums auprès d'amis sur des questions personnelles pour lesquelles je n'arrivais pas à me décider. Je lisais les Pages jaunes pour regarder la liste des métiers possibles afin de savoir que faire. Et quand j'ai écrit un livre pour enfants, il n'était constitué que de questions (*Tu préfères avoir un petit frère ou un petit chien ? Avoir toujours raison ou parfois tort ?).*

J'ai longtemps cru que la question était une forme d'insécurité, d'anxiété (l'attente d'une complétude), avant de comprendre qu'elle est un outil pour appréhender le monde, soi, mettre les choses à plat. Elle est aussi une arme de destruction massive des certitudes (il y aura toujours plus de questions que de réponses), elle désamorce tout sérieux démesuré, le fait de croire tout savoir, car qui sait quel sens a de vivre sur Terre une série d'années, pour ne jamais y revenir ? Et quel sens donner déjà à sa propre existence ? La question ouvre un champ métaphysique et pragmatique : ai-je fait les bons choix ? Quels autres sont possibles ? Suis-je la version adulte de qui j'étais plus jeune ? Ai-je atteint une forme de sérénité ? Si oui, est-ce par hasard ? Pour connaître le monde, faut-il barouder aux quatre coins ou rester au même endroit comme le suggère Alan Moore ? Ne ferais-je jamais du surf ? Tout serait-il physiologique ? Le jour où tout s'arrêtera, faut-il le préparer, ou être le plus surpris possible (être en plein milieu de vivre) ?

Des questions auxquelles on répond à tâtons, subjectivement, par introspection, analyse, référendum, hasard ; chacune étant la déclinaison d'une question simple, comme un fil continu qu'on suit : qui suis-je ? Une image de soi se dessinant à force, et on croit se connaître. Mais c'est une image changeante, insaisissable.

Puis j'ai découvert la possibilité d'une autre approche, à la lecture d'une statistique : il y a sur la Terre 400 000 lions pour 60 millions de chats domestiques, 200 000 loups sauvages pour 400 millions de chiens, 900 000 buffles africains pour 1 milliard et demi de vaches. Les chiffres donnaient une vision claire de ce que devenait le monde, de ce qu'on avait perdu en animalité, en sauvagerie. La comparaison d'éléments simples révélait tout à coup une situation complexe, contenait son évolution, la rendait tangible.

Cette nouvelle approche pouvait-elle s'appliquer à moi ? L'utilisation de *data* (du latin : *choses données*) pour répondre aux questions cette fois par les faits : qui j'étais objectivement, qui j'avais été jusqu'ici. Tout se mesurant, tout pouvant se mesurer. Et j'avais une histoire, un passé, de la matière concrète à investiguer, analyser. Dans une époque de *big data*, investiguer le *little data*, les faits et gestes, les souvenirs, l'infime, l'intime, les pensées, la chair, les besoins, les réactions, ce qui nous relie et nous différencie ; chercher une sorte d'algorithme à tout ce qui fait une vie (en dehors de s'être distingué par des actes majeurs : découvrir le Pôle Nord, combattre un ours à mains nues, diriger une puissance mondiale, résoudre une équation fondamentale, s'échapper d'une geôle au Sahel).

Prendre de la hauteur et avoir une image plus globale, avec en ligne de mire cette phrase de Jorge Luis Borges : *Toute destinée, si longue et si compliquée soit-elle, compte en réalité* un seul moment *: celui où l'homme sait une fois pour toutes qui il est.* Sans savoir si cette phrase est ironique ou sincère, car ce moment existe-t-il ?

Mais quels étaient les éléments qui pourraient me rendre évident ? Quels étaient, à l'échelle de ma vie, ces lions, ces loups, ces buffles, ces chiens, ces vaches ?

Plus largement, qu'est-ce qui définit quelqu'un ? Qu'est-ce qui est révélateur, nécessaire pour l'appréhender ? Il faut convoquer quoi, se comparer à qui ? Aux autres ? À soi avant ? À l'humanité en général ? À son histoire sur la durée ? Tout ne peut pas être signifiant, pourtant tout ça c'est soi : ce qu'on voit, ce qu'on pense, ce qu'on touche, ce qu'on veut, ce qu'on mange, ce qu'on lit, ce qu'on réussit, ce qu'on rate, ce qu'on craint, ce qu'on prie, ce qu'on apprend, ce qu'on donne, ce qu'on reprend, ce qu'on fait et ce qu'on ne fait pas.

Il faut sélectionner les items, ceux qui importent, que ce soit des éléments majeurs ou des détails mais qui en disent long, lister, organiser des composantes de tous ordres sans restriction : pratique, existentiel, intime, physique, mental. Il faut fouiller en soi, se remémorer, récolter les données, les exposer, les comparer, les représenter graphiquement pour les rendre plus intelligibles, les mettre en perspective.

Il existe au fond des mers un animal de la famille des chordés, l'ascidie. C'est un être sessile (qui vit fixé à un support) basique, composé de deux siphons qui lui donnent une forme d'outre. À l'état de larve, l'ascidie ressemble à un têtard de grenouille avec un cerveau et une sorte de moelle épinière (la *corde*) permettant de recevoir des informations sur le monde qui l'environne et de chercher l'endroit où se fixer définitivement (exposition de l'emplacement, température de l'eau, proximité d'une réserve alimentaire). Une fois l'endroit trouvé (rocher, coque de bateau, algue), l'ascidie mange son cerveau et la corde se résorbe. Ils ne lui sont plus nécessaires, son activité ne consistant dès lors plus qu'à ingurgiter de l'eau par un siphon pour la recracher par l'autre.

Elle n'a aucun autre besoin ni présent ni futur nécessitant un cerveau et a une confiance totale dans son choix et dans l'Univers, qu'importe qu'il existe mille autres endroits à explorer. Une forme ultime de lâcher-prise alors que l'ascidie s'attache, sans plus de questions à se poser, d'aucune sorte. C'est une autre option, qui revient à se priver des fictions du monde et des siennes, du champ infini du cerveau. Ou, en m'approchant de ce moment où je crois savoir mieux quelle a été et est ma vie, cela me rapprocherait de cet animal marin (car quand on sait vraiment, peut-être on n'a plus de questions à se poser) ? Déposer à terre un peu plus d'une moitié d'existence, la ranger pour la mettre derrière soi, passer à autre chose.

Chercher par les faits. Les données qui suivent sont donc celles de ma vie jusqu'à maintenant, certaines fondées sur une remémoration des événements qui l'ont composée, d'autres sur les études, recherches et statistiques disponibles. Elles sont le bilan de ma personne à un instant *t,* une autobiographie en chiffres et graphiques.

Je suis né le 13 janvier 1975 à Bruxelles. En 2019, j'ai quarante-quatre ans, je vis à Paris, je suis en couple depuis dix-huit ans, j'ai trois enfants. Je suis écrivain et scénariste. Mon prénom est Charles-Emmanuel, mon prénom d'usage est Charly.

Je suis né, comme tout le monde, à un endroit précis à un moment précis. Les données qui suivent sont donc pour certaines aussi celles d'un sujet occidental vivant au XXIe siècle.

Sommaire

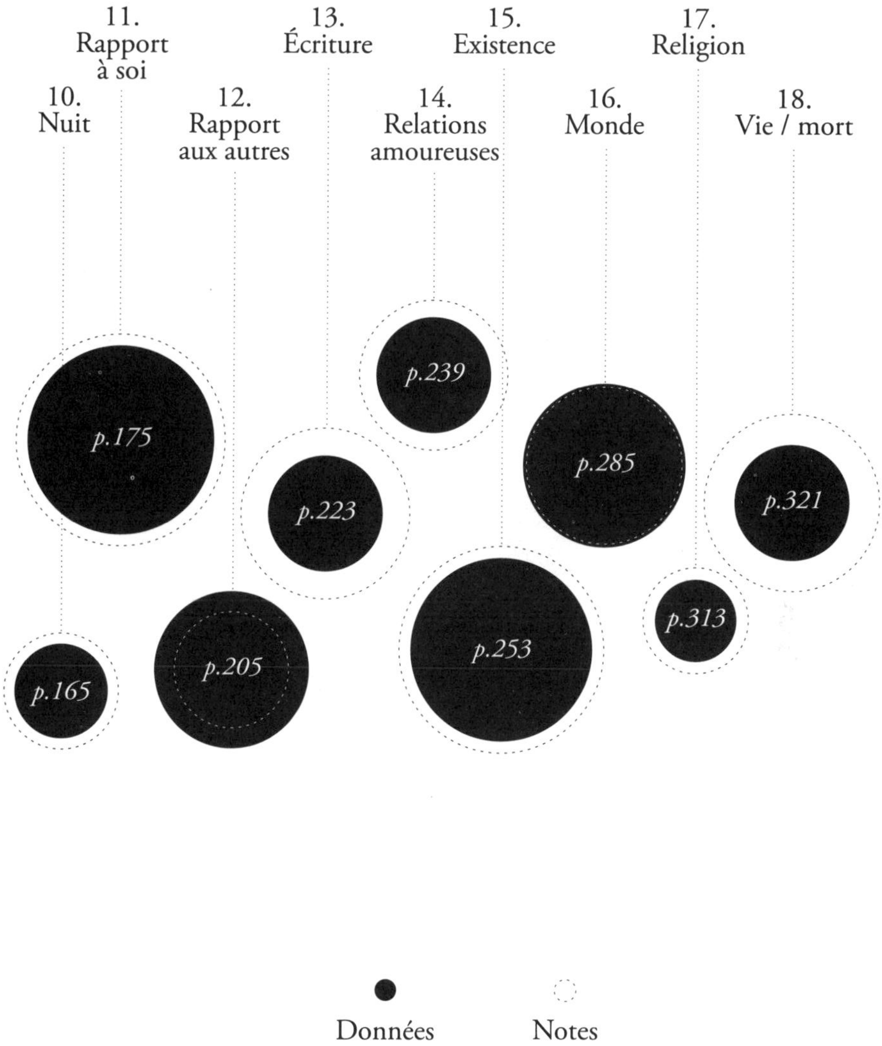
10. Nuit
11. Rapport à soi
12. Rapport aux autres
13. Écriture
14. Relations amoureuses
15. Existence
16. Monde
17. Religion
18. Vie / mort
p.165
p.175
p.205
p.223
p.239
p.253
p.285
p.313
p.321
Données
Notes

1

Situation

Populations sur Terre

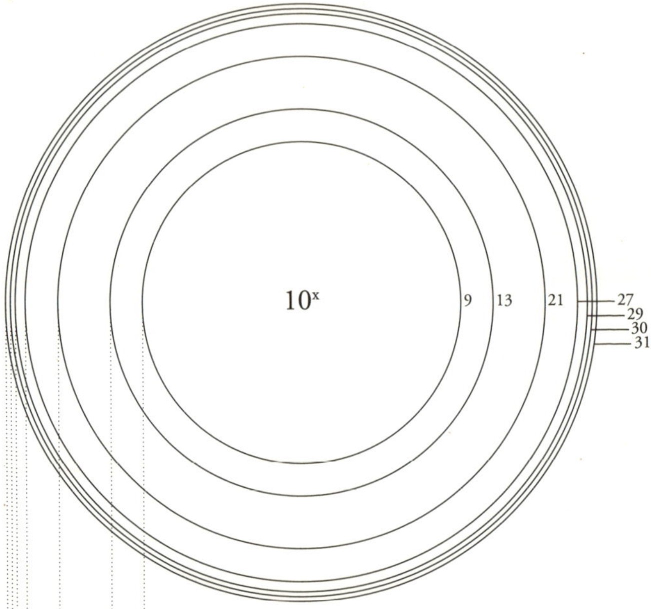

Humains **7,5 milliards**
Arbres **10 billions**
Animaux **1 trilliard**
Protistes **1 quadrilliard**
Archées **100 quadrilliards**
Bactéries **1 quintillion**
Virus **10 quintillions**

[(1)] Les Inuits ont des dizaines de mots pour désigner la neige. En inuktitut, on distingue :

Qanik, neige qui tombe

Aputi, neige sur le sol

Pukak, neige cristalline sur le sol

Aniu, neige servant à faire de l'eau

Siku, glace en général

Nilak, glace d'eau douce, pour boire

Qinu, bouillie de glace au bord de la mer

La langue anglaise, elle, a des termes pour chaque grand nombre, chaque puissance de 10, à l'inverse du français qui n'en dénomme que certains : 10^6 (million) puis pas 10^7 ni 10^8 mais bien 10^9 (milliard). Dans chaque langue et pour chaque population, un élément différent importe : la neige pour les uns, les chiffres pour les autres.

Dans la langue que je pourrais inventer (car c'est étrange d'inventer des mots nouveaux dans une langue existante, autant repartir de zéro ; indépendamment de la raison pour laquelle je serais amené à inventer une langue), qu'est-ce que j'aurais choisi de distinguer plus précisément ? Quel aurait été l'objet de nuances ? Le grain de peau (selon les combinaisons de toucher lisse ou irrégulier, de texture veloutée ou sèche, de densité des pores) ? L'anxiété (sa façon d'arriver dans une journée, abruptement, subrepticement, par saccades, de tenir plus ou moins au corps) ?

Espèces

Existant aujourd'hui
(dont la nôtre)
1,9 million

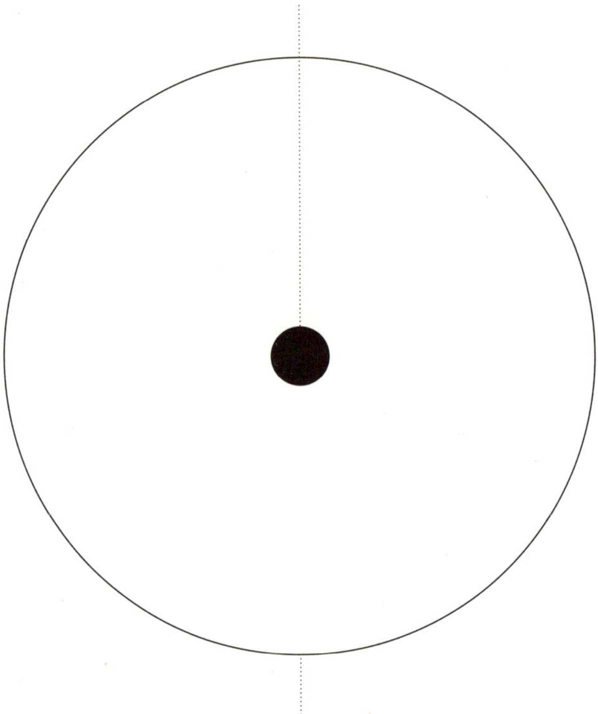

Qui ont existé depuis
la nuit des temps
190 millions

(2) J'imagine un homme qui avance, un œuf serré contre lui pour le protéger. Il l'a sorti du réfrigérateur ce matin avec un espoir, quelque chose auquel il croit soudain, la volonté que l'œuf reprenne le cours de sa vie là où il a été interrompu. Il pense le relâcher dans la nature, il le pose sur le sol d'une forêt, regarde l'œuf par terre, mais non.

Il le reprend, le garde dans ses mains, fixe l'objet ovoïde de nouveau entouré de ses doigts. Il comprend que c'est ce qu'il doit faire, car c'est comme ça qu'il faut s'occuper d'un œuf : il va le garder dans ses mains le temps qu'il éclose, lui apporter de la chaleur, le porter devant lui dans ses paumes jointes le temps qu'il faudra.

Terre

Années d'existence
4,5 milliards d'années

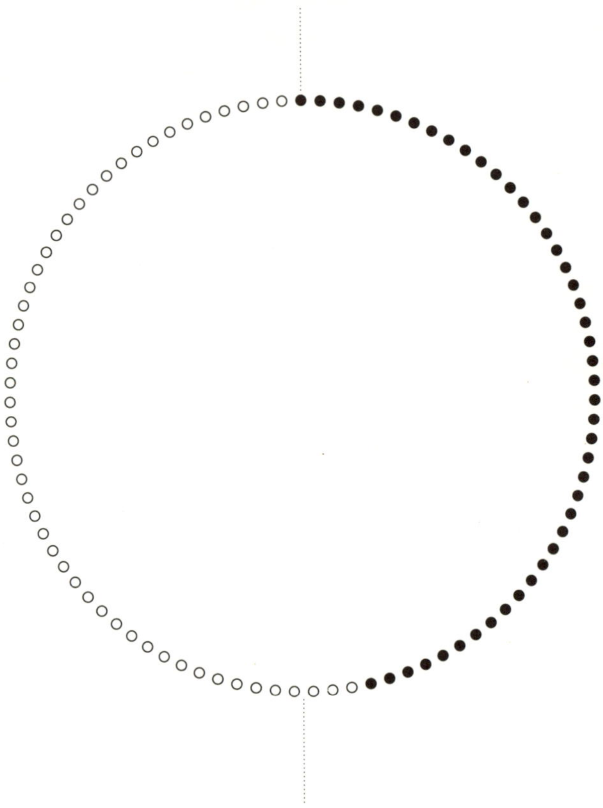

Années probables restant
avant sa destruction certaine
5 milliards d'années

(3) Dresser des statues gigantesques aux quatre coins de l'île de Pâques a entraîné, selon le géographe Jared Diamond, l'abattage de tous les arbres de l'île pour servir au transport des Moai (roulant sur des troncs alignés ou manipulés par de longues cordes de bois). Le déclin et la misère de la civilisation Rapa Nui ont suivi à partir du XVIIe siècle : plus de possibilités de construire une pirogue pour pêcher ni se chauffer, plus aucun oiseau ne venant non plus sur l'île, le cannibalisme se développant pour pallier le manque de nourriture.

Que pensait l'homme qui a coupé le dernier arbre ? Savait-il qu'après plus aucune espèce n'existerait ? Si oui, serait-il aujourd'hui passible de justice (ou de *bashing*) ? Si non, avait-il vérifié s'il restait d'autres spécimens (l'île n'est pas immense) ? Ne pas savoir était-il une excuse valable à l'époque ? Depuis quand n'en est-ce plus une ?

(4) J'ai songé à adapter en fiction ce chapitre de l'essai de Jared Diamond, l'ascension puis la chute d'une population sur une île au large de tout, épuisant ses ressources pour continuer à faire ce qui lui semble plus important que le reste (une compétition artistique effrénée entre les douze clans de l'île). Si les faits objectifs n'étaient pas assez édifiants, tous continuant d'admirer les Moai qu'importe le prix payé par les Rapa Nui, le vivre au travers de personnages aurait peut-être plus valeur d'exemple, permettrait de comprendre qu'au fond eux c'est

nous et inversement (des sociétés courant à leur perte qu'importe les conditions exactes).

Mais la question n'est pas là, puisque l'instinct de survie ne se déclenche que devant le danger de mort immédiat (si vous lisez un livre, essai ou fiction, c'est que l'urgence n'est pas maximale, la survie de l'espèce semble dès lors un sujet lointain).

2

Données générales

Âge / Espérance de vie

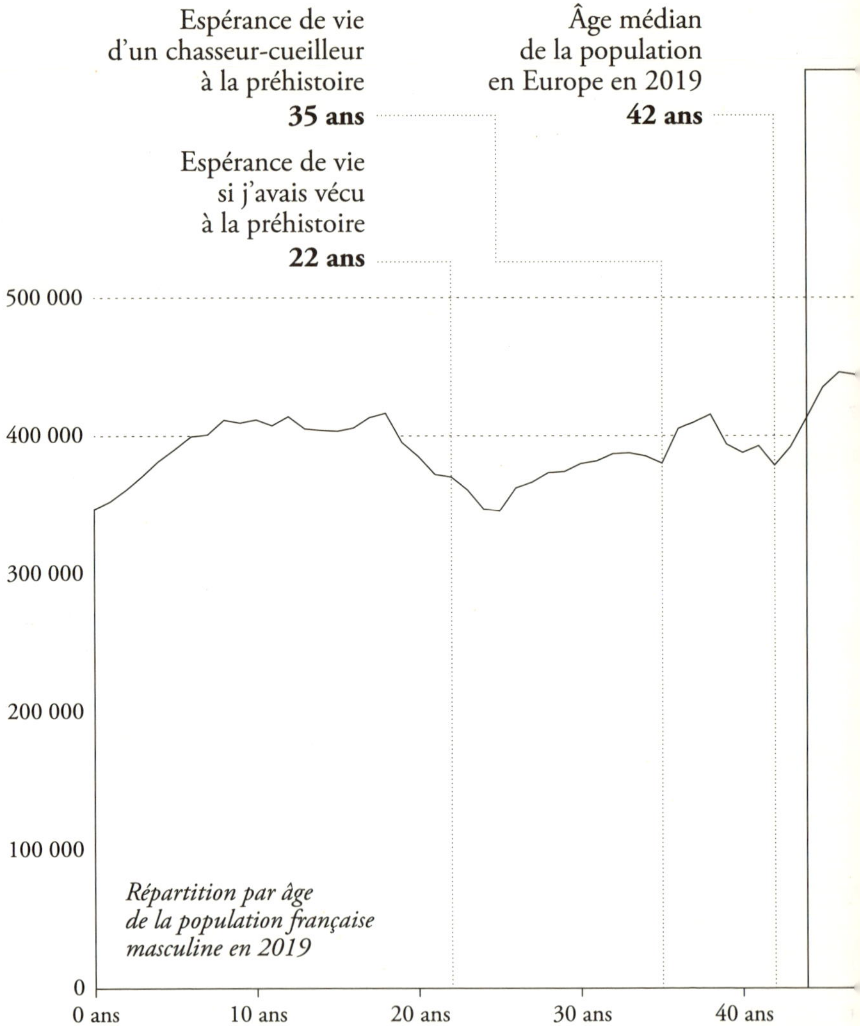

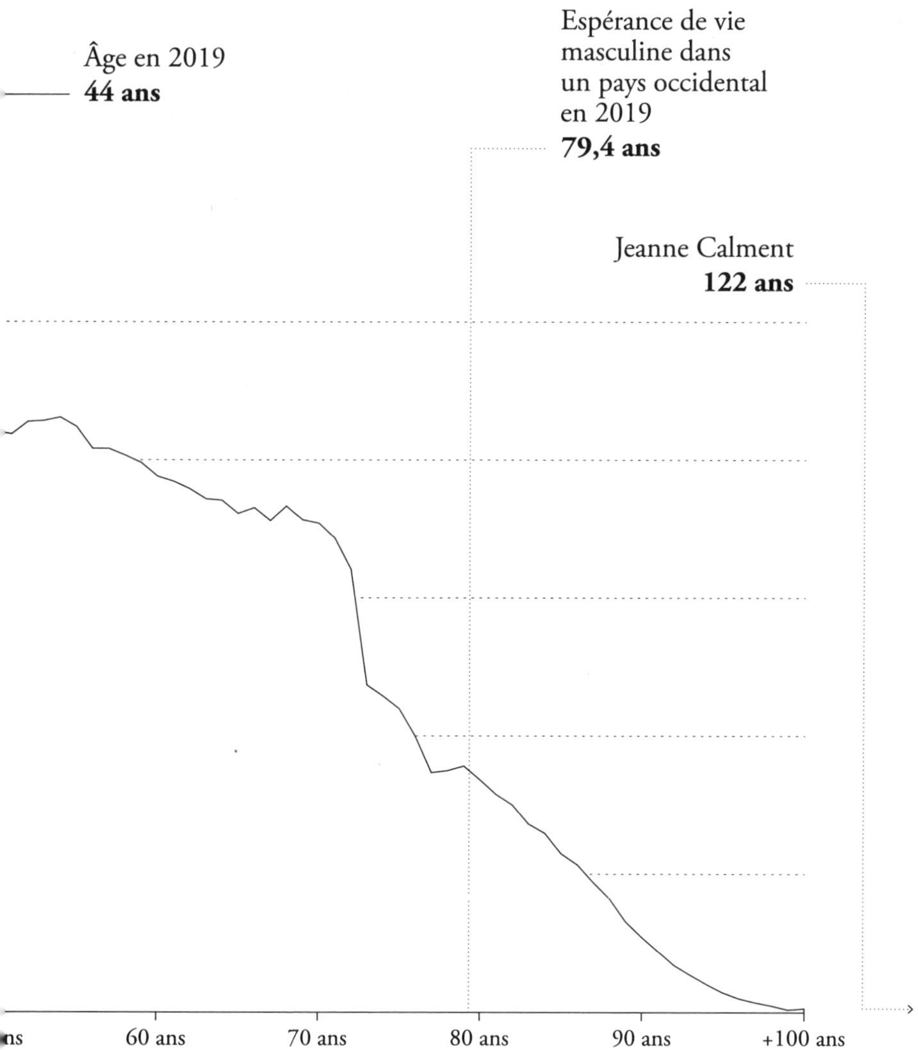

Âge en 2019
44 ans
Espérance de vie masculine dans un pays occidental en 2019
79,4 ans
Jeanne Calment
122 ans
ns
60 ans
70 ans
80 ans
90 ans
+100 ans

[(1)] On a tous des organes plus sensibles que d'autres, des points faibles. Et des comportements qui prennent en compte ces fragilités, pour les préserver le plus souvent et, parfois, les éprouver. Ma situation intestinale en est une, l'ensemble côlon-estomac-duodénum plus sensible (ou moins immunisé) à la viande avariée, les jours de péremption, la nourriture chinoise, l'acidité, les bactéries exotiques, le piment.

Sur la 6e Rue à Manhattan, il existe une succession de restaurants indiens (l'équivalent new-yorkais du passage Brady à Paris). Quand je vivais là-bas à dix-huit ans, j'y allais chaque fois en sachant qu'une partie du lendemain serait condamnée par la douleur (pensant alors, pour la relativiser, à la mort, l'idée que cela y mettrait une fin). Un suicide gastrique qui n'était pas tant un rite purificateur, l'expérience du *chicken vindaloo,* ni une insouciance renouvelée avant le retour soudain de la réalité, qu'une donnée plus ancienne, mais laquelle ?

Si le mode de vie moderne occidental est a priori l'environnement le plus adapté pour moi (l'adaptation fonctionne dans les deux sens), les zones à risque ne se limitent pas à nager dans le Nil, respirer l'air de Fukushima, dormir dans la forêt amazonienne ou traverser l'Inde pieds nus. À la préhistoire, l'environnement entier aurait été une zone à risque maximisée, un facteur allergène global, microbien, viral : rien qui ne respecte la chaîne du froid, les normes européennes d'hygiène, les limites du corps humain. Ma survie aurait été compliquée.

Ce qui n'empêche pas parfois de vouloir renouer avec les origines, retrouver une part de danger, aller sciemment dans les zones à risque et se dire, quand le feu dans le ventre se calme, qu'on y a survécu.

Taille / Poids

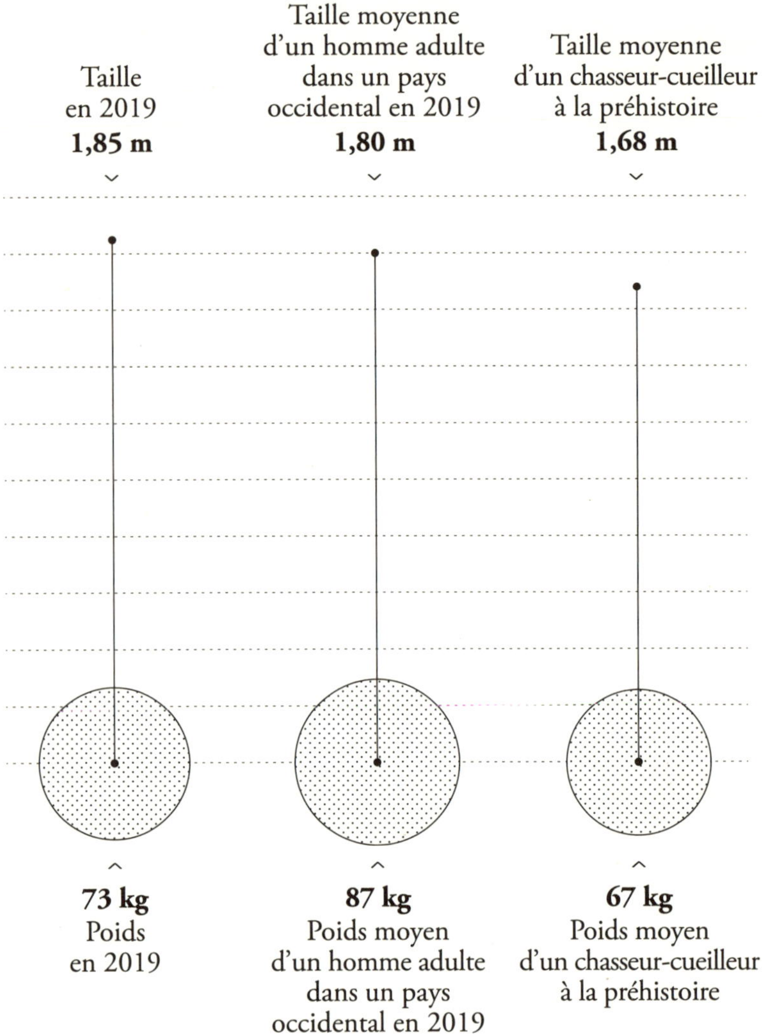

QI / Empreinte carbone

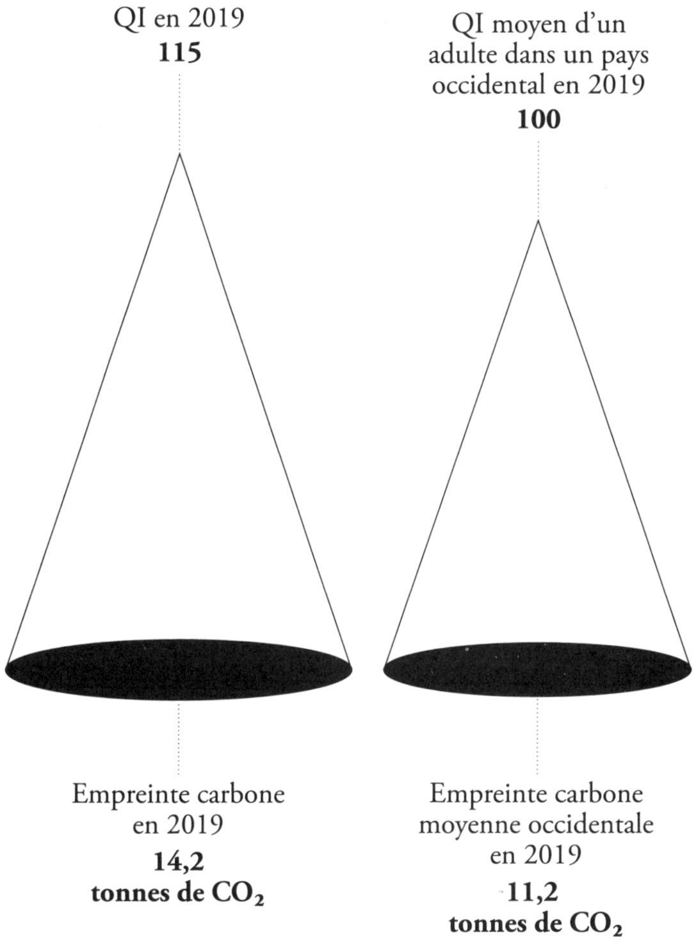

Couple / Enfants

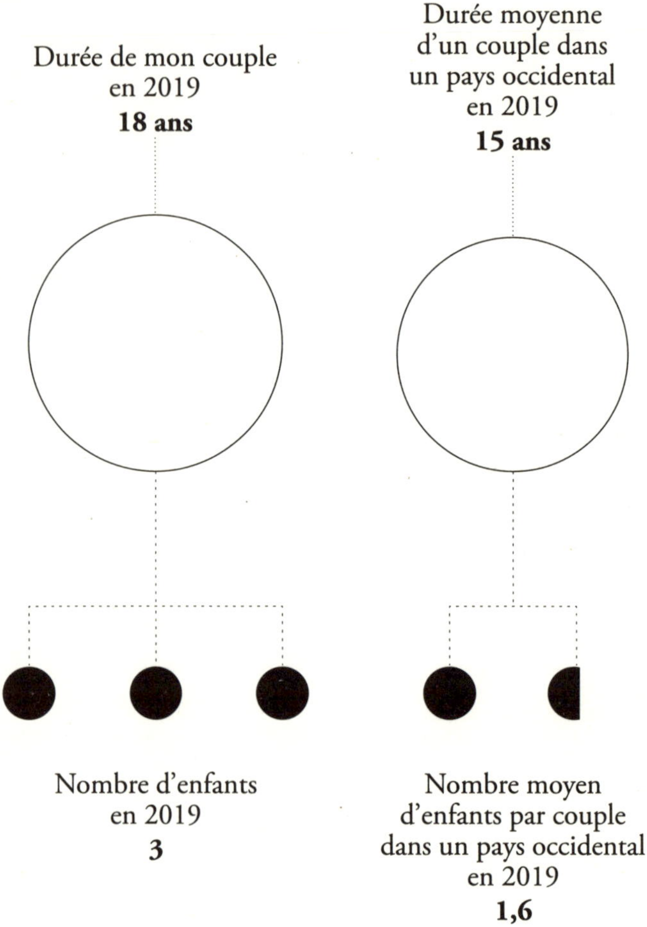

(2) Dans les statistiques, 3 est le taux de fécondité à Tuvalu, un archipel polynésien dans le Pacifique, ou celui de la Nouvelle-Guinée, île plus à l'ouest mais dans la même région du globe ; tandis que le chiffre pour Paris intra-muros est de 1,54. Avoir trois enfants est donc un mode de fonctionnement (de vie, de pensée) plus polynésien que parisien.

Nous voyant dans la queue d'une exposition à Paris, mes trois enfants et moi un dimanche matin, alors qu'il n'y a que des couples avec au maximum un enfant, parfois deux, je me dis : *Nous sommes les Polynésiens*. On devrait d'ailleurs se présenter comme tel, cela expliquerait soudain ce débordement d'enfants non alignés.

Influence des principaux fléaux
sur ma vie

0/10 Guerre

0/10 Épidémie

0/10 Famine

0/10 Sécheresse

0/10 Inondation

0/10 Incendie

0/10 Ouragan ou tornade

0/10 Éruption volcanique

0/10 Dictature politique ou religieuse

0/10 Maccarthysme

(3) Dans la baie de Chesapeake, Maryland, Holland Island plonge doucement dans la mer. Nommée d'après son propriétaire qui l'occupa en 1600, l'île a un jour été un havre prospère avec jusqu'à trois cent soixante habitants et soixante-dix constructions : maisons, commerces, école, médecin, centre communautaire, bureau de poste, église et une équipe de baseball qui voyageait par bateau pour se rendre aux matchs. On y pêchait les poissons, piégeait les crabes, ramassait les huîtres.

Quand des pans entiers du rivage sont submergés en 1914, les habitants commencent à s'inquiéter. Il faut consolider, importer des pierres du continent pour fabriquer des digues, des brise-lames, saborder des bateaux pour amortir le choc des vagues, mais c'est inutile. Ils ne savent pas que le sol est constitué de boue et de limon de l'époque glaciaire déposé lors de la fonte des glaces : les berges sont plus sensibles qu'ailleurs à l'érosion, au vent, aux vagues. La nuit, ils entendent des pans entiers de terre glisser dans la mer avec fracas. Certains décident de démonter leurs maisons pour les remonter sur le continent, d'autres restent avec un espoir mais une tempête tropicale en 1918 endommage l'église. La dernière famille quitte l'île, l'église est démontée à son tour, déplacée à Fairmount en 1922. L'île est temporairement occupée pendant la période de pêche mais déserte le reste du temps, les constructions laissées à l'abandon, soumises au délitement, comme les deux cimetières de l'île. Dans l'un, se trouve la tombe d'Effie Lee Wilson, à quelques mètres de la maison où elle a vécu. La pierre tombale, brisée par la croissance d'un arbre, porte l'inscription suivante :

In Memory of Effie L. Wilson
Daughter of John W. & Anne E. Wilson
Born Jan 16, 1880. Died Oct. 12 1893
Aged 13 years, 8 months & 27 days

Forget me not, is all I ask
I could not ask for more,
Than to be cherished by my friends
So loving and so dear.

Dearest Effie, thou hast left us,
And our loss we deeply feel.
But tis God that has bereft us
He will all our sorrows heal.

Un homme découvre cette tombe des années plus tard, lit les mots *Forget me not, is all I ask*, et décide d'y répondre. Il s'appelle Stephen White, c'est un ancien batelier et pasteur méthodiste. Réaliser le vœu de cette jeune fille, faire en sorte qu'elle ne soit pas oubliée, devient son obsession. Il rachète ce qu'il reste de l'île en 1995 pour 70 000 dollars, ainsi que la seule maison en état, une bâtisse victorienne de 1888. Avec sa femme, il s'attelle à son tour à consolider le rivage, construit des brise-lames en bois aussitôt détruits, dépose des sacs de sable qui se percent et se dissolvent dans l'océan, fait venir vingt-trois tonnes de roches, des engins de terrassement pour créer des digues, en vain. Il consacre quinze ans de sa vie, son argent et sa santé à sauver l'île de l'engloutissement et de la montée des eaux due au réchauffement climatique, prenant exemple sur Poplar Island, une autre île dans la baie où le phénomène est en passe d'être endigué. Mais il n'a pas l'aide des ingénieurs de l'US Army ni leur budget démesuré (667 millions pour Poplar Island contre ses 150 000 dollars) ; à chaque bourrasque du Nord-Ouest il perd un peu du terrain, l'ouragan Isabel de 2003 détruit la moitié des arbres, les vagues entrent dans sa maison, le terrain est passé de 0,65 km^2 en 1914 à 0,32 km^2 en 2005. Sa maison finit par s'effondrer dans la baie en 2010 et, à certains moments, l'île entière est submergée, comme elle le sera bientôt définitivement. Il a fait tout ce qu'il a pu, il a tenu en ce sens sa promesse car il ne peut pas faire davantage, et il ne l'a pas tenue en même temps car c'était impossible.

Il revend l'île à un individu du Texas, une île qui disparaît et avec elle la tombe d'Effie Lee Wilson que l'on retrouvera dans des centaines d'années comme un élément archéologique, un vestige sous-marin, déchiffrant ce qui restera de l'épitaphe éparpillée en morceaux sous les coraux et les coquillages accrochés ; et avec celle-ci remontera une partie de Holland Island, sous l'océan, aux coordonnées suivantes : 38° 7' 44"N, 76° 5' 20"W. Comme sur d'autres îles dont l'engloutissement suivra, dans la baie de Chesapeake et aux quatre coins du monde, les habitants se préparent à migrer, à laisser derrière eux leur terre, organisent la disparition de qui ils ont été en documentant déjà la perte à venir comme on range des archives, à quoi ressemblait leur vie là.

Satisfaction des besoins

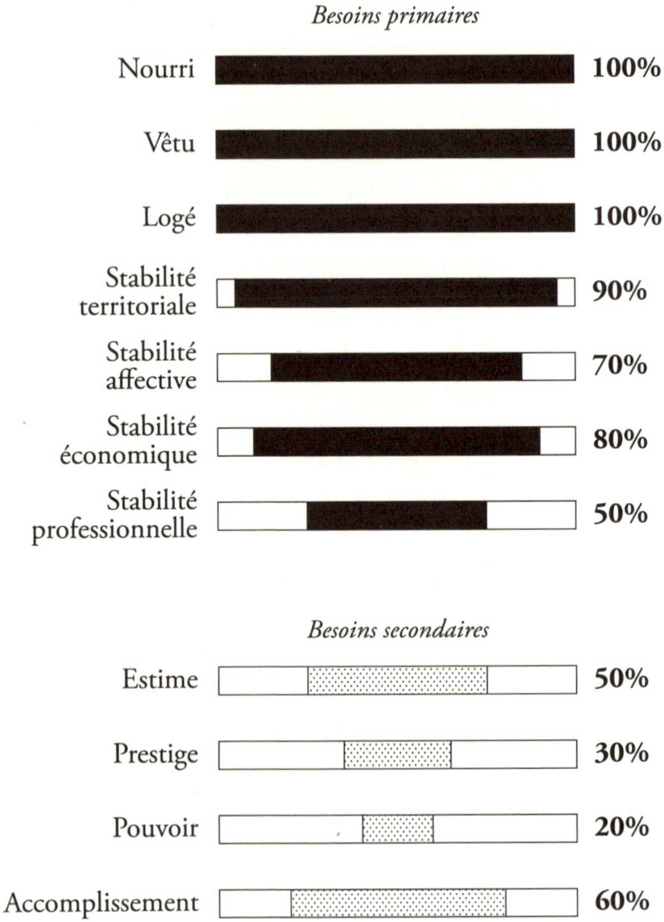

(4) Dans la liste de mes besoins, où se situe le *besoin existentiel* (consistant à ébaucher des réponses à des questions fondamentales : la vie que je mène a-t-elle du sens, ne pourrais-je pas lui en donner davantage, comment est-ce que j'évolue, à quel point je le décide) ? Ce besoin est-il primaire, secondaire ? Qu'est-ce qui est secondaire : ce qui vient après dans la chronologie, ou ce qui n'est pas vital en termes de survie personnelle ou de l'espèce ? Se poser la question est-elle déjà un privilège, un enjeu subsidiaire pour ceux qui ont déjà répondu aux besoins vitaux ?

Et les réponses cherchées doivent-elles être définitives ou temporaires : faut-il que le monde fasse sens ou que déjà ma propre vie fasse sens (car avec les années les questions de départ semblent trop théoriques, monolithiques, elles manquent de réalité, de temps) ? Ou le but est-il que ma propre vie donne une réponse possible à la question, montrer par les faits, ses choix, le sens que cela peut avoir d'être sur Terre une vie donnée ? Si oui, pour le montrer à qui : à moi maintenant, à une image de moi enfant ou adolescent, aux autres, à mes enfants ?

Je n'ai dû survivre à aucun fléau, à aucune traversée du Mexique seul à dix ans à bord de *La Bestia* (le train de tous les dangers pour ceux qui veulent entrer aux États-Unis) afin de rejoindre un parent de l'autre côté de la frontière ; je n'ai dû affronter aucun océan pour atteindre un pays sans guerre, sans famine, sans fondamentalisme. Je crois pour autant que ce besoin existentiel serait là qu'importent les conditions. En même temps on ne réfléchit qu'à l'intérieur du cadre formé par sa propre vie (même si la fiction permet de se nourrir de l'expérience des autres, d'agrandir le cadre), je ne peux donc pas le savoir. Et la réponse ne changerait rien à mon besoin actuel. Car ce qu'on partage est avant tout d'être chacun seul face à l'existence avec ses questions (qu'elles soient les mêmes ou non).

Heures

Déjà vécues **385 440 h**

Encore à vivre selon les statistiques **310 104 h**

Population
(du début de l'humanité
jusqu'à la fin de l'humanité)

Personnes nées avant moi
103 milliards

Personnes qui naîtront après moi
66,5 billiards

3

Vie intérieure

Valeur que j'ai attribuée
selon les périodes à

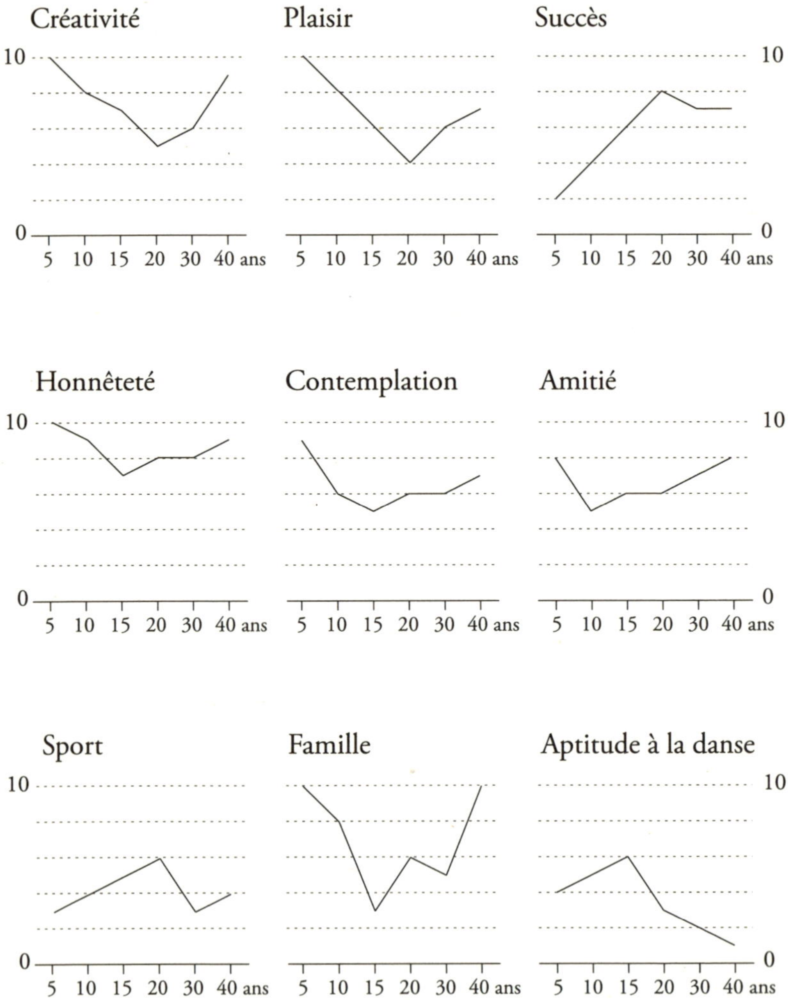

[1] Il faut se souvenir des hauts, il faut se souvenir plus encore de l'existence des bas. Car s'il y a un nouveau creux, on saura alors qu'il y en a eu d'autres, et qu'il y aura d'autres hauts ; c'est la valeur de l'expérience et une pensée presque méditative : les états se succèdent. Il faut les considérer comme on doit considérer les pensées surgissant en pleine méditation : des voitures sur une autoroute qu'on regarderait, les remarquant sans s'attacher à aucune. Les états sont de même, successifs, pas définitifs.

Dans l'incertitude on peut se demander aussi où vont toutes ces voitures. Pourquoi ? Est-ce qu'il faut aller dans cette direction ? Puis réaliser qu'on s'est fait happer par une pensée, qu'il faut juste visualiser que tout passe.

[2] L'état de flux est un état où l'on est pleinement absorbé par l'activité que l'on fait, dans une concentration maximale, sans voir le temps passer. J'ai découvert le concept tardivement, le fait qu'il y avait un mot pour ça, me rendant compte que je connaissais cet état avec l'écriture. Cette découverte m'a conforté dans l'idée que j'étais à ma juste place dans le fait d'écrire.

(Sur)vigilance

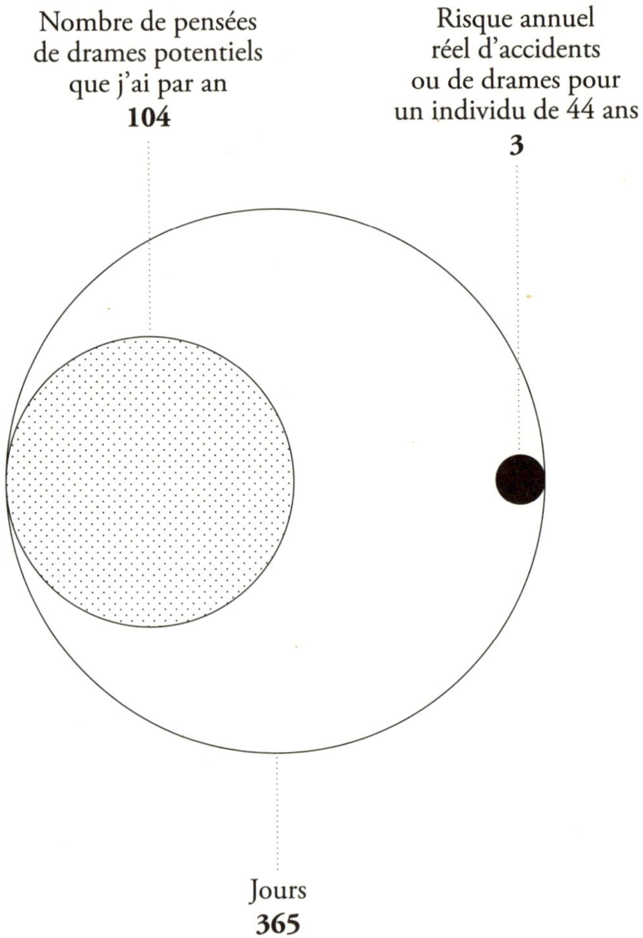

(3) S'assurer que tout va bien, que tout ira bien, demande de penser au pire pour l'éviter. C'est une capacité imaginative en action, une machine à fictions. Comme enfant on pense en permanence à des scénarios multiples, et sur certains on s'en remet à la pensée magique, à penser très fort que quelque chose ira et pour cette raison cela ira.

À l'âge adulte, le plus proche de la pensée magique, de cette capacité à intervenir sur le cours des choses, est le trouble obsessionnel compulsif (TOC) : les TOCs sont là pour annuler une image de drame potentiel qui est apparue, éviter le pire en effectuant un geste précis, de façon souvent répétitive (une forme de rituel appliqué à fermer une porte, appuyer sur un interrupteur). C'est, pour certains, une façon d'atténuer l'angoisse ou la paranoïa. Pour mon psychanalyste c'est aussi une surpuissance : avoir ce pouvoir de maîtriser les choses, se donner un rôle fondamental à jouer.

(4) Dernière pensée de drame potentiel en date (comme souvent) : il arrive quelque chose de grave à mon père pendant la nuit.

Jours annuels

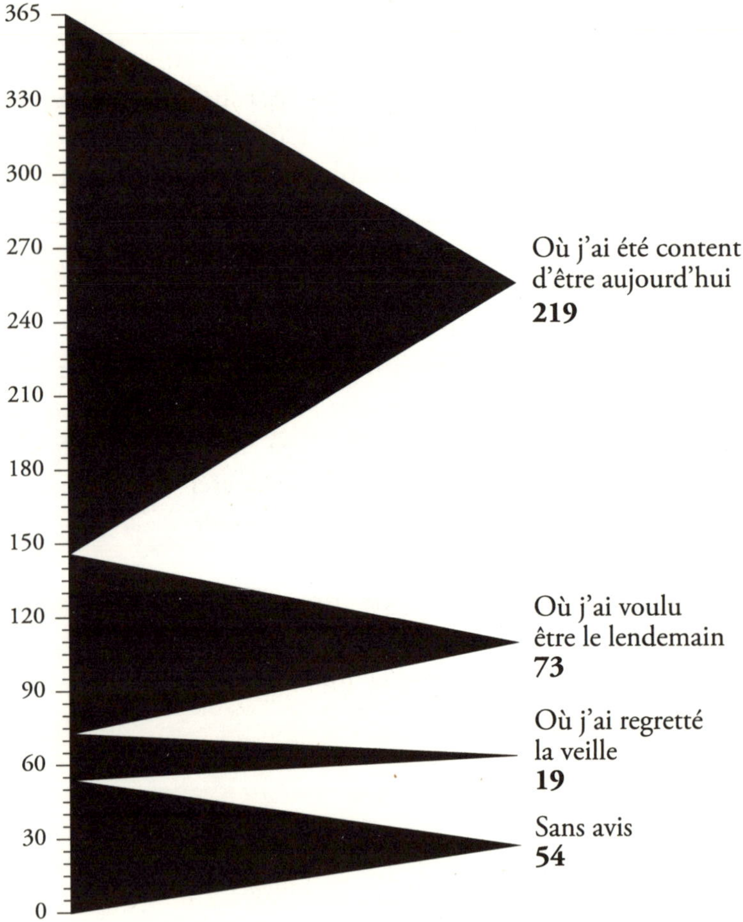

Évolution des cinq dimensions
psychologiques fondamentales
de ma personnalité selon l'âge

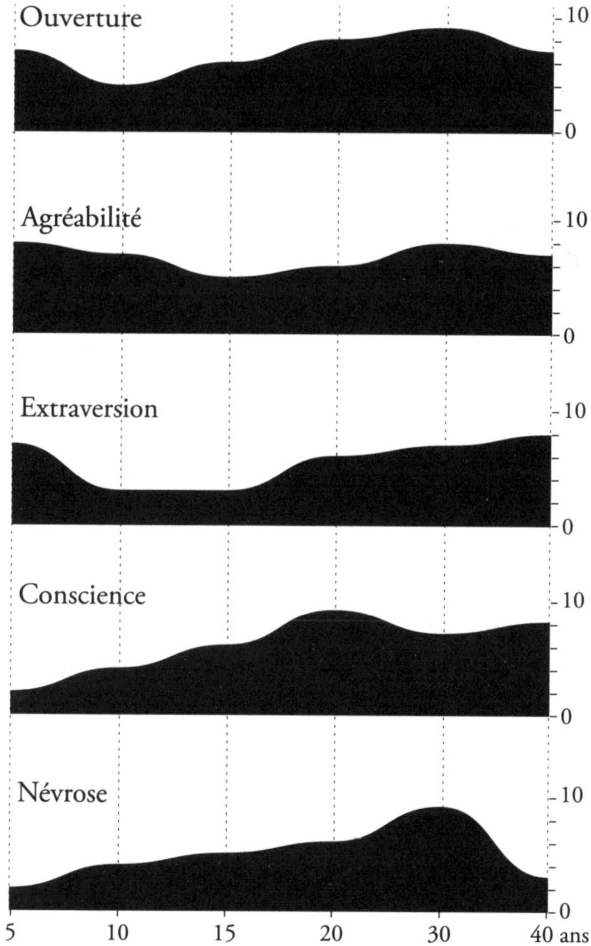

(5) Pour certaines personnes, la fin de leur psychanalyse équivaut à l'acceptation de leurs travers, mieux : une affirmation de ceux-ci. Des gens qui sont arrivés au stade où ils s'acceptent trop, leurs particularités devenues l'identification d'une singularité, d'une individualité au-delà de toute sociabilité qui se traduit par : *Moi je suis comme ça.* Comme un fait, une donnée qui n'est plus à remettre en cause, le travail ayant été fait.

(6) En regardant un homme âgé en sandales (de type Birkenstock), je me demande si toute la vie on ne fait que retarder le moment où l'on mettra des sandales.

Impression selon les périodes de vivre dans

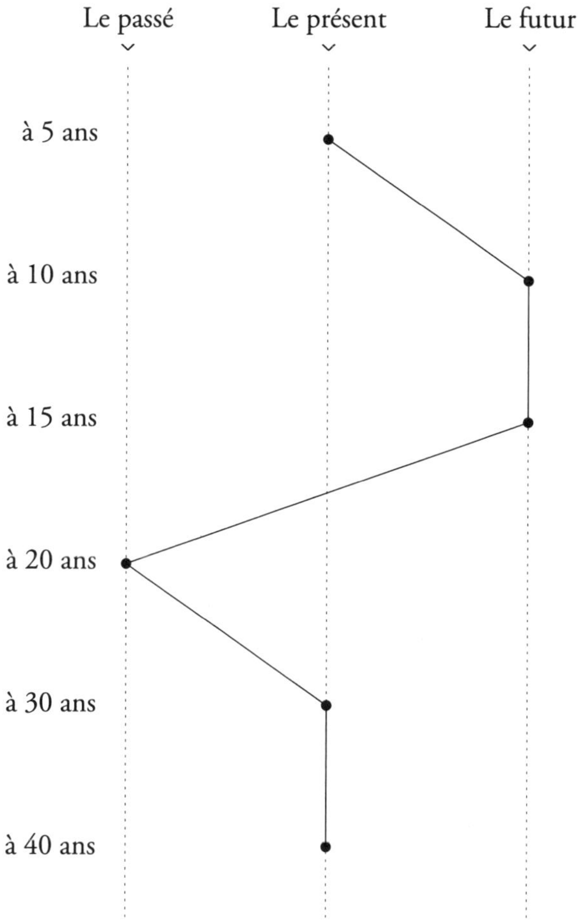

Toilettes

Nombre de fois
où j'y suis allé
96 360

Nombre de fois
où j'y suis allé
pour m'isoler
(besoin de solitude,
réflexion, concentration)
1 566

(7) Je suis dans les toilettes d'une entreprise où j'effectue une mission d'audit financier, un travail insipide dans la ville étrangère où j'ai décidé de vivre (Madrid) ; je prétends avoir des problèmes intestinaux pour expliquer à mon équipe pourquoi je m'isole à répétition dans les toilettes. J'y vais pour réfléchir à ce que je fais là, si tout cela est vraiment ma vie.

4

Psychanalyse

Budget que j'ai dédié à la psychanalyse
converti en mètres carrés à

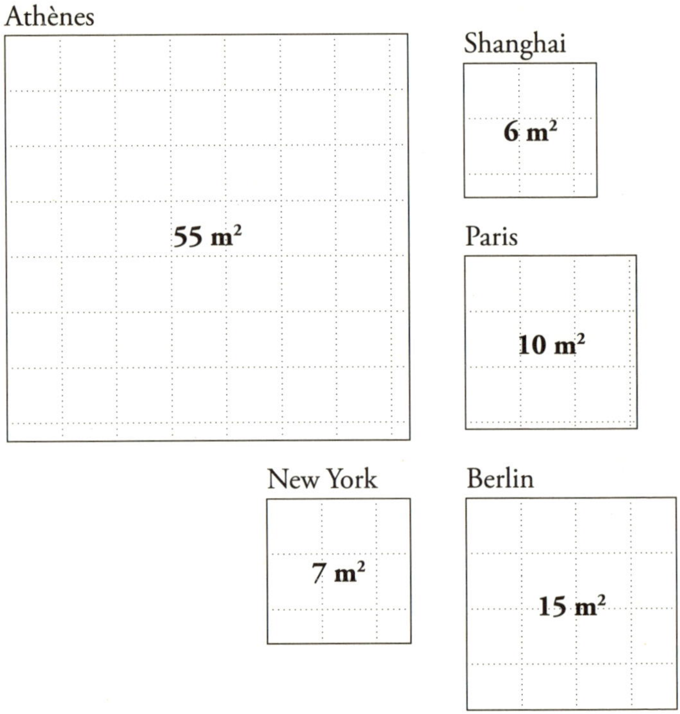

(1) Entre trente et quarante ans j'ai eu des attaques de panique très fortes (l'impression de mourir soudain), la première, survenue à la Fnac, m'a mené aux urgences où j'ai compris que ce n'était pas un réel danger de mort auquel j'avais échappé. Les crises sont ensuite devenues régulières, surgissant à répétition. La psychanalyse et les médicaments m'ont aidé concrètement à avancer pendant ces dix années (et lutter contre la croyance de devenir fou qui est la seconde option des attaques), à en sortir, mettre ça derrière moi. Au plus fort de cette période, je suis devenu très dépendant du travail analytique, me rendant tous les jours chez mon analyste avant d'aller travailler. La psychanalyse devenue alors une activité à plein temps, les séances étant la partie émergée de l'iceberg, le travail d'association de décryptage, d'interprétation, de compréhension continuant le reste de la journée (et la nuit forcément).

Je n'ai pourtant jamais rien lu sur la psychanalyse (à part *Introduction à la psychanalyse* de Freud bien avant d'en commencer une), n'ai jamais creusé les fondements de la pratique. Certains concepts m'étaient expliqués par mon analyste, résumés à mesure qu'ils s'appliquaient dans les séances, au travail en cours, pour expliciter ce qui se passait, mettre un mot sur une sensation, une découverte. Sans chercher à savoir s'il était lacanien ou freudien (d'après la brièveté des séances et l'irrégularité de leur durée, la piste lacanienne l'emportait). Or j'ai besoin de comprendre en général, d'avoir le mode d'emploi des choses, savoir comment elles fonctionnent. Sauf là. Après dix ans, j'ai terminé mon analyse, sans avoir plus envie de lire sur le sujet à présent.

Si j'avais lu, cela aurait changé quoi ? Rien je crois. Je ne voulais pas consacrer plus de temps à quelque chose qui occupait déjà l'entièreté de ma vie à ce moment-là. Je ne voulais pas non plus me tromper sur les rôles respectifs, le but n'étant pas de contrôler le travail de mon analyste (ce qui était une forme de confiance en lui) ni de devenir à terme mon propre analyste, mais bien de comprendre de l'intérieur (ce qui était en fait une forme de confiance en moi). Et si la psychanalyse m'a sauvé, j'ai dû aussi à un moment m'en sauver, me sortir du travail mental épuisant où tout (chaque pensée, réaction, impulsion) devenait sursignifiant.

(2) J'accompagne ma fille de sept ans chez sa psy, puis on déjeune dans un restaurant japonais : elle a entendu le prix qu'a coûté la séance (60 euros), elle veut voir l'addition qui arrive sur la table (43,50 euros). Selon elle, cela aurait dû être l'inverse. *Car sans nourriture on meurt, alors que la psy aide juste à traverser des caractères.*

Principales idées de ce qui est en train de m'arriver lors d'attaques de panique

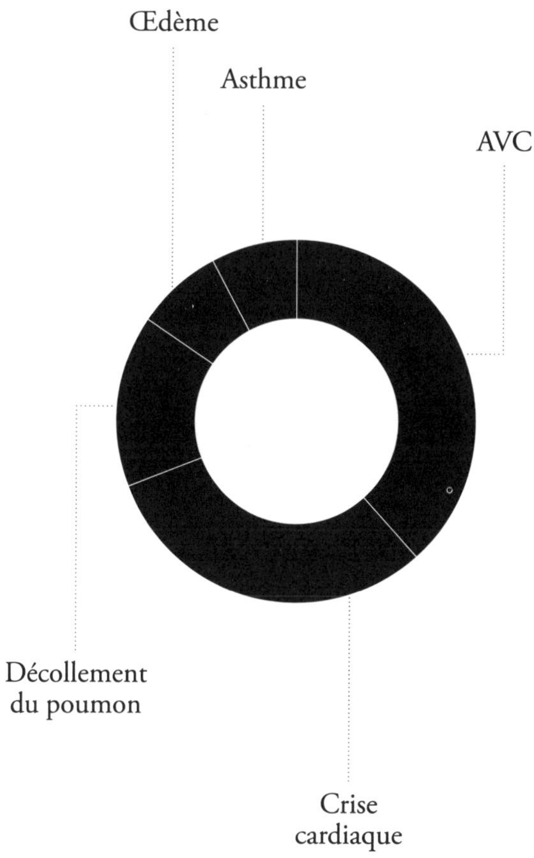

Lapsus faits par an

(3) Dernier lapsus en date, non révélateur : dire *quand il est mort* au lieu de *quand il est né*, en parlant d'enfants.

Dernier lapsus en date, révélateur : dire *je rentre* au lieu de *je retourne*, en parlant de la prochaine fois que j'irai en Belgique. À moins que, même si certains lapsus semblent plus révélateurs que d'autres, aucun ne révèle vraiment quelque chose dont on ne soit déjà au courant (ou quelque chose qui appartient au passé et ne s'applique donc plus). Ils ne sont en ce sens révélateurs que pour les autres (et de rien de fondamental).

Phobies personnellement ressenties
parmi les dix plus courantes
ressenties par la population

- Acrophobie ✓
- Aérophobie
- Agoraphobie ✓
- Brontophobie
- Claustrophobie ✓
- Émétophobie
- Hématophobie
- Hypocondrie ✓
- Phobie sociale
- Zoophobie

(4) À partir de quand développe-t-on une phobie ? Est-ce un événement précis qui la provoque, ou la répétition d'un même événement ? La phobie une fois dépassée, est-ce si important de savoir ce qui l'a engendrée ?

Les chances que la phobie se réalise vraiment et soit mortelle importent peu car c'est la peur le problème, pas l'occurrence ou la conséquence. Qu'importe donc si la brontophobie (peur de la foudre) ou l'aérophobie (peur de l'avion) ont dans ce sens plus de raison d'être que l'agoraphobie (peur des espaces découverts ou publics) ou l'émétophobie (peur de vomir) où le risque de mourir est zéro. Les phobies ne sont pas une question de raison ou de sens ; qu'elles soient lisibles ou basiques (une femme qui a une phobie des bananes, un homme qui a une réaction de tétanie devant un poulpe) ou en connaître la signification ne change pas non plus leur présence, le fait qu'il faille les gérer (le décodage est juste plus simple).

Il y a aussi toutes les phobies qu'on n'a pas (car certaines fois il vaut mieux regarder ce que l'on n'a pas au lieu de ce que l'on a) : une multitude de possibilités qui font relativiser, replacent les choses dans leur contexte, l'histoire plus générale des névroses dont on peut faire la liste (les noms à la suite comme une classification d'entomologiste ou de botaniste) :

Angrophobie, peur de se mettre en colère

Apéirophobie, peur de l'infini

Athazagoraphobie, peur d'oublier ou d'être oublié

Butyrophobie, peur du beurre
Chérophobie, peur de la joie
Cyanophobie, peur du bleu
Haptophobie, peur d'être touché
Hypégiaphobie, peur des responsabilités
Néophobie, peur de l'inédit
Stasophobie, peur d'avoir à rester debout
Pantophobie, peur de tout

La liste est infinie, tous les cas de figure sont possibles (nommés ou qui seront à nommer le jour où des phobies nouvelles apparaîtront) : peur de la pluie, des poils, des nains de jardin, de se gratter en public, des mots trop longs, des trous, du vent, des horloges, du chiffre 4, qu'un satellite tombe sur soi, ou un lézard quand on est allongé, et la peur la plus performative, totale : la peur d'avoir peur (phobophobie).

Troubles obsessionnels compulsifs

● Nombre de fois par an où j'ai appuyé sur l'interrupteur de la salle de bains pour allumer ou éteindre la lumière
3 628

○ Nombre de fois par an où j'ai appuyé sur l'interrupteur de la salle de bains par TOC
1 046

(5) Enchaînements traumatisants d'événements pouvant encourager les TOCs et servir de point de départ à une analyse :

Entrer dans la chambre de ses parents alors qu'ils font l'amour et qu'ils se séparent juste après

Tirer au pistolet en plastique à eau sur son père et qu'il meure au même moment d'un AVC

(6) Évaluation des TOCs en fonction de leur complexité *(sur 10)* :

Mettre mes chaussures parallèles, la droite dépassant légèrement de la gauche *1*

Éteindre la lumière en posant l'index de chaque main symétriquement au milieu de l'interrupteur *2*

Prendre n'importe quel objet en effectuant une pression égale du pouce et de l'index *2*

Effacer un mot mal tapé pour le réécrire d'une traite sans faute *3*

Étendre sur le sol mes habits de façon plane *3*

Passer mon doigt mouillé sur un mot écrit au stylo pour étendre l'encre en aplats *4*

Verser de la salive sur la dernière cigarette éteinte dans le cendrier, ma bouche à quarante centimètres de distance approximativement (la distance n'ayant elle aucune importance) *5*

Regarder mon reflet avant de quitter la salle de bains en composant un visage avenant, au pire neutre *6*

Reformuler une phrase sans que l'interlocuteur s'aperçoive qu'il s'agit d'un TOC mais qu'il pense qu'il y a une raison de la reformuler *7*

Sauter pieds joints sur le lit en ayant effectué une pression égale des pieds sur le sol *8*

Repasser au feutre sur une lettre jusqu'à atteindre la bonne épaisseur de trait sans perforer la feuille *9*

Influence du Ça, du Surmoi et du Moi dans mes décisions et agissements

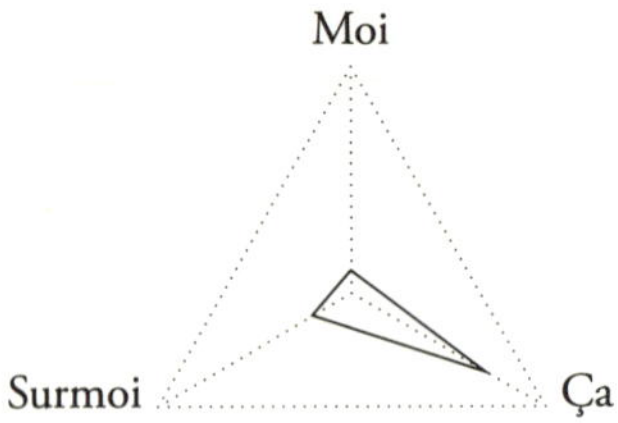

à 5 ans

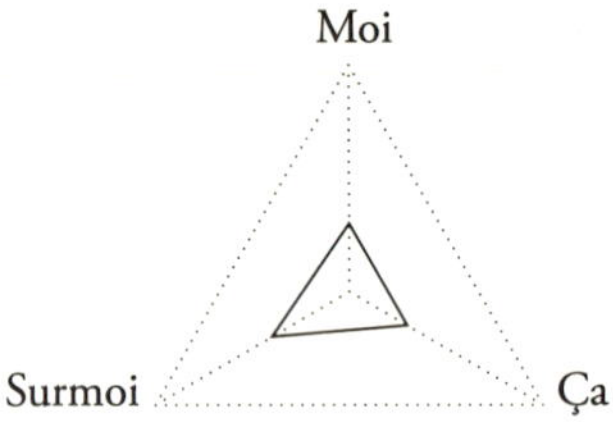

à 10 ans

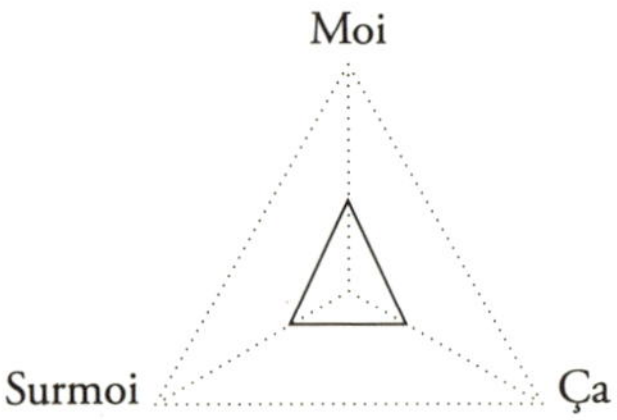

à 15 ans

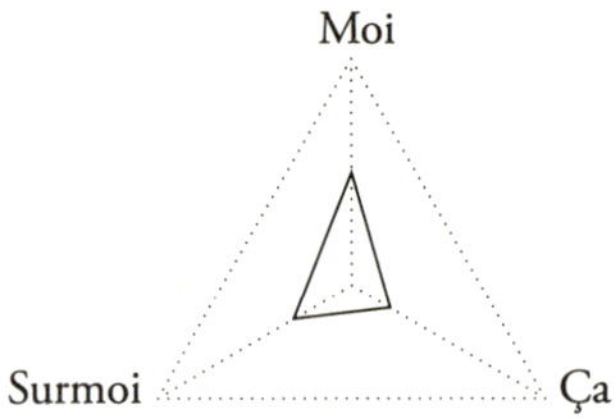

à 20 ans

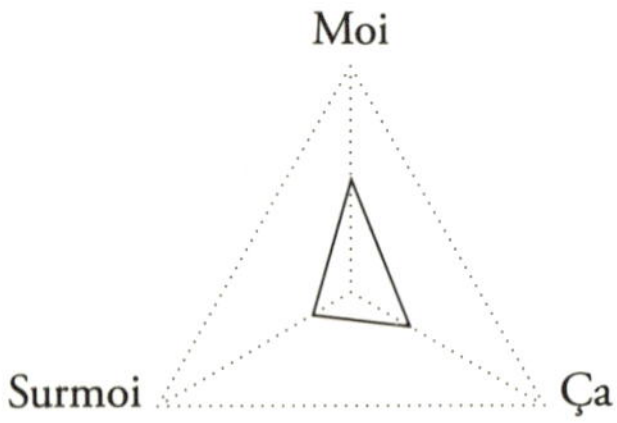

à 30 ans

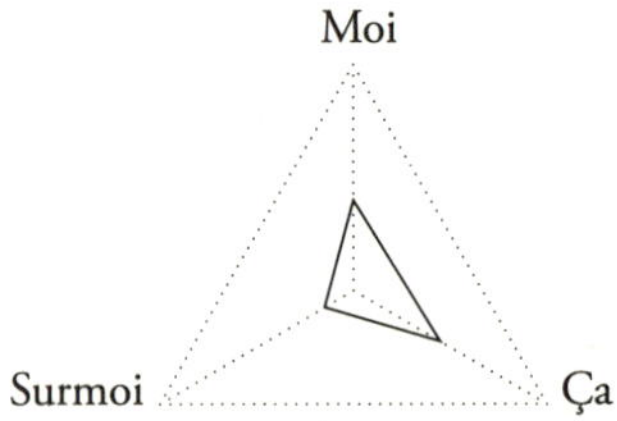

à 40 ans

Ça : pulsions, instincts, plaisir, fonctions inconscientes
Surmoi : intériorisation des interdits parentaux (il ne faut pas)
Moi : fonctions conscientes, représentant du monde auprès du Ça, principe de réalité

5

Comportement civique

Bagarres dans lesquelles
j'ai été impliqué

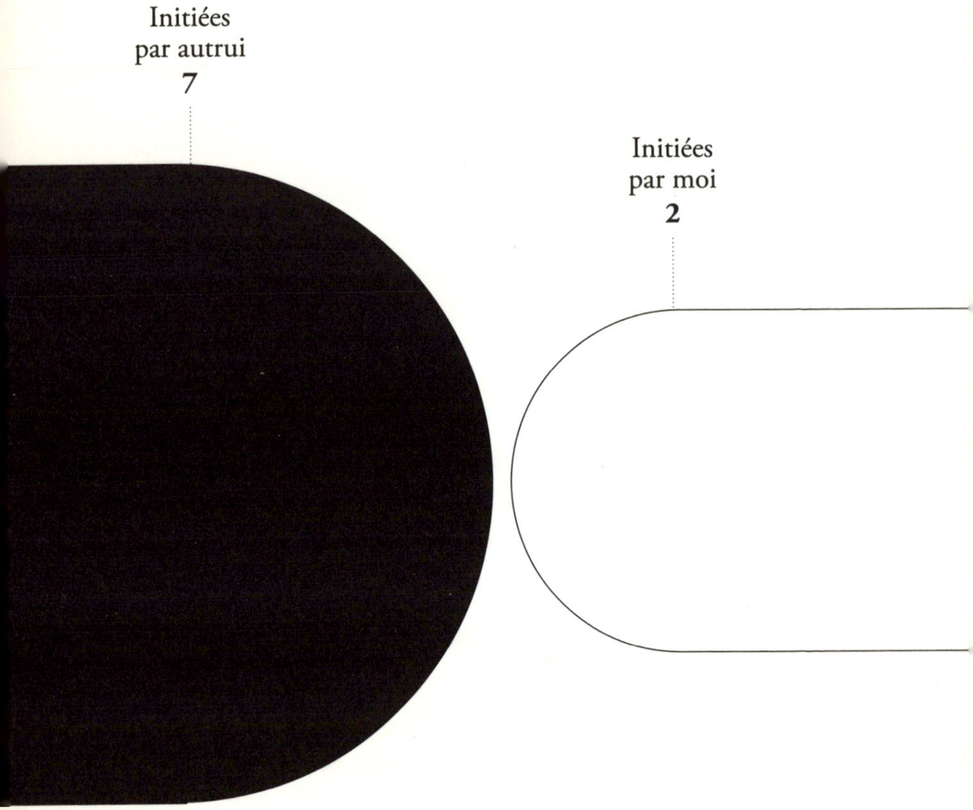

Trajets en transport public effectués

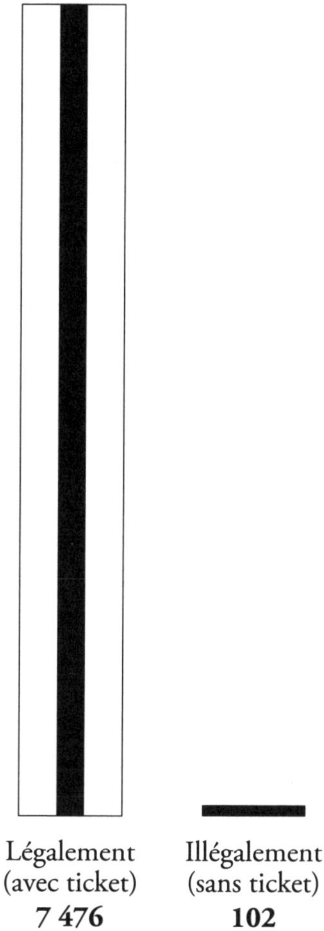

Procès

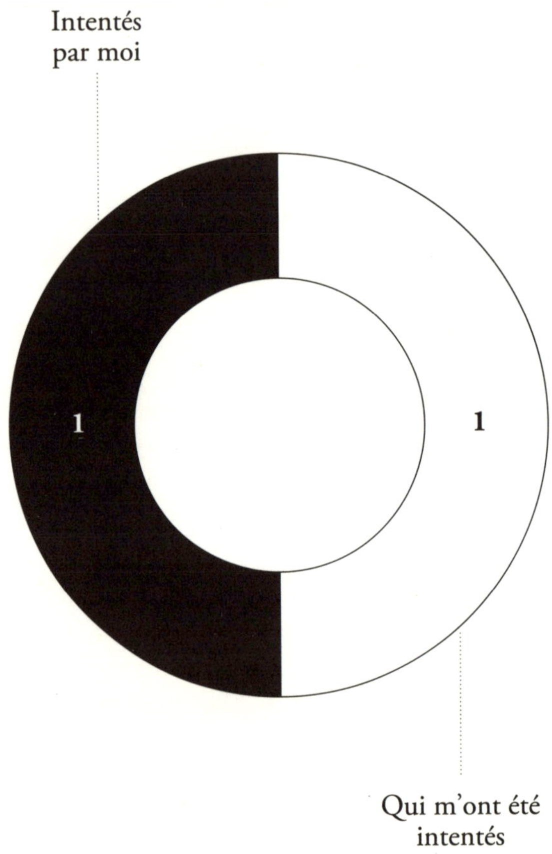

Visites chez le dentiste
au cours desquelles

[1] Liste des autres pulsions ordinaires contrecarrées par le rappel de principes de base de civilité :

Donner une tape sur la tête d'une personne plus petite qui passe près de vous dans la rue

Profiter d'un silence en public pour faire un bruit de bouche

Faire un croche-pied à quelqu'un de pressé qui vient en sens inverse

Aller torse nu au bureau en été

Faire des clins d'œil à quelqu'un qui vous fixe dans le métro

Se mêler des discussions de couple à la table d'à côté pour donner raison à l'un ou à l'autre

[2] Choses que ma fille fait à deux ans que je devrais peut-être essayer :

Mordre le doigt de toute personne qui m'importune

M'approcher d'une personne juste pour lui dire non

Crier sur les mouches pour les faire fuir

Faire un petit numéro devant des gens, qu'importe si ça leur fait plaisir car cela me fait plaisir à moi

Tremper mon pain dans l'eau

Changer les syllabes des mots parce que je les préfère comme ça (*botoggan* au lieu de toboggan)

Verbaliser chaque action pour l'assimiler

Secours populaire

Nombre de fois où je me suis
dit devoir proposer mes services
43

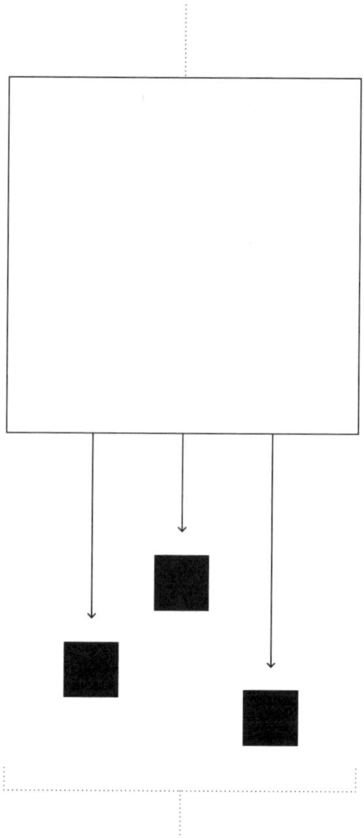

Nombre de fois
où je l'ai fait
3

Choses volées

Briquet
●●○○○○○○○○ **10**

Pancarte *Réservé*
●●●●●●●● **8**

Cendrier
●●●●●● **6**

CD
●●●●● **5**

Stylo
●○○○○ **5**

Paquet de cigarettes
●○○○○ **5**

K7
●●●●● **5**

Verre à vin
●●● **3**

Crayon
○○○ **3**

Paquet de biscuits
●● **2**

Salière
●● **2**

Poivrier
● **1**

Saucisson
● **1**

Montant total des choses volées **252 €**

○ Par inadvertance

● Intentionnellement

(3) Quand j'ai rencontré ma femme, E., un rituel s'est imposé, celui de voler des choses sans valeur, sans incidence, dans les restaurants ou bars où l'on se retrouvait (pancartes *Réservé* sur les tables, cendriers, poivriers, salières, menus). C'était comme instaurer un jeu, un rituel à nous pour intensifier la situation.

Se motiver comme cleptomanes aurait pu être les prémices de délits plus amples, une escalade (on aurait pu se mettre au défi de partir sans payer, voler la caisse, le voisin de table, la première banque en sortant, former un nouveau duo façon *Bonnie and Clyde*), mais non. Les vols diminuant à mesure que l'histoire entre nous prenait forme.

Et aujourd'hui, le couple que nous formons est relativement légal : des travails respectifs inscrits dans la société, trois enfants éduqués avec le sens de la loyauté. Une histoire n'est pas obligatoirement à l'image de ses prémices.

Litres de sang

Nombre de fois où j'ai triché
à un jeu ou à un examen

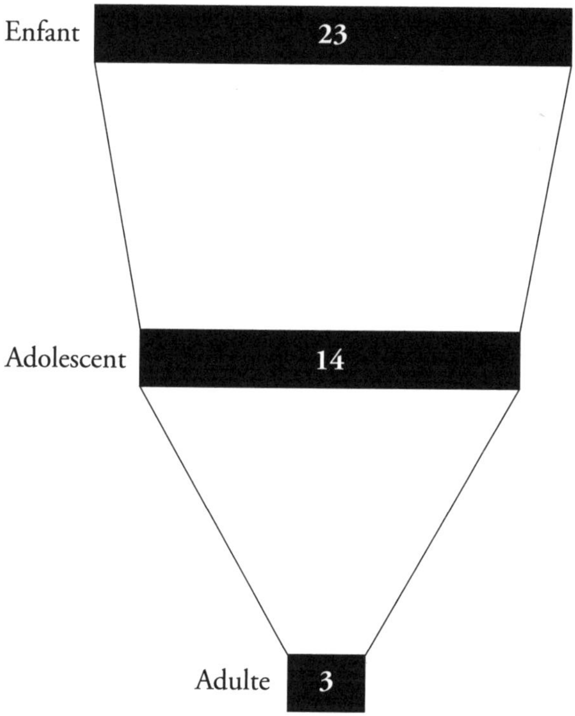

(4) J'attends devant la porte d'entrée, j'ai six ans, j'ai fait une bêtise. Si je le dis à mes parents dès qu'ils rentrent, je ne serai pas puni. Donc j'attends leur retour pour le leur dire.

(5) Je suis à l'arrière de la maison à huit ans, devant les rhododendrons dévastés, les fleurs que j'ai coupées au fouet pour jouer, m'entraîner au lancer. Je suis d'accord avec la possibilité avancée par mon père ou ma mère que ce soient les chats qui aient fait ça.

Cigarettes

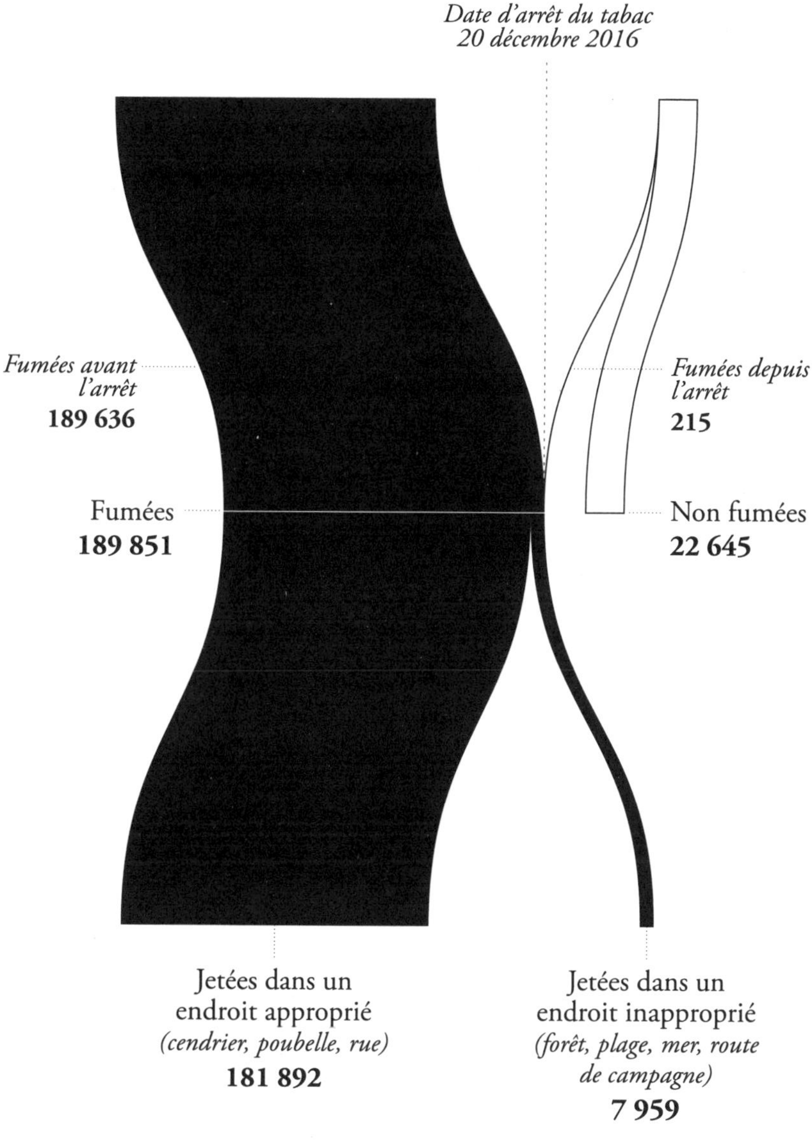

Date d'arrêt du tabac
20 décembre 2016
Fumées avant l'arrêt
189 636
Fumées depuis l'arrêt
215
Fumées
189 851
Non fumées
22 645
Jetées dans un endroit approprié
(cendrier, poubelle, rue)
181 892
Jetées dans un endroit inapproprié
(forêt, plage, mer, route de campagne)
7 959

(6) Dehors le matin, je fume ma première cigarette, non parce que j'en ai spécialement envie, mais parce qu'il faut bien qu'il y en ait une première : comme ça, c'est fait.

(7) Je regarde un documentaire sur Picasso. Il fumait lui aussi. Cela renforce l'idée qu'arrêter n'est peut-être pas une bonne idée. Peut-être que Picasso ne serait pas devenu Picasso s'il n'avait pas fumé (la nicotine accélère la vitesse de la circulation de l'information entre les neurones, et les individus dédiés à une œuvre majeure ne fonctionnent pas dans un souci de préservation de soi). J'ai arrêté pourtant, dans les faits.

6

Mode de vie

Villes auxquelles j'ai le plus songé
pour y vivre

Detroit
New York
San Francisco
Los Angeles
Rio de Janeiro
Buenos Aires

(1) Je ne suis pas allé à Los Angeles en quarante-quatre ans, je ne sais pas si j'irai dans les quarante-quatre ans à venir. Il y a des villes où je n'irai peut-être jamais, des villes qui ne seront que des mots : Caracas, Kuala Lumpur, Anchorage, Vladivostok, Sydney, Chicago, Cape Town. Des points inconnus sur un atlas.

Il ne faut pas spécialement être allé dans une ville pour projeter d'y vivre, car plus encore que la ville, c'est le fait de déménager, de vivre ailleurs qui compte, et d'y chercher quelque chose qu'on ne croit pas pouvoir trouver à l'endroit où l'on vit. Je vis ailleurs que là où je suis né, je pourrais encore vivre autre part : pour connaître ce que les images ne peuvent en montrer, trouver ce qu'on est venu y chercher, connaître de soi ce qu'on ne peut connaître que là-bas. Des points sur un atlas comme des possibilités de soi-même.

(2) Je suis devant une fenêtre qui domine Rome, une bouffée de bonheur m'emplit devant cette ville. Et le regret simultané que je n'y vivrai jamais. Sauf dans l'espace de cette bouffée où j'y suis éternellement.

(3) Je viens d'acheter un appartement à Paris, j'ai trente-sept ans. C'est la première fois que j'achète un lieu. Je regarde la ville à mesure que je la traverse en sortant de l'immeuble du notaire, je me demande si c'est ici que je veux vraiment vivre.

Salaire

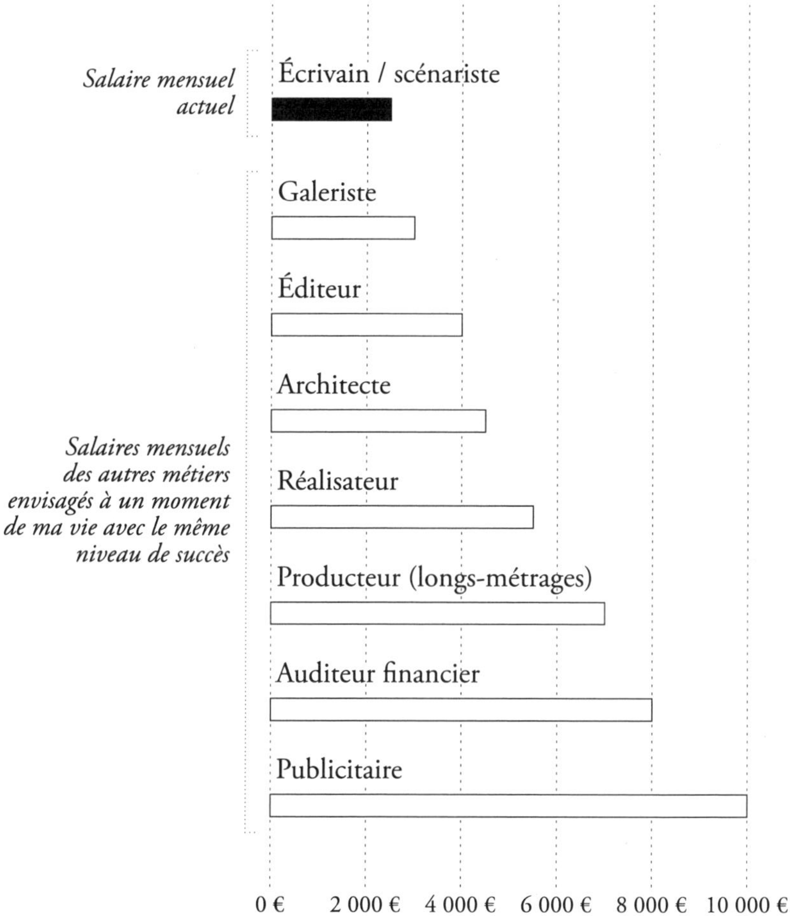
Salaire mensuel actuel
Écrivain / scénariste
Salaires mensuels des autres métiers envisagés à un moment de ma vie avec le même niveau de succès
Galeriste
Éditeur
Architecte
Réalisateur
Producteur (longs-métrages)
Auditeur financier
Publicitaire
0 €
2 000 €
4 000 €
6 000 €
8 000 €
10 000 €

Nombre de fois
où j'ai pensé devenir

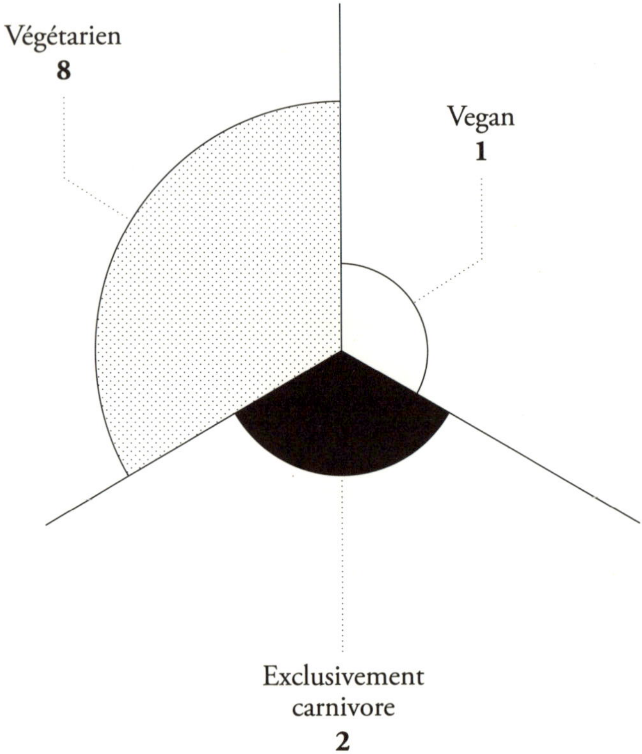

(4) Image (ou possibilité) surgissant chaque fois devant quelqu'un en train de manger un tartare : un jour tout le tartare ingéré par un individu au fil des ans ressortirait d'un coup par les pores de la peau, en continu (comme de la machine d'où la viande sort hachée mais par de multiples trous infimes sur tout le corps).

Influence des maux modernes
sur ma vie

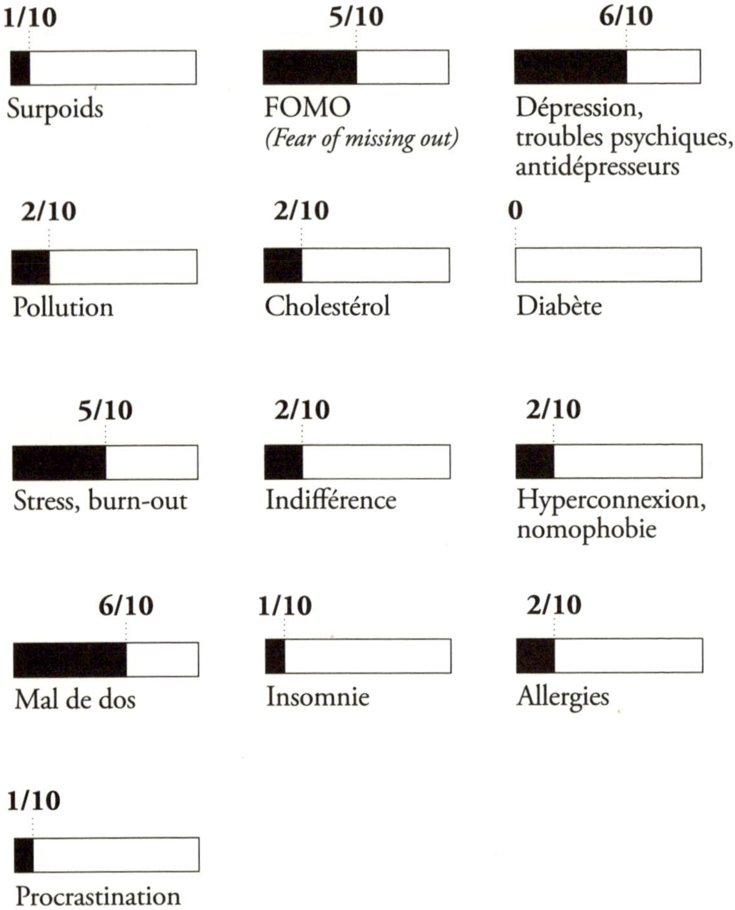

[5] J'ai pris huit kilos avec l'arrêt de la cigarette, concomitamment à la couvade de mon troisième enfant. Devant le miroir, je me mets dans des positions qui mettent le plus en valeur les kilos pris, les bourrelets, le ventre. Une sorte de bodybuilding du gras.

[6] Le terme FOMO *(Fear of missing out)* désigne un trouble plus large que l'anxiété sociale liée aux réseaux sociaux qu'il décrit en premier, que la peur de rater une information, un événement qui a lieu au même moment ailleurs, à San Francisco, Tokyo, au Vanuatu. Confronté à une multitude de vies possibles, c'est aussi la peur, marqué par toutes ces images, de ne jamais les connaître en direct ni de les vivre, de rater quelque chose de plus fondamental : vit-on la vie qu'on veut vivre ? Le concept ou acronyme juste serait FOMYL : *Fear of missing your life*.

[7] Où se passent les choses ? Vivant ailleurs que dans ma ville natale (Bruxelles), j'ai eu l'impression que ça se passait parfois plus dans celle-ci que là où je vivais (Paris). La ville choisie est pourtant plus grande, semble mieux correspondre à l'expression *là où ça se passe*. Mais ce n'était pas une question de taille, si j'avais déménagé d'un village à une mégapole, l'impression aurait été similaire. Cela tenait à ce que je suis le seul de ma famille à avoir déménagé, c'est donc là-bas et non ici que se passe la vie familiale (qu'importe si les membres de ma

famille ne se voient pas davantage que moi en revenant régulièrement) : objectivement je n'étais pas là.

Cette impression a diminué au fil du temps, pas seulement parce que ma famille s'agrandissait ici, mais parce que j'ai compris difficilement une chose pourtant simple : les choses se passent pour moi là où je suis.

Repas annuels ingérés,
préparés par

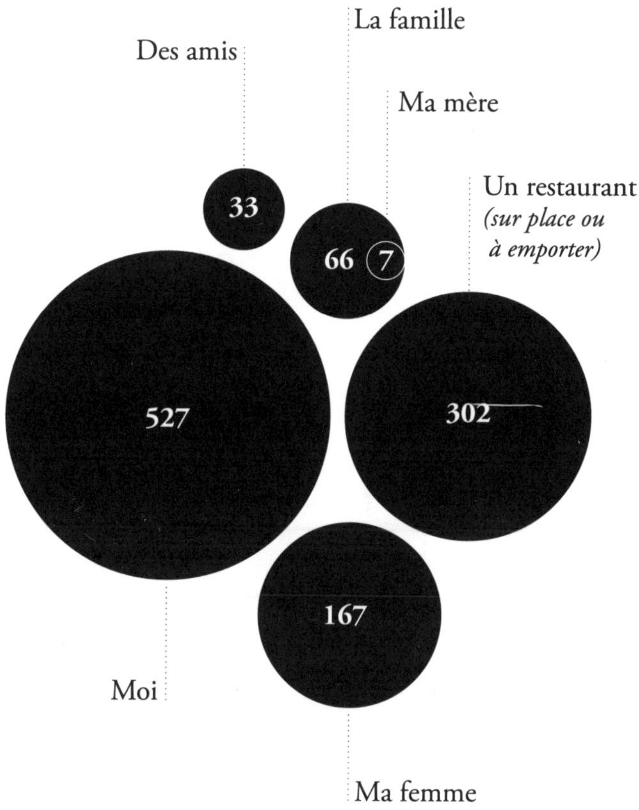

Heures quotidiennes
moyennes passées

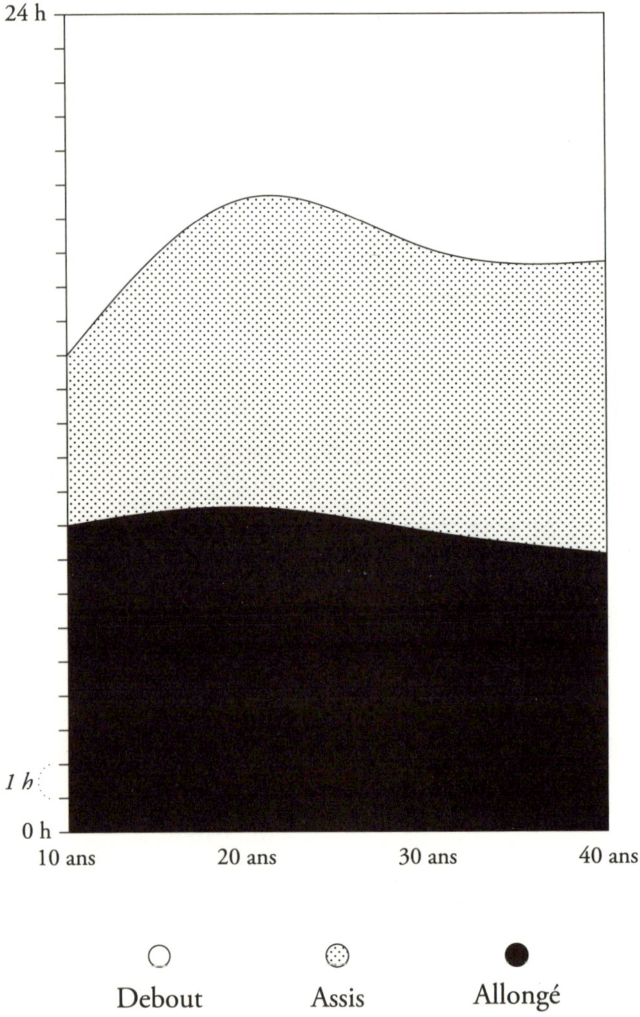

(8) Pendant un an, l'année de mes dix-neuf ans, je suis resté assis (parfois affalé) sur le canapé du salon chez ma mère où je vivais, bloqué là, fondu au mobilier. Dans une phase de retrait, hors du monde, de son mouvement ; l'équivalent à l'échelle de la vie d'un banc de touche, comme le personnage d'Oblomov dans le roman éponyme. Si ce n'est que mon immobilité n'était pas une léthargie rêveuse, de la paresse ou de l'oisiveté, mais une réflexion tétanisante, à force, sur le sens de la vie, celui à donner à la mienne (la multitude de questions créant une chape, un brouillard dense) et la question de quoi faire concrètement (les études de lettres choisies n'étant pas une réponse satisfaisante).

J'étais conscient que, pour m'extirper de cette situation, il fallait initier un mouvement (la solution ne se trouverait pas en restant là), lutter contre l'inertie, la mienne (comme ceux allongés trop longtemps doivent entretenir leurs muscles), me demandant si j'allais y arriver, en plus des autres questions. Je m'identifiais à ces personnages collants que l'on jette sur les vitres et qui lentement dégringolent en une suite de mouvements informes. Car à l'instar d'Oblomov, la période n'était pas vécue comme des vacances, un bonheur, mais un drame (à distillation lente, pas cuisant). Je me demandais aussi à quoi tout ce temps passé assis correspondrait en termes de voyage à travers le monde. Combien de kilomètres parcourus possiblement pendant tout ce temps où je restais assis, de pays visités, un tour du monde potentiel ? Sans savoir si j'aurais eu plus de réponses à mes questions en le faisant réellement.

Dans la journée, les personnes de passage à la maison s'asseyaient un court instant en face de moi pour discuter, faire une pause entre deux actions ; le voyant moi comme si elles voulaient tenter de répondre à mes questions ou partager mon état. Car de même qu'on peut partager son enthousiasme, on peut partager son immobilisme.

Part des chemises portées
annuellement, repassées par

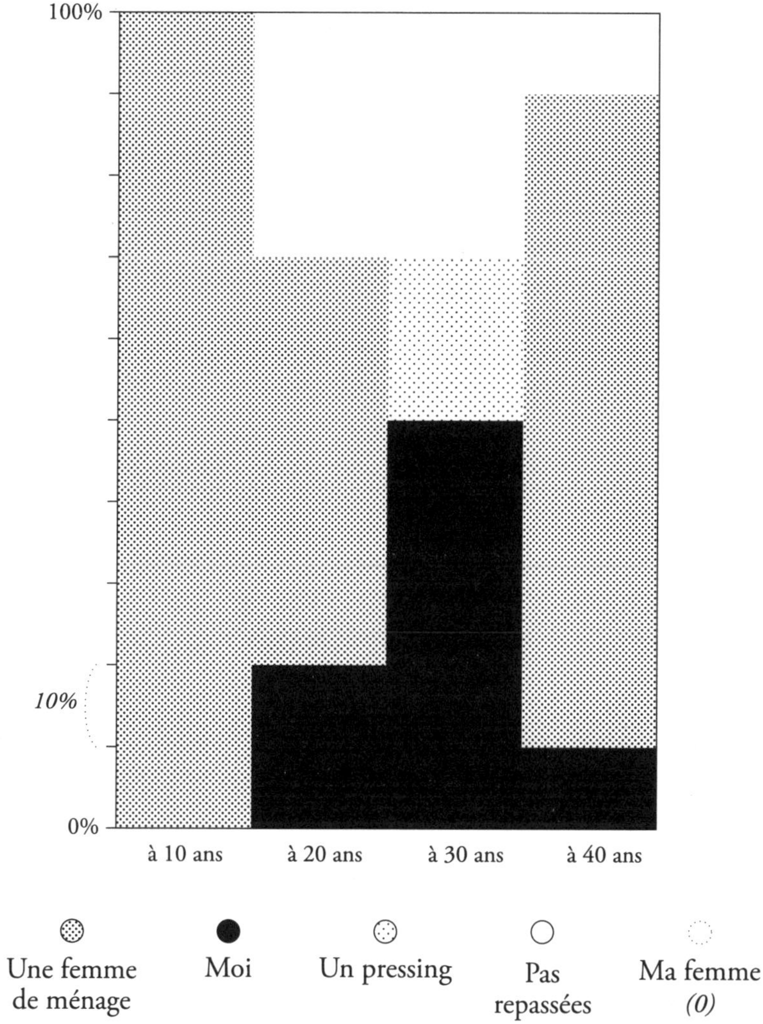

Potagers urbains

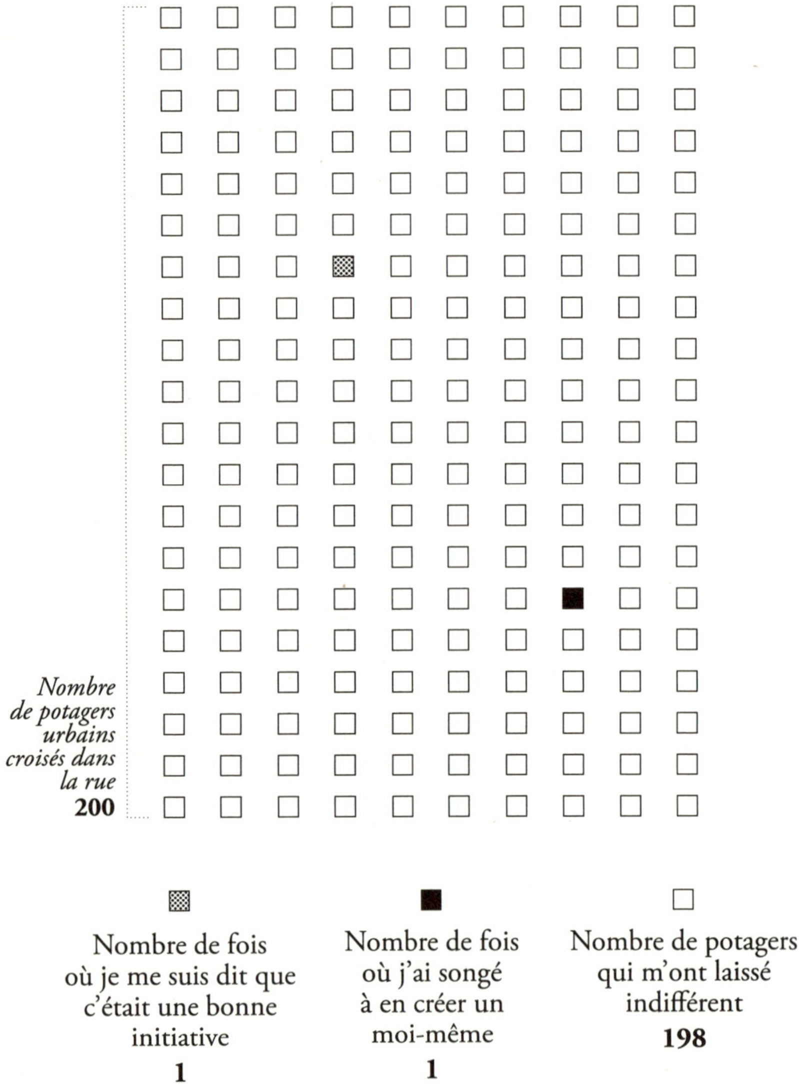

Mordillages principaux
en replacement de la cigarette

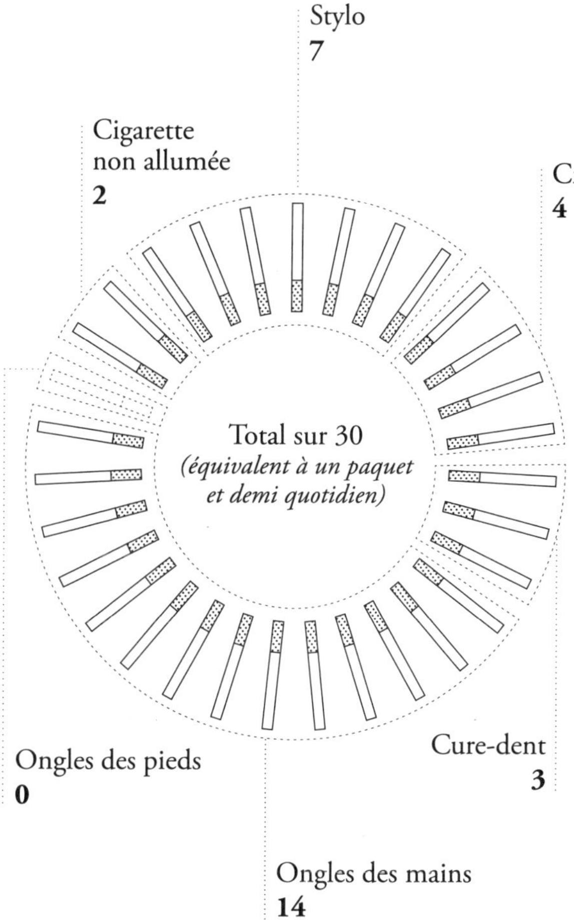

Mail

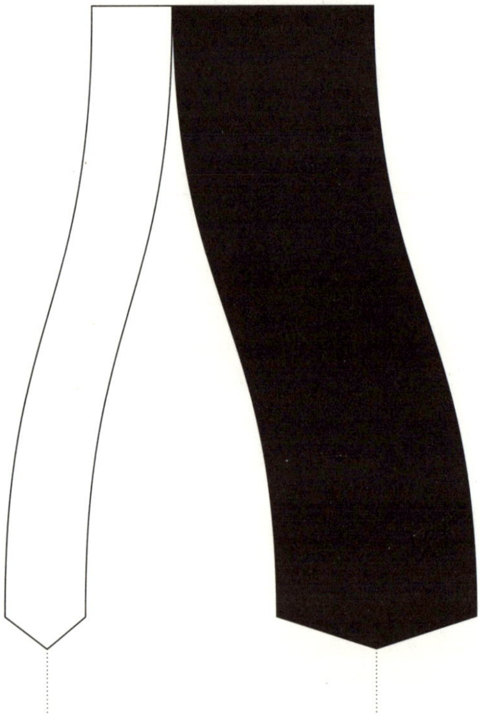

Nombre de mails reçus par an **4 080**

Nombre de spams reçus par an **10 220**

Nombre de poissons

Superficie de pizzas ingérées

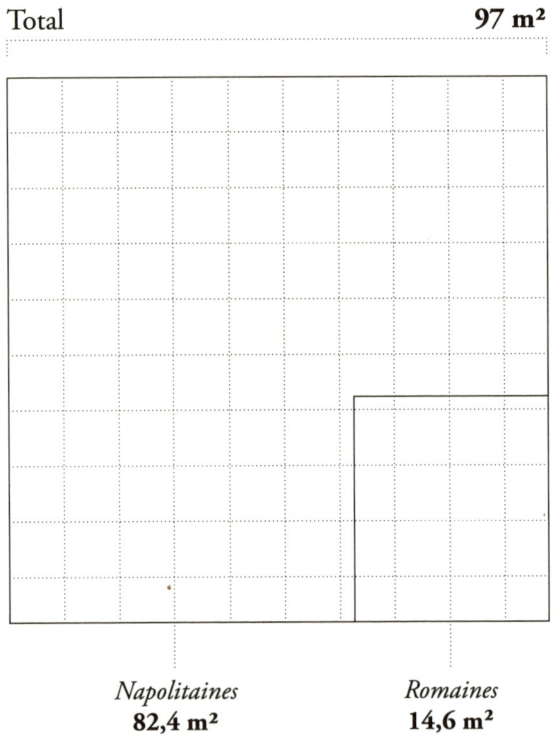

Connexions quotidiennes
à un réseau social

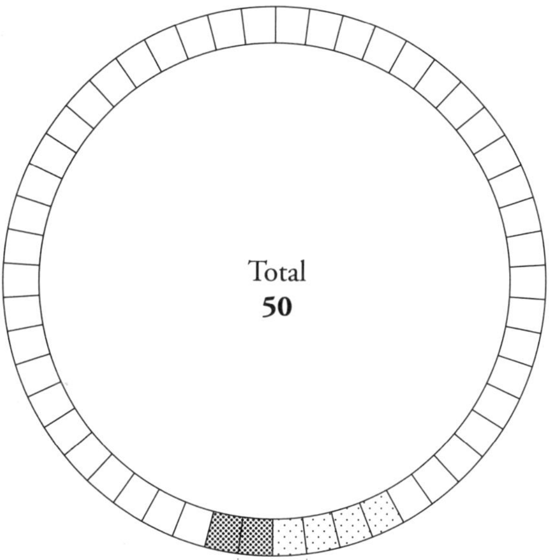

Dont je suis ressorti
avec une vraie satisfaction
2

Dont je suis ressorti
avec une vraie information
4

7

FAMILLE

Reproduction

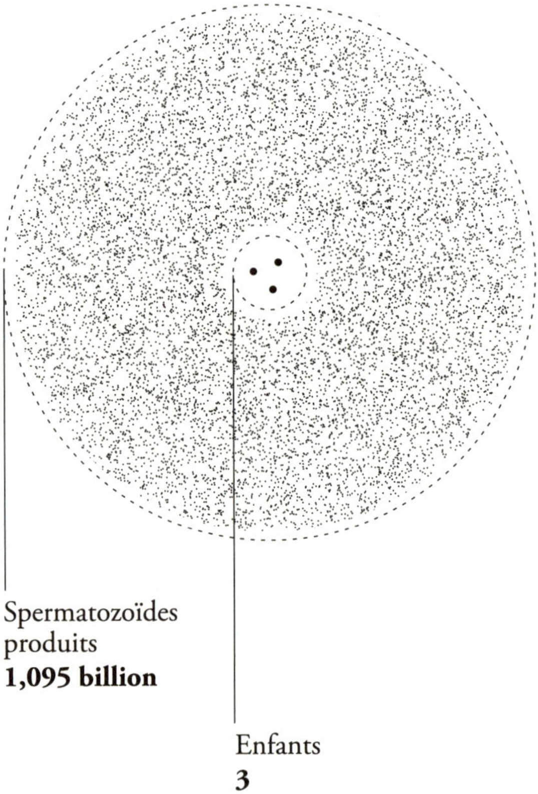

[(1)] Je suis allongé sur un canapé, je me réveille, j'ai un enfant sur moi : mon premier enfant qui est rentré avec E. de la maternité. Un sentiment de panique me prend à l'idée que j'en suis responsable à vie.

[(2)] Ma fille de quatre ans désigne dans la rue une moto en disant : *Un jour je monterai là-dessus avec un inconnu et je partirai.* J'anticipe soudain la scène qui aurait lieu plus tard, tous deux quinze ans plus âgés, où elle le ferait réellement (mais en attendant elle est sous ma responsabilité).

Activités personnelles

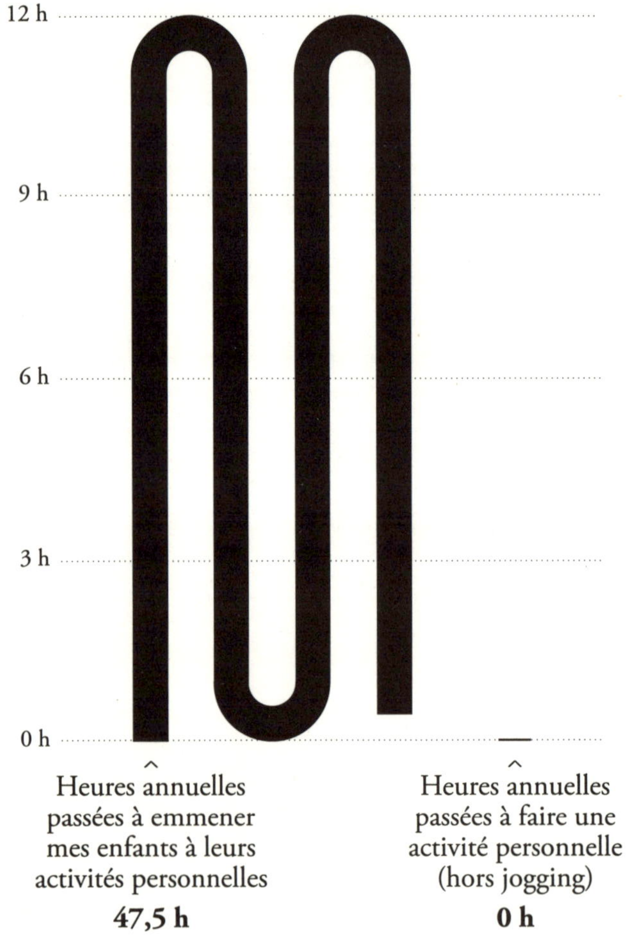

Nombre de couches

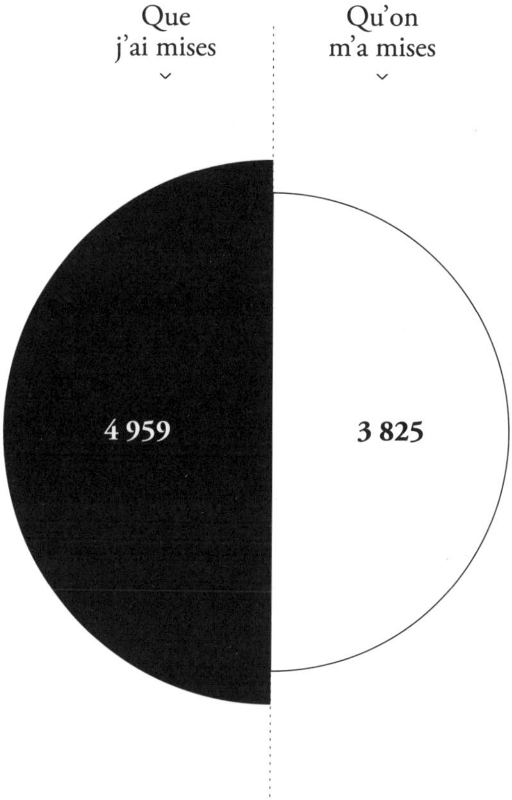

(3) Une photo me montre à cinq ans, endormi dans la cour de l'école, assis avec mon chien en bois à mes côtés. J'ai cru jusqu'à récemment qu'elle avait été prise sur le trottoir à l'extérieur de l'école, et je me suis toujours demandé qui l'avait prise, pourquoi elle avait été mise dans un album, comment surtout on avait pu m'oublier dehors, seul dans la rue. J'ai beau savoir à présent que ce n'est pas le cas, quand je regarde la photo, je ne pense qu'à ma version, celle à laquelle je suis habitué : que j'ai été oublié là.

(4) J'ai grandi jusqu'à mes dix ans avec des parents séparés mais vivant ensemble. Ce qui n'a pas été très compréhensible sur le moment, ni logiquement ni émotionnellement. Une famille désunie mais unie, qui l'est restée ensuite (différemment) grâce à la bonne nature de chacun de ses membres et les volontés de résilience respectives. Quand mon fils de sept ans a vu pour la première fois mes parents, ensemble, se dire bonjour, il leur a demandé, étonné : *Vous vous connaissez ?*

Argent de poche hebdomadaire

Reçu à 10 ans
(converti en euros)
50 c

Donné à mon fils
de 10 ans
1 €

Que souhaiterait
mon fils de 10 ans
2 €

Reçu à 10 ans,
actualisé en euros en tenant
compte de l'inflation
1 €

Enfants

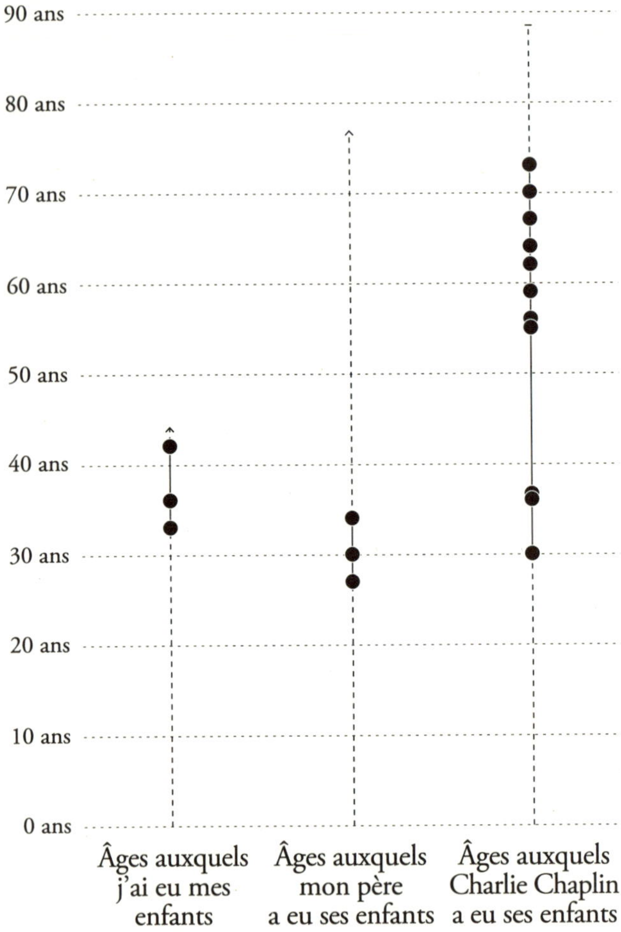

90 ans
80 ans
70 ans
60 ans
50 ans
40 ans
30 ans
20 ans
10 ans
0 ans
Âges auxquels j'ai eu mes enfants
Âges auxquels mon père a eu ses enfants
Âges auxquels Charlie Chaplin a eu ses enfants

(5) Dans le garage en bois au fond du jardin, mon père m'apprend la chimie, c'est une activité père-fils. Je suis attentif comme chaque samedi matin, mais je n'ai pas envie d'être là. Quelques semaines plus tard, le matériel de chimie a été détruit par des chats du quartier dans la nuit (ceux-ci vraiment responsables cette fois). Je n'y suis pour rien mais je me sens coupable, car cela m'arrange.

Durée annuelle du contact physique avec mes parents

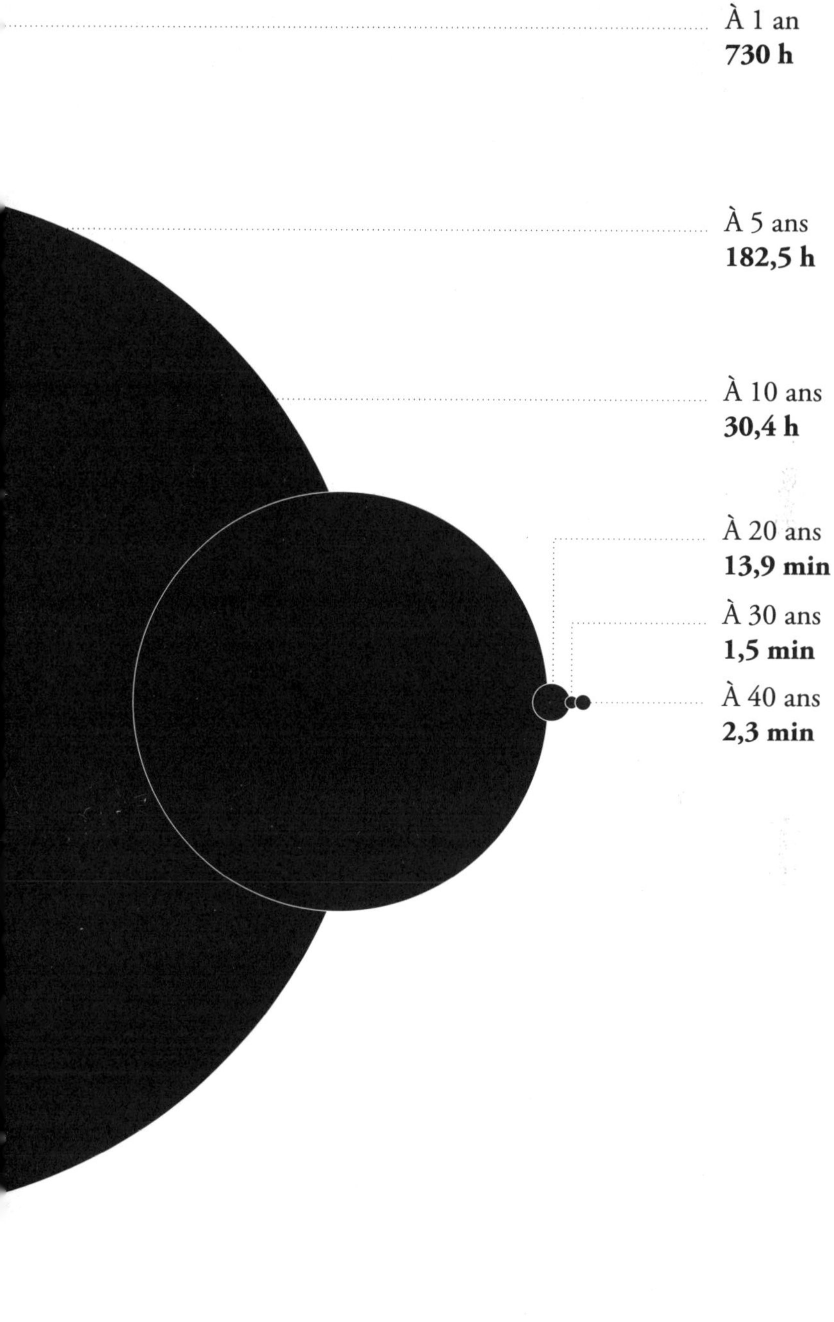

À 1 an
730 h
À 5 ans
182,5 h
À 10 ans
30,4 h
À 20 ans
13,9 min
À 30 ans
1,5 min
À 40 ans
2,3 min

[6] Issu d'une famille de sept enfants, né pendant la Seconde Guerre mondiale près de Bordeaux, où mes grands-parents s'étaient installés, transporté dans un panier pour le trajet du retour en Belgique, mon père estimait avoir manqué de tout dans ses premiers mois par rapport à ses frères et sœurs. Ma mère considérait que ce n'était pas aussi dramatique que la vision qu'il en avait, et que la malle à linge dans laquelle il avait voyagé était magnifique. Mais, afin d'éviter toute jalousie future entre ses propres enfants, elle a décidé de traiter mes deux sœurs et moi de façon égale, à commencer par la période d'allaitement qui serait la même pour tous : deux mois et demi.

Rangement

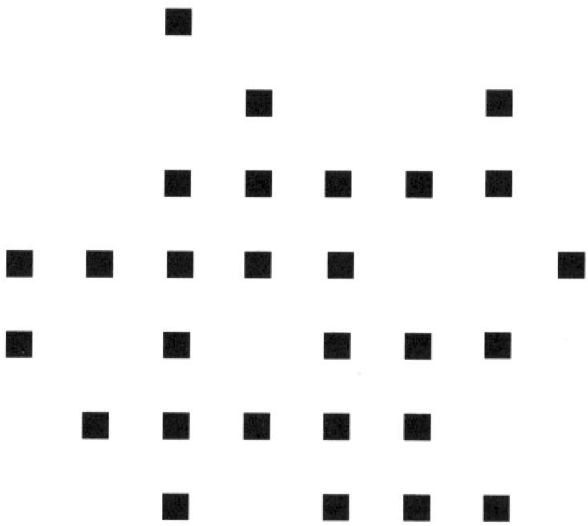

Nombre de fois
où j'ai rangé la chambre
de mes enfants en 2018
28

Nombre de fois
où mes enfants ont rangé
ma chambre en 2018
0

Tensions familiales maximales

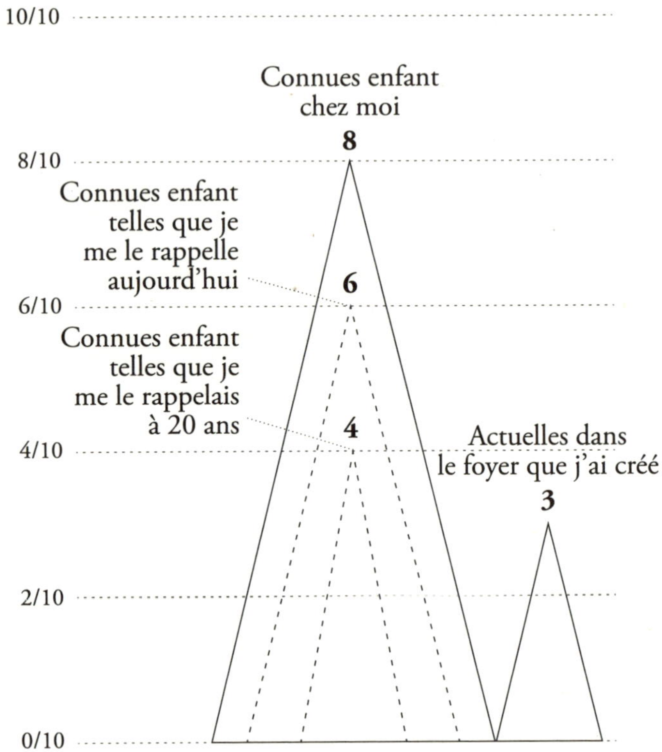

(7) On peut avoir eu une enfance heureuse, ou décider d'avoir eu une enfance heureuse (après analyse, discussions avec des gens côtoyés à l'époque, faits objectifs). L'inverse est pareillement vrai.

On peut aussi avoir eu une enfance heureuse et une enfance pas si heureuse en même temps, c'est plus réaliste : connaître des éléments de bonheur et de malheur de façon concomitante. Et y avoir survécu, ce qui est peut-être le critère important : être apte à vivre la suite, pas irrémédiablement blessé, et pas non plus à l'inverse bloqué sur cette période comme si rien ne pourra la surpasser en perfection.

(8) Sur le ring du sanctuaire Kamegaike Hachimangu à Sagamihara, au Japon, chaque 4 avril (Jour des enfants) dans le temple bouddhiste de Senso-ji, dans l'ouest de Tokyo, deux sumotoris prennent chacun un enfant âgé de six mois à un an dans leurs bras et se font face lors du Festival Nakizumo, vieux de quatre cents ans. Les lutteurs de sumo débutants secouent ensuite gentiment l'enfant face au public, le premier qui fait pleurer le sien a gagné. Si les enfants ne pleurent pas ou pas assez, le prêtre du sanctuaire qui sert d'arbitre les encourage : *Naki ! Naki ! Naki ! (Pleure ! Pleure ! Pleure !)* et s'en approche parfois avec un masque de démon. Si les deux enfants pleurent en même temps, le gagnant est le plus bruyant. Les enfants nés avec des poumons en bonne santé sont capables de pleurer fort, cela signifie qu'ils grandiront vigoureux, et leurs pleurs font fuir les démons. La

croyance veut aussi que les lutteurs de sumo portent bonheur aux enfants qu'ils arrivent à faire pleurer.

Selon les régions, l'enfant qui gagne peut être, à l'inverse, celui qui pleure en dernier ou ne pleure pas. Aucune larme alors que le sumotori le secoue moins gentiment, que l'arbitre crie, gesticule devant lui, a mis son masque rouge, que l'enfant est dans les airs, dans le bruit, ses parents au loin dans le public, au milieu d'un ring dans les bras d'un inconnu. Et il n'y a personne pour se rendre compte que cet enfant pourrait être un samouraï, à distance de l'agitation du monde, au-dessus de tout cela. Ou la réincarnation d'une vieille âme qui sait que la douleur ne se donne pas en spectacle, fort d'une règle personnelle instinctive qui est qu'on ne pleure pas en public.

Papa

Nombre de fois
où je l'ai dit en parlant
de mon père
66 772

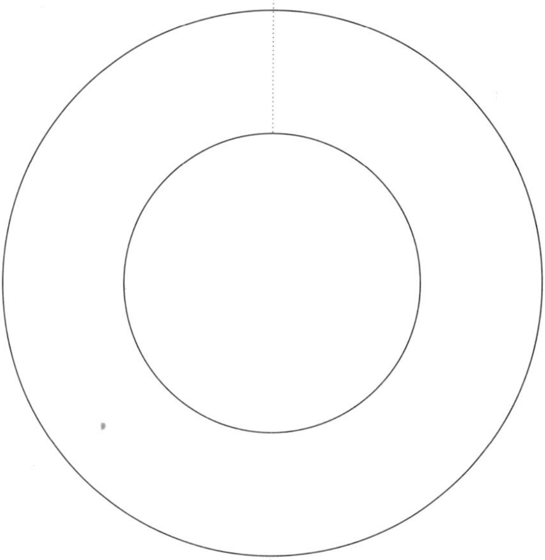

Nombre de fois
où quelqu'un l'a dit
en parlant de moi
221 985

(9) Pour ma mère, son père était sa mère, elle l'a souvent dit. Je n'ai jamais su qu'était alors sa mère : son père ? Une autre mère, une tante ? Ce lien ne s'est pas transmis à la génération suivante : mon grand-père (maternel) n'a jamais été ma grand-mère (maternelle).

(10) Pour appeler un oncle ou une tante, on fait précéder dans notre famille son prénom de *Oncle* ou *Tante*. Depuis quelque temps, en saluant ma mère, mon père l'appelle *Tante Janine* (Janine étant le prénom de ma mère). Cela me semble une négation de leur lien passé mari-femme. Ma mère trouve ça également étrange comme surnom, même déplacé. Mon père y voit, lui, quelque chose d'affectueux : c'est la famille.

Charge mentale respective
de ma femme et moi

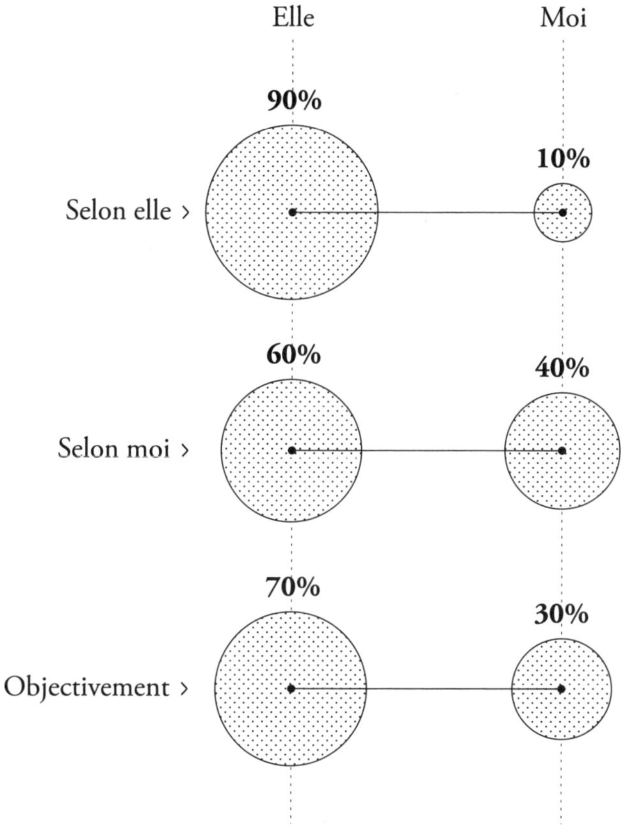

(11) J'imagine que, dans le ventre de E., mes enfants auraient laissé sur la paroi une trace pour l'enfant suivant qui y passerait neuf mois, un message, une sorte de peinture rupestre ou de tag.

(12) Je repense à l'histoire d'un homme qui garde un œuf serré contre lui quand on me raconte celle d'un enfant qui a un œuf pour doudou. Il l'emporte partout avec lui, ne le traite pas différemment d'un autre doudou, prenant juste soin de ne pas le briser. Son œuf est avec lui la nuit dans son lit, il s'endort parfois dessus ; sur la table alors qu'il petit-déjeune, posé à côté de l'assiette pour le regarder ; dans la poche de sa veste, pour se promener ; parfois dans sa main la journée ou à proximité pour jouer avec lui, son œuf qui combat un dinosaure, un lion.

Ses parents chaque semaine font bouillir un autre œuf et, une fois refroidi et séché, ils remplacent celui qui a commencé à se fissurer, ou qui a perdu un morceau d'écaille sur le côté. Ils attendent un moment où leur enfant dort ou ne l'a pas avec lui pour le substituer. Parce qu'il est temps, même si personne ne sait combien de temps il est raisonnable de garder un œuf dur hors du frigo, d'autant plus dans la chaleur des bras de leur enfant qui le serre contre lui, le trimballe partout. Et ce afin qu'il ait toujours un doudou en bon état, car pour eux aussi c'est son doudou.

Des années plus tard, je regarde la performance d'un artiste en train de couver en direct dix œufs dans un cube de plexiglas au palais de Tokyo (Abraham Poincheval, performance nommée *Œuf*), réussissant à faire éclore un poussin après trois semaines. Je découvre que le rapport à l'œuf peut être un lien entre des individus, même s'il prend une forme différente pour chacun (une sorte de communauté de l'œuf).

(13) Je prépare avec ma fille de cinq ans une pâte de coings après qu'on les a cueillis, ça prend des heures, beaucoup d'étapes, de casseroles. Une fois terminé, je ne veux pas qu'elle en apporte à l'école le lendemain, ça fait trop père au foyer. Ma réaction n'est pas du tout scandinave.

Doigt dans le nez

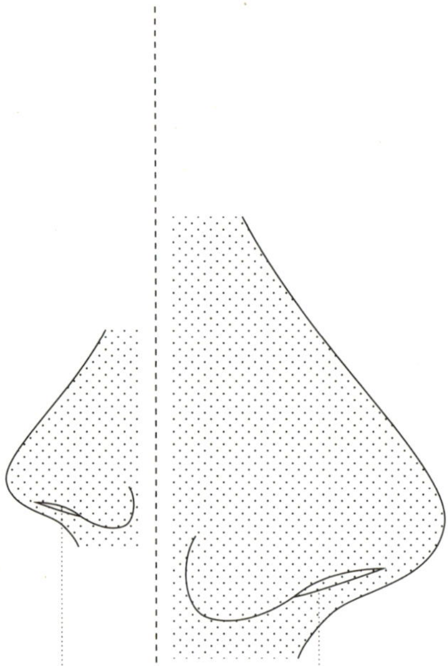

Nombre de fois par an où j'ai dit à mes enfants de ne pas mettre leur doigt dans leur nez
340

Nombre de fois par an où j'ai mis mon doigt dans mon nez
1 460

Leçons de piano

Prises par moi

10

Prises par mes enfants

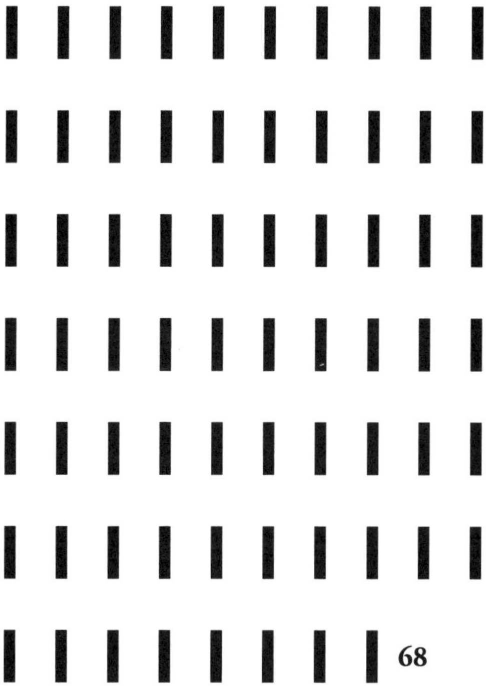

68

(14) Je suis dans un moment de vacillement, je mets un disque de Glenn Gould jouant Bach *(Partitas, Préludes & Fugues)*, cela me calme. J'imagine que mon cerveau est une plante et la musique de Bach un ensemble de tuteurs qui le maintiennent, lui redonnent une forme.

(15) Mon fils vient de naître à Paris, je deviens père pour la première fois, et je pense qu'il doit grandir à Bruxelles (et si je ne fais rien, il va grandir à Paris). C'est une évidence, pas logique mais émotionnelle, complexe à décrire à E. qui me demande pourquoi (elle est née à Paris et y a toujours vécu). Je cherche si les raisons sont objectives : les arbres plus nombreux, la campagne à une demi-heure du centre-ville, le fait que dans les supermarchés si vous bousculez quelqu'un, la personne s'excuse avant vous (à l'inverse de Paris où c'est forcément vous le fautif, même si ce n'est pas vous), une façon d'être ensemble plus harmonieuse, et il faut le maximum de douceur pour un enfant. Comme si Bruxelles était un endroit préservé dans le monde, un pays de licornes et d'elfes. Ou alors les raisons sont subjectives : c'est là où j'ai grandi, donc de façon générale c'est là où on grandit (même si d'autres gens grandissent ailleurs). Comme si j'avais associé le fait de grandir à une ville, celle-là. J'ai été un enfant heureux, c'est le souvenir que j'en garde ou que je veux en garder. C'est la seule enfance que je connaisse et devant l'inconnu d'avoir un enfant et de lui donner une enfance, être heureux passe par là.

La question persiste au fil des semaines, E. cherche toujours à comprendre, moi aussi. *Passer par là*, est-ce passer par exactement tout ce que j'ai vécu à Bruxelles ? Pas dans le même ordre précisément (son enfance ne doit pas être un pèlerinage sur les lieux de mon enfance) mais dans le même cadre général, les mêmes conditions devenues les conditions nécessaires d'une enfance heureuse ? J'aime Paris, mais pas pour mon nouveau rôle de père, Bruxelles oui. Devant E., moyennement convaincue, je me dis que ce n'est pas quelque chose à expliquer mais qui se ressent.

Je le regarde dormir, rentré de la maternité, son souffle régulier abaissant et relevant son corps minuscule, m'assurant qu'il va bien. Et un sentiment primal en appelle un autre, un élément inscrit dans la chair appelle un autre élément inscrit dans la chair, qu'importent que les raisons soient objectives ou subjectives, justifiées ou non, Bruxelles est passée au-dessus de tout. Mais concrètement c'est quoi cette ville, derrière l'idée générale ?

Je cherche des images, un inventaire : des lieux de ma jeunesse, une maison avec une table de ping-pong au fond du jardin, le parc de l'autre côté de la rue, des colonies de coccinelles qui avaient envahi un été les arbres et que j'avais récupérées par centaines dans ma chambre, une école avec une malle dédiée aux objets perdus où je regardais ce qui pouvait s'y trouver, un endroit où faire de la luge chez mes grands-parents, un autre où lancer avec mon cousin des sacs plastique remplis d'eau sur les gens.

Des moments sélectionnés comme un best-of émotionnel, auxquels s'ajoutent les souvenirs de toute personne qui me parle de son enfance en Belgique, et qui cadre avec une vision idéale de l'enfance, un truc livresque à mi-chemin entre *Tom Sawyer* et *Quick et Flupke*. Comme l'histoire d'un ami qui vivait à la campagne et allait à l'école à dos de poney, qu'il attachait à une barrière en arrivant et détachait après les cours pour revenir chez lui. Et le raccourci dans ma tête que, potentiellement, si mon fils vivait à Bruxelles, il pourrait aller à l'école à dos de poney (ce qui est peu probable), faire de la luge, ramasser des coccinelles, lancer des sacs d'eau ; comme si tout ça n'existait que là-bas, pas ailleurs. Une perfection douce comme l'état dans lequel je suis, à protéger mon fils, ma femme, mes bras devenus gigantesques, comme des remparts qui enrobent la maison, en forment une seconde autour, un fort inattaquable.

E., elle, a arrêté de chercher à comprendre, me laissant seul à ma question restée indemne. Puis à un moment ça a diminué au point de disparaître après dix mois, repris une place normale dans mon cerveau ; comme une grossesse en un peu plus long, une façon d'intégrer le changement majeur qui a eu lieu dans ma vie. Je me suis habitué au fait d'être père, je comprends qu'il peut être un enfant heureux partout. Mon fils devenant chaque jour davantage un être individuel, pas autonome mais singulier. Un enfant qui a l'air heureux, a déjà commencé son enfance indépendamment de la manière dont je la vis.

Éducation

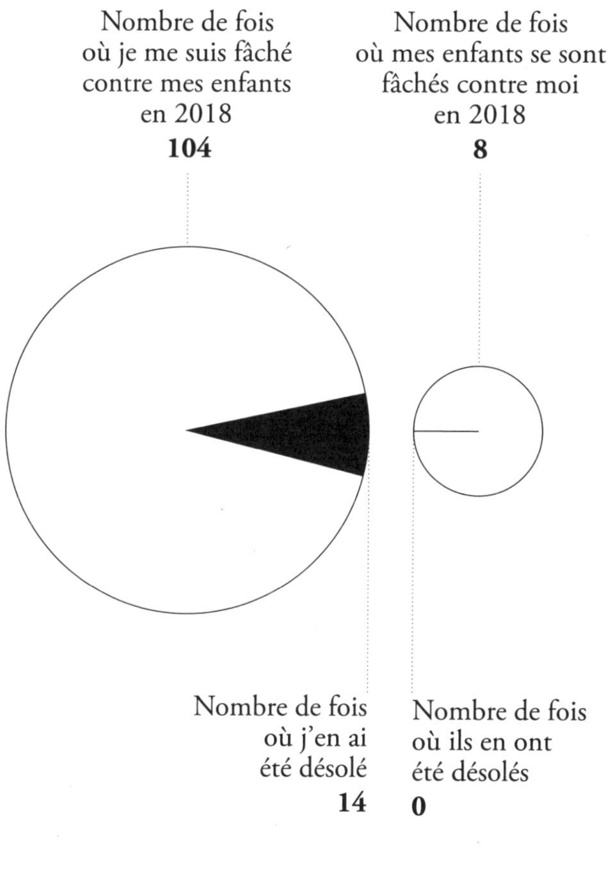

Nombre de fois où je me suis fâché contre mes enfants en 2018
104
Nombre de fois où mes enfants se sont fâchés contre moi en 2018
8
Nombre de fois où j'en ai été désolé
14
Nombre de fois où ils en ont été désolés
0

(16) Les chances d'être un parent parfait s'amenuisent à mesure que les enfants grandissent, qu'importe qu'on ait fait une analyse, qu'on soit conscient des choses à ne pas faire, des schémas à ne pas répéter : statistiquement, à un moment, on fera une erreur (et probablement celle-ci sera un comportement, donc une erreur à répétition). Ma mère m'a prévenu que cela m'arriverait aussi (sans savoir si c'était pour me préparer au futur ou me faire comprendre que tout reproche sur le passé n'est pas fondé). Avec trois enfants, entre un et dix ans, j'ai déjà commencé à faire des erreurs, j'en ferai d'autres.

Il s'agit, sachant cela, de rester dans une catégorie d'erreurs acceptables, réparables, des dommages collatéraux légers de la volonté de bien éduquer ses enfants. L'écart entre l'effet voulu d'une décision et le résultat, une idée et sa réalisation concrète, permet de mesurer de façon inversement proportionnelle son aptitude à être un bon parent ou à avoir des intuitions éducatives. Et puis il y a le cas Takayuki Tanooka.

À quarante-quatre ans, Takayuki Tanooka veut faire comprendre à son fils Yamato, sept ans, après une randonnée, qu'on ne jette pas des cailloux sur les voitures ni sur les passants, d'autant qu'il a déjà été réprimandé à l'école pour ça. Il arrête soudain son véhicule pour lui montrer qu'il peut faire peur s'il se fâche, débarque son fils au bord de la route, le long d'une forêt de Hokkaido et redémarre, faisant semblant qu'il l'abandonne. Yamato court derrière la voiture pour la rattraper, en vain, et quand

Takayuki Tanooka fait demi-tour cinq cents mètres plus loin, la leçon devant avoir fait son effet, il ne le retrouve pas.

Ce n'est pas ce qu'il a prévu, il appelle son fils, le cherche, en vain. Chaque minute est une éternité, d'autant qu'il fait froid au nord bien qu'on soit en mai, la température proche de 4 °C à l'aube, et il n'est pas rare de voir des ours dans cette zone montagneuse. Cent quatre-vingts soldats, secouristes, pompiers, policiers et bénévoles sont mobilisés pour les recherches, accompagnés de chiens, de chevaux mais non, toujours rien. Le pays entier attend l'issue, en émoi, les critiques pleuvent sur le père désemparé. Les jours passent, quatre, cinq, six.

Jusqu'à ce qu'un soldat retrouve Yamato dans un abri au sein d'un camp d'entraînement militaire où il s'est réfugié après avoir marché cinq kilomètres et demi dans le noir le long d'un chemin, sans rencontrer personne depuis. Survivant en buvant de l'eau à un robinet à l'extérieur du local, coincé entre deux matelas la nuit pour rester au chaud, sans rien manger mais gardant espoir que sa famille était partie à sa recherche car malgré le réalisme de ce faux abandon, il sait que ce n'est pas un vrai abandon (comme il saura plus tard qu'à l'inverse certains vrais abandons n'en prennent pas pour autant la forme). Un porte-parole des Forces d'autodéfense indique la résolution de l'affaire à l'agence de presse japonaise tandis que Yamato est transporté en hélicoptère à l'hôpital pour y être examiné, là où ses parents le rejoignent. En pleurs, soulagé, Takayuki Tanooka s'excuse, dit *Je te demande pardon pour t'avoir fait souffrir par ma faute*. Son fils lui répond *Tu es un bon papa, je te pardonne*. Devant les caméras, Takayuki Tanooka fait de nouveau acte de repentance, s'excuse auprès de l'école de son fils, des secouristes, de tout le monde pour avoir créé ce désordre. Il se courbe ensuite en signe de contrition, il a fait une erreur, l'écart total entre l'idée de départ et le résultat (la police locale signalant quand même son cas aux services de protection de l'enfance).

Je parle de l'histoire des Tanooka à un ami, comme d'un cas extrême, exotique, mais ses parents ont fait la même chose : ils l'ont déposé au bord d'une route un jour d'insolence et ont redémarré. Au lieu de s'enfoncer dans une forêt, il a fait du stop et dépassé à bord d'une autre voiture ses parents qui s'étaient arrêtés plus loin. Les choses ne sont jamais aussi lointaines ou étrangères qu'on ne le croit.

8

Sport

Sports majoritairement pratiqués

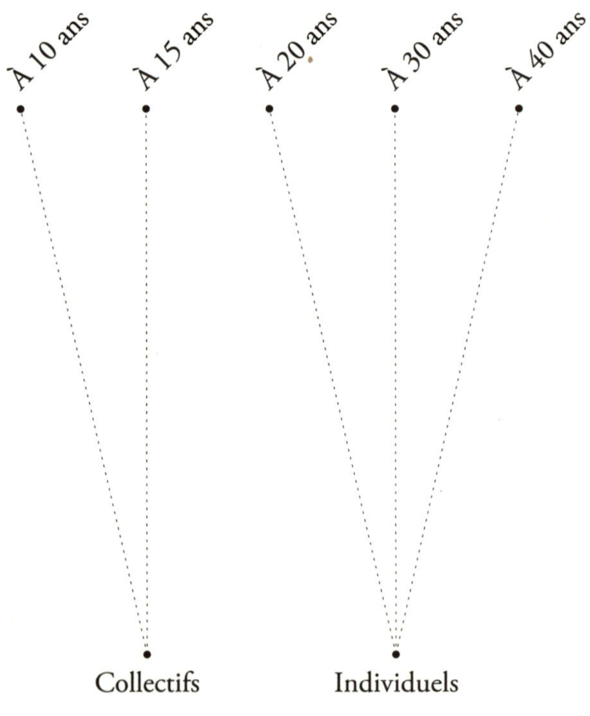

Heures annuelles de jogging

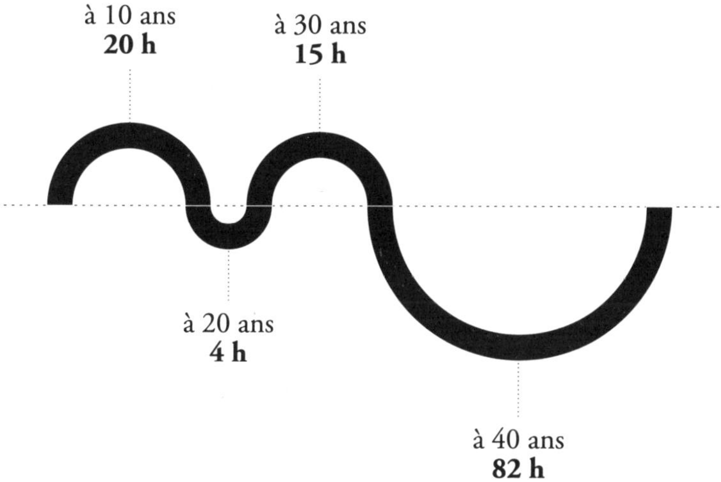

(1) Au parc, il y a ceux qui regardent qui sont les plus rapides à la course et se mesurent à eux. À l'inverse, il y a ceux qui regardent les plus lents et se mesurent à ceux-là. Mais dans quel sens : en voulant être plus rapides qu'eux (et gagner au moins sur quelqu'un) ou plus lents encore (et gagner dans la lenteur, comme un absolu) ?

Heures annuelles passées
à faire du sport

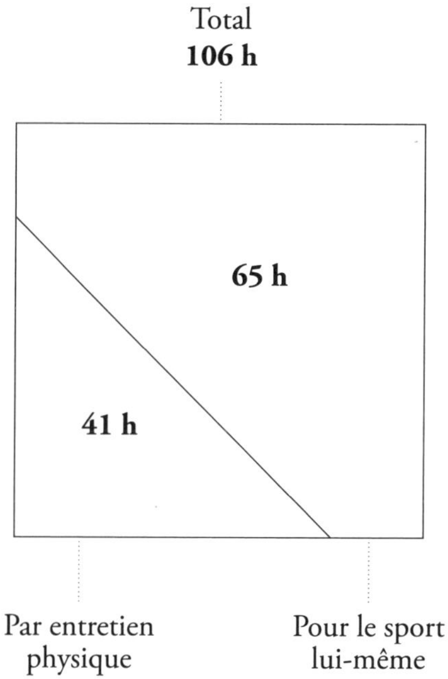

9

Corps

Zones du corps classées
par densité de pilosité

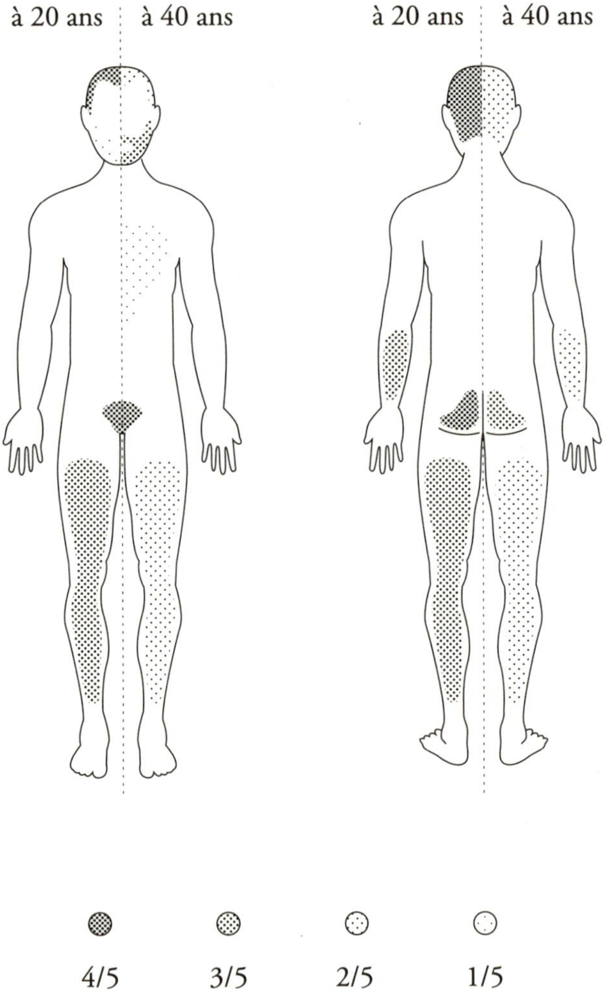

(1) Je regarde dans le miroir mes cheveux que je perds progressivement, et finalement l'idée d'organiser une grande fête pour la fin de mes cheveux ne semble plus si adéquate. Parce qu'il y en a encore assez, et parce qu'il n'y a pas toujours un avant et un après (mais un état entre les deux dans lequel je suis justement).

(2) Je viens de me faire couper les cheveux, ma fille de sept ans trouve que ça ne se remarque pas car, selon elle, je n'ai rien coupé. Elle comprend soudain, me dit qu'en fait je n'ai pas coupé beaucoup *pour ne pas gâcher*. Comme s'il s'agissait d'une denrée rare.

Dents

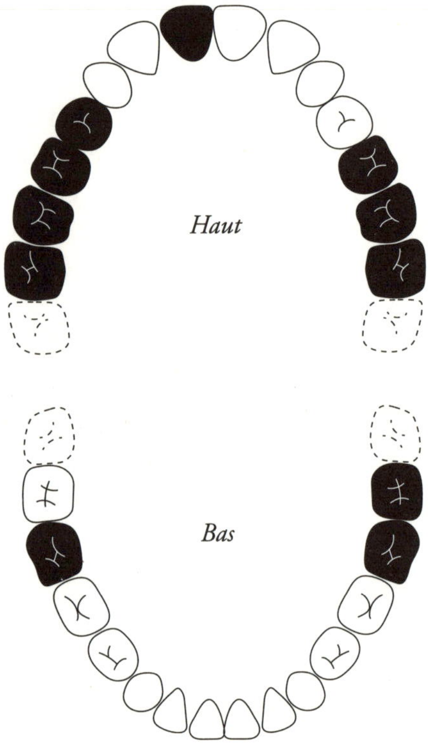

Intactes	Arrachées	Modifiées *(inlay, couronne, facette, plombage)*
17	**4**	**11**

(3) Correspondance entre mon fils de sept ans et la petite souris :

Souris, c'est la première fois que j'ai perdu une dent de lait, j'espère que c'est celle-là qui te manque. Je t'aime, Darius

Je me demande ce qu'on lui a dit pour qu'il croie que sa dent puisse manquer à la souris. Manquer comment ?

Repas

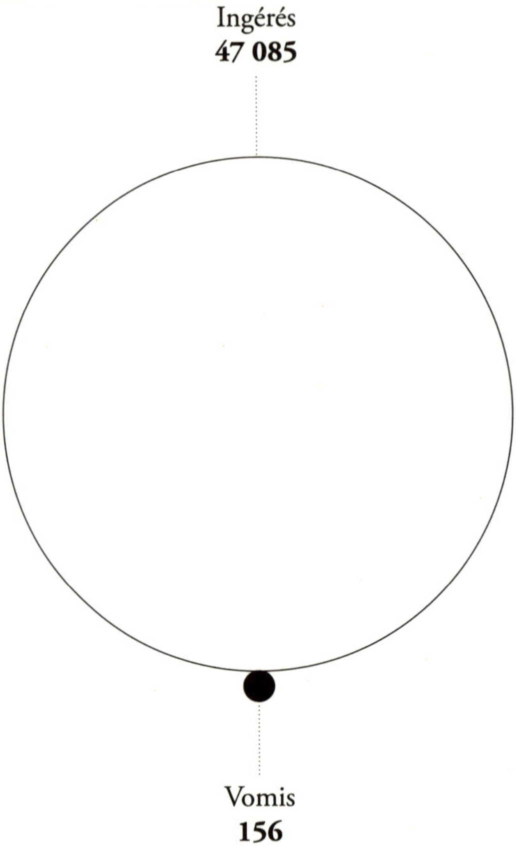

(4) Je retourne en pension le dimanche soir, j'ai quinze ans. Je suis sorti avec une fille pendant le week-end et je n'ai pas envie que l'un ou l'autre de mes camarades qui serait au courant m'en parle. Par timidité, je me force à vomir pour faire diversion.

(5) J'ai dix-sept ans, j'ai une gastro-entérite et vomis la moussaka que ma mère a préparée. Elle le prend mal ; ce qui la contrarie est moins mon état que le fait que j'aie rejeté son plat fait avec amour (ou son amour directement). Redire que j'ai une gastro-entérite ne change rien.

Ongles de main

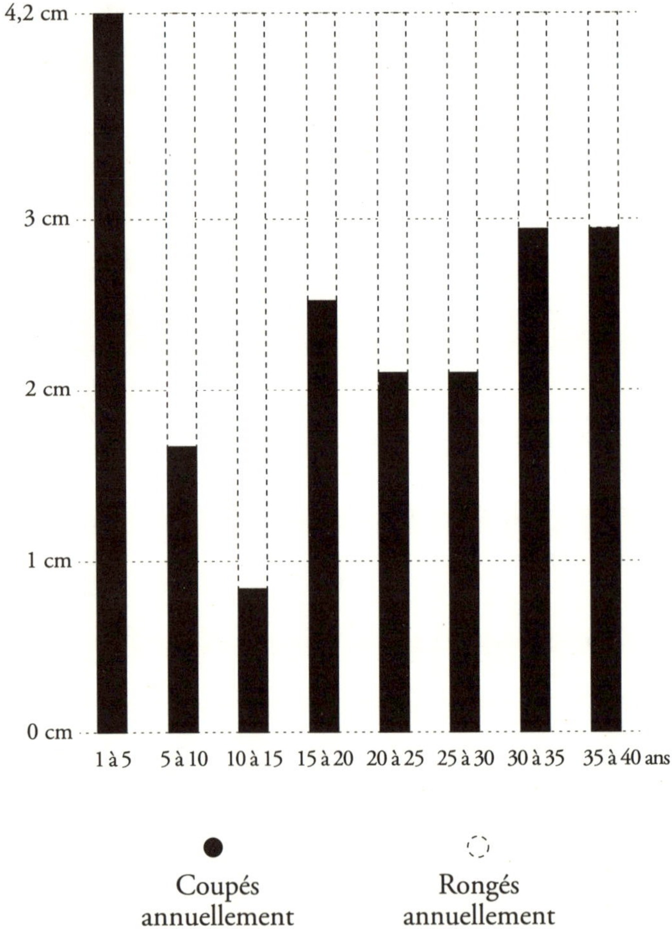

(6) Deleuze avait les ongles longs et non taillés, un fait qu'il n'avait pas expliqué et ne cachait pas non plus (il s'en servait pour se recoiffer). Certains ont cherché à savoir pourquoi, dont un de ses amis qui a donné son interprétation dans un article : c'est un signe distinctif, une singularité, comme Greta Garbo a ses lunettes noires. Deleuze a été heurté car son ami a choisi la version la plus *moche*.

Il y en avait d'autres possibles. Qu'il les ait laissé pousser pour avoir justement toujours sur lui de quoi se coiffer. Que ce soit une référence aux nobles et lettrés chinois qui gardaient long l'ongle de l'auriculaire, et parfois du pouce, pour montrer qu'ils étaient des intellectuels. Qu'il s'agisse en fait de griffes, du *devenir-animal*, le concept qu'il avait créé avec Félix Guattari. Ou ses ongles étaient une forme concrète de rhizome, son concept phare au bout des doigts dont il parle en agitant les mains, des racines prolixes et noueuses.

Deleuze répond à son ami en lui donnant encore d'autres interprétations possibles : *que ma mère me les coupait et que c'est lié à Œdipe et à la castration (interprétation grotesque mais psychanalytique).* Ou on peut dire : *Il ne faut pas manger tes ongles parce qu'ils sont à toi ; si tu aimes les ongles, mange ceux des autres, si tu veux et si tu peux (interprétation politique).* Ou que cela tient encore à autre chose (qui peut se déduire en observant mieux l'extrémité de ses doigts) *: que me manquent les empreintes digitales ordinairement protectrices, si bien que toucher du bout des doigts un objet et surtout un tissu m'est une douleur* *nerveuse qui exige la protection d'ongles longs (interprétation tératologique et sélective).*

À tout ça, son ami, lui, n'a pas pensé. Ni au fait que personne n'est plus habilité à expliquer son propre comportement que soi-même.

Transit annuel

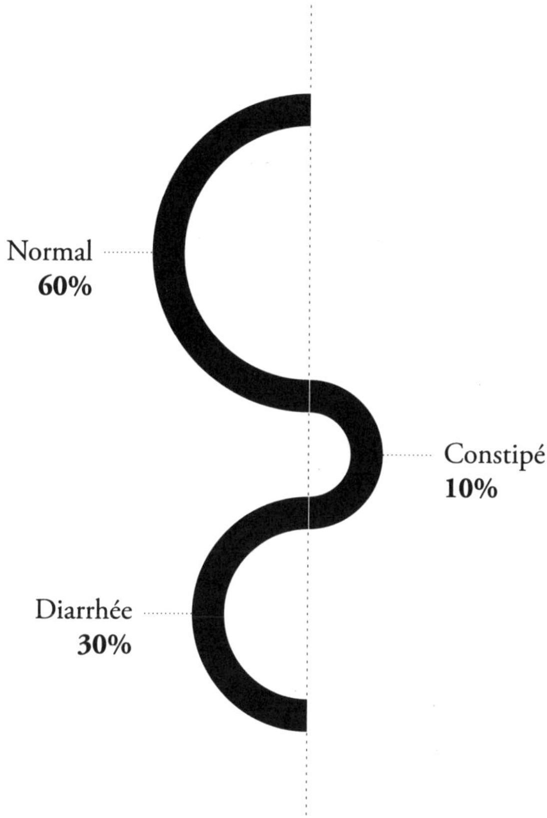

Organes et tissus

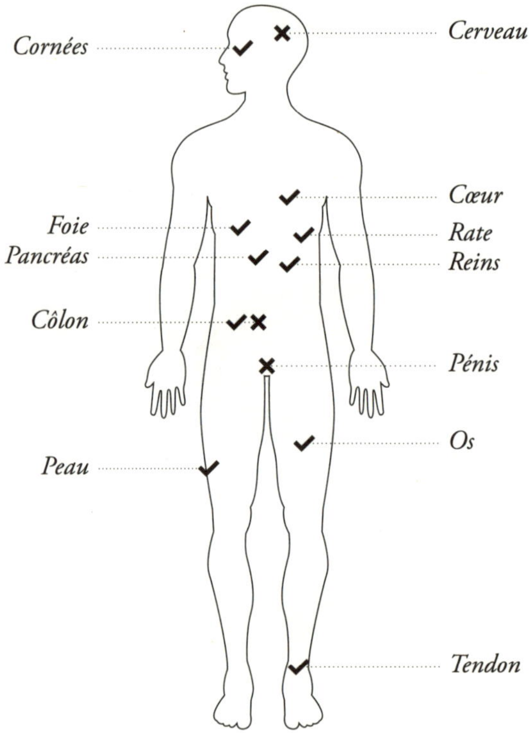

✓ Qui pourraient être prélevés (en cas de décès)

✗ Pour lesquels je pourrais signifier mon opposition à leur prélèvement

(7) Le côlon est un disque dur, le deuxième cerveau relié au plus profond du dispositif limbique. Il détient les archives personnelles, la densité du vécu, mais sous une autre forme que les images et les sensations stockées dans les neurones : il les garde comme des éléments de plaisir ou de dégoût, d'absorption ou de rejet, de compatibilité ou de danger. Il porte les stigmates des hauts et des bas, les traumas et les peurs inscrits dans les tissus ; une mémoire inconsciente, en infracouche, une *dark memory* intime, quelque chose qui ne se donne pas, d'intransmissible (dans mon cas l'organe n'est pas le plus fonctionnel, une vie est sa limite).

(8) Je me demande si, devant plusieurs côlons alignés sur une table, je reconnaîtrais tout de suite le mien.

Litres de liquides annuels

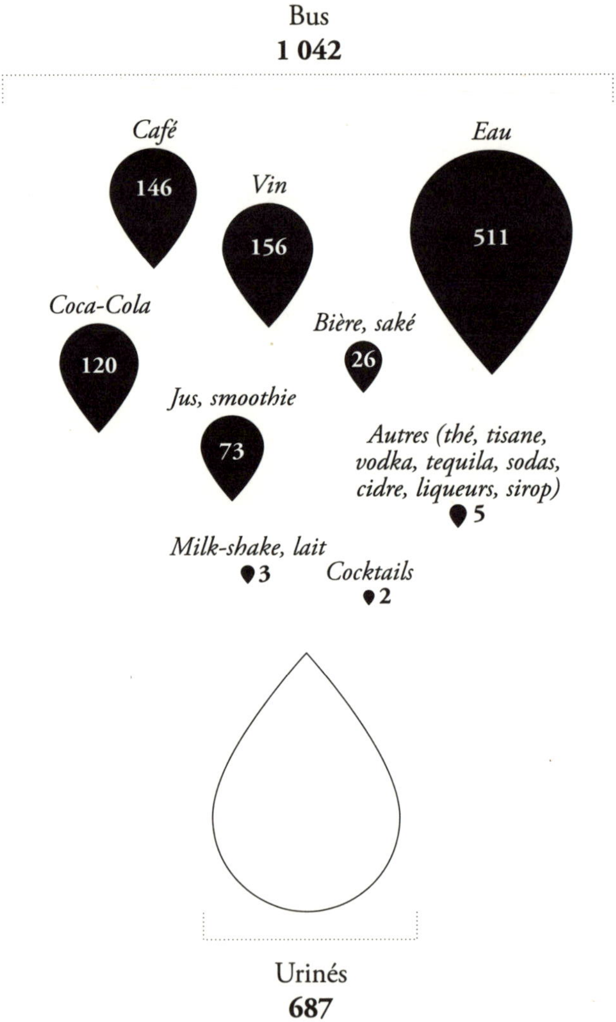

Médecins ou spécialistes
vus annuellement

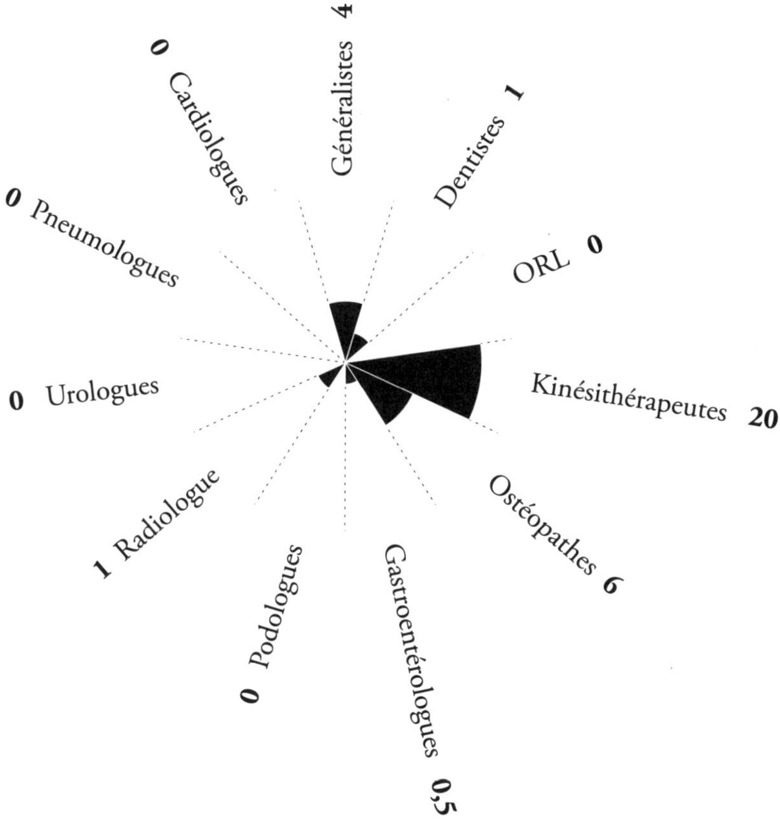

Présence moyenne de boutons
pendant l'adolescence

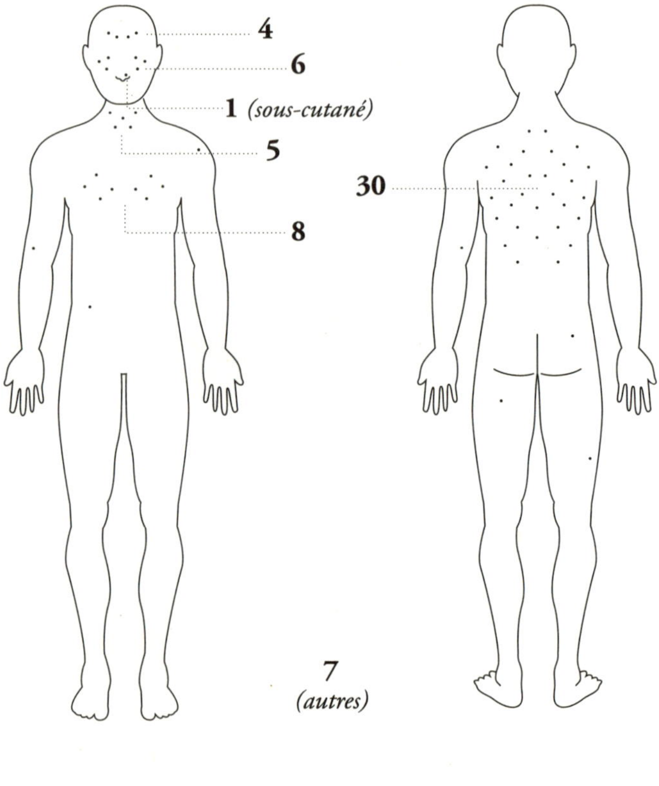

[9] Je pense qu'il y a une acné du cerveau (certaines choses ne sont pas vraies mais pourtant elles font sens). Une altération de sa paroi intérieure à l'adolescence qui modifie les raisonnements, la surface des neurones, crée des protubérances, des rougeurs, des courts-circuits entre les synapses, des raccourcis. Une période qui laisse des traces chez certains à l'intérieur comme cela en laisse sur la peau pour d'autres.

[10] L'adolescence a ceci d'étrange qu'en pleine tentative d'affirmation de soi, on a pourtant un physique très ingrat ; un problème cutané ou sous-cutané qui peut altérer la crédibilité. Sauf si son interlocuteur est aussi un adolescent car, si chacun est atteint à un degré divers par la présence de boutons, tous sont inclus dans une période où ça va ça vient. Dans la pension où j'étais de treize à seize ans, il y avait une règle tacite : si vous n'en avez pas maintenant (selon les développements précoces, tardifs, poussées et rémissions), vous en avez eu ou vous en aurez plus tard. Il faut donc avoir une clémence de principe, faire comme si de rien n'était.

Urgences

Nombre de fois
où j'y suis allé

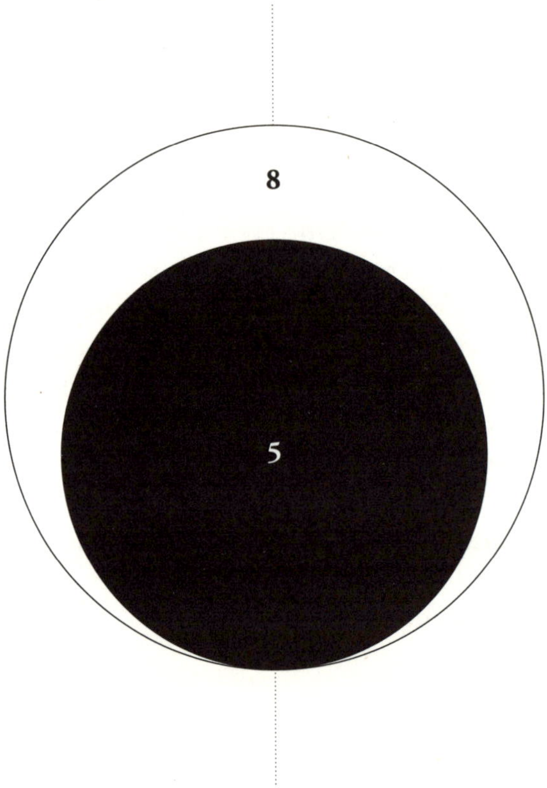

Nombre de fois
où y aller était justifié

[11] Je suis allongé sur un lit aux urgences, j'ai passé la nuit en observation après une forte réaction allergique. J'ai très bien dormi. J'imagine l'histoire d'un homme qui ne dort bien qu'aux urgences.

[12] Il donne sa carte d'identité après être entré à l'hôpital en début de soirée, et la raison de sa présence. Il leur dit que ça ne va pas, un décollement du poumon, il croit. Il a dû trouver une autre raison et un autre service d'urgence que la dernière fois (un œdème le mois d'avant dans un autre hôpital, ne sachant pas si les historiques des services d'urgence étaient regroupés dans une même base de données). Il sait qu'il va bien dormir ici, de tout son saoul, qu'importent les allées et venues, les infirmières, les patients arrivés ivres ou hurlant en pleine nuit, qu'importent les prises de sang, l'observation continue, la prise de cachets, les réglages de la perfusion, les repas rébarbatifs. Il ne dort bien plus qu'ici. Il ne sait pas pourquoi, mais en attendant il veut dormir. Il manque de sommeil et c'est à force une urgence pour lui (même si elle n'est pas répertoriée comme telle).

Allergies supposées

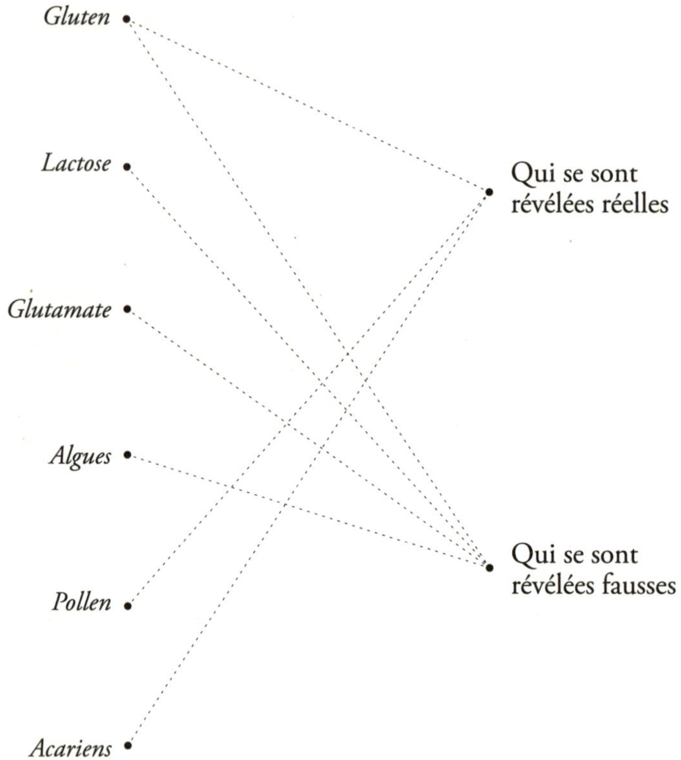

(13) Devant la carte d'un restaurant, je me demande quel plat a le moins de risque de contenir d'élément allergène non identifié qui m'a envoyé aux urgences l'autre jour. Je choisis la tomate mozzarella. Je me demande si à un moment de ma vie je ne serai pas réduit à ne manger que de la tomate mozzarella (ou des pizzas). Cela ne me dérange pas.

Distance entre le bout de mes doigts
et mes orteils en essayant
de toucher mes pieds

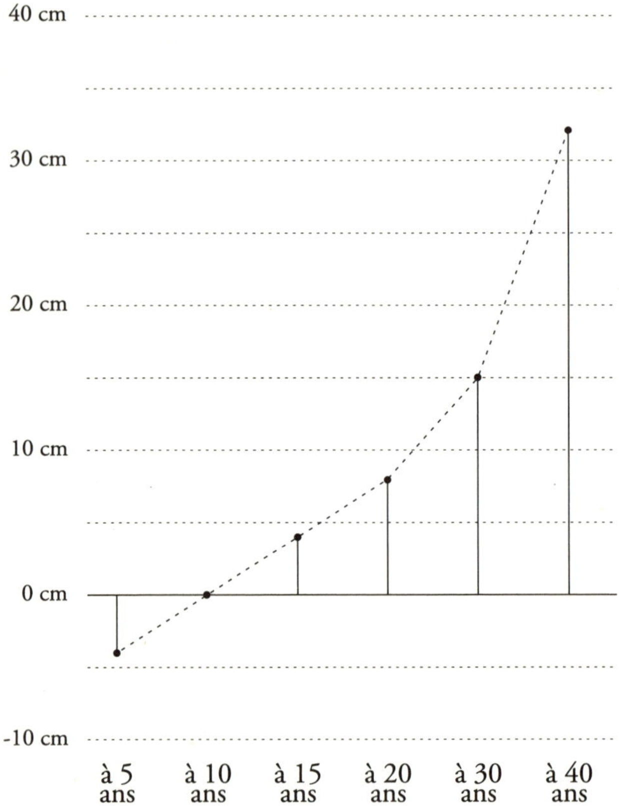

[14] En pension, quand j'avais treize ans, le professeur d'éducation physique avait fixé comme règle que si on touchait ses pieds en se penchant vers l'avant, on avait 10/20. Si on les dépassait, chaque centimètre valait un point supplémentaire. De même chaque centimètre d'écart, si on n'arrivait pas à les toucher, était un point de moins. Je n'ai jamais eu la moyenne. J'y repense à certains moments en me penchant, à ce que les choses peuvent avoir d'arbitraire (sans plus de chance d'avoir la moyenne maintenant).

[15] Les souvenirs sont plus que des éléments du passé : ce sont des éléments constitutifs. Sinon on ne s'en souviendrait pas.

Localisation des principaux maux
et maladies depuis ma naissance
hors angoisses

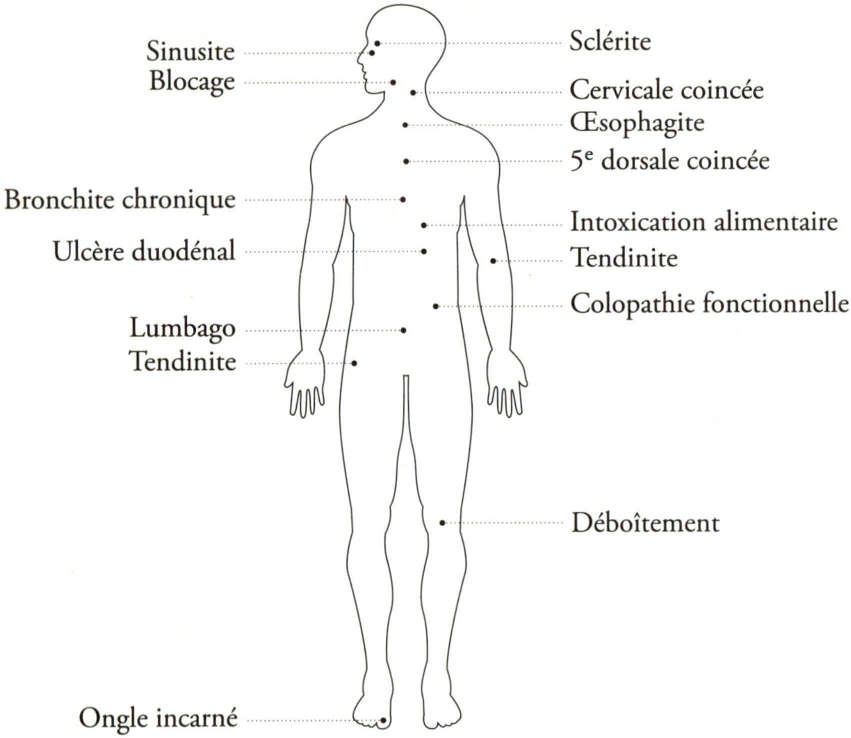

10

NUIT

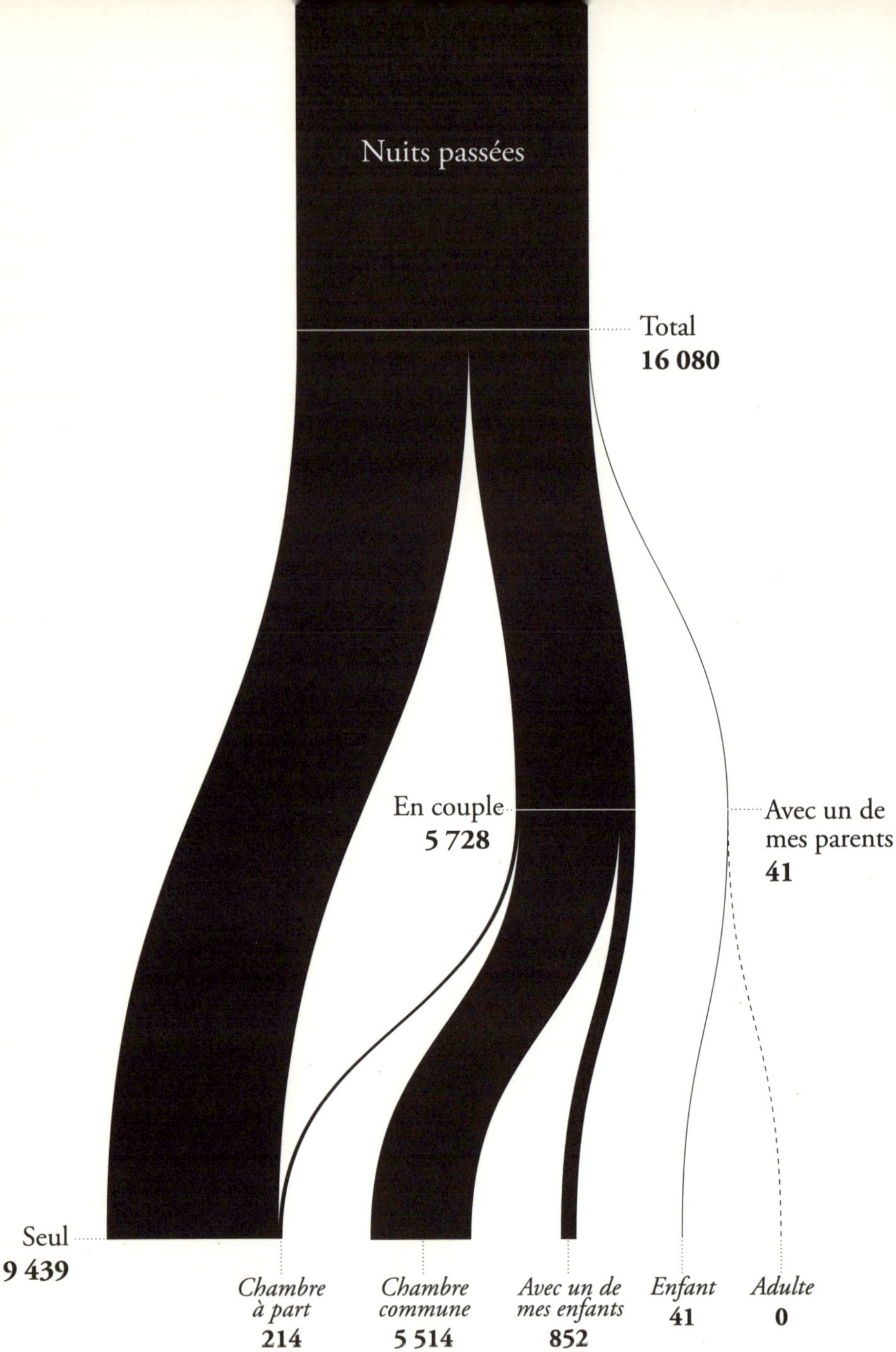
Nuits passées
Total
16 080
En couple
5 728
Avec un de mes parents
41
Seul
9 439
Chambre à part
214
Chambre commune
5 514
Avec un de mes enfants
852
Enfant
41
Adulte
0

(1) Il y a les raisons objectives de faire chambre à part : ronflement excessif de l'autre, insomnie, maladie contagieuse ou nécessitant un isolement, ronflement excessif de sa propre personne (qui fait que c'est à vous d'aller dormir ailleurs), enfant venant de faire un cauchemar et prenant trop de place dans le lit. Il y a une raison subjective mais plus primaire : l'envie d'être seul dans son lit, comme on en a eu l'habitude pendant la majeure partie de sa vie, avant.

(2) Une nuit sera la bascule, celle qui fera que j'aurai soudain passé moins de nuits seul qu'en compagnie. Soudain dormir seul deviendra alors une nouveauté ou quelque chose de perdu, d'oublié, que je retrouverai.

(3) Mon grand-père (maternel) n'a pas passé plus de dix nuits séparé de ma grand-mère (maternelle) en presque soixante ans de mariage. Il était avocat, d'une culture écrite et séducteur. Elle refusait qu'il parte à l'étranger sans elle par peur des autres femmes, de même qu'elle trouvait les week-ends entre amis dangereux pour le couple. Le lendemain de la mort de ma grand-mère, j'ai vu mon grand-père pleurer sans pouvoir s'arrêter, il était démuni sans elle. J'ai vu pour la première fois l'homme derrière le grand-père. Il l'a rejointe huit cent trente nuits après.

Principaux rêves récurrents

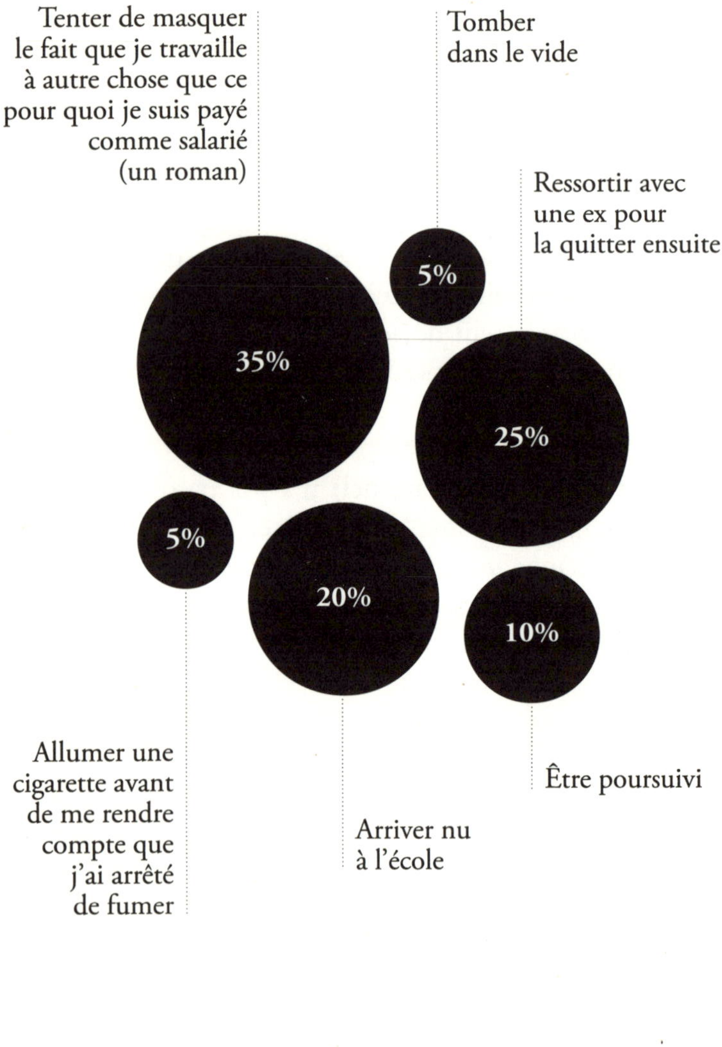

(4) Il devrait y avoir une ligne téléphonique accessible vingt-quatre heures sur vingt-quatre pour l'interprétation des rêves, une sorte de *help desk* ou *hotline* à destination de ceux qui ne sont pas en analyse, n'ont pas d'interlocuteur particulier avec qui discuter du rêve qu'ils ont fait, des possibilités d'interprétation de celui-ci (les proches n'étant pas qualifiés, indépendamment du fait que le récit des rêves n'intéresse personne). Il suffirait ainsi d'appeler ce service en se levant pour donner les éléments du rêve et recevoir des indices, des pistes de compréhension.

Réveillé d'une nuit au rêve étrange, je n'ai pas rappelé le psychanalyste que je voyais avant, et comme ce service n'existe pas, je devrai attendre d'en croiser un au hasard de la vie pour le lui raconter, mais le rêve sera moins présent à l'esprit, ses détails moins précis, l'envie ou le besoin d'en chercher le sens moins fort.

Ronflement

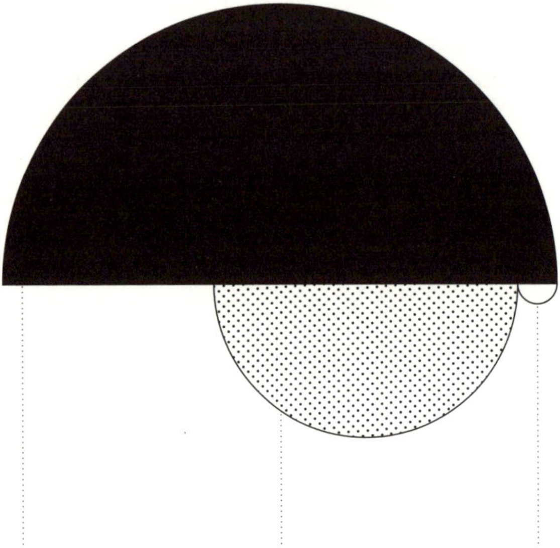
Nombre de nuits où j'ai ronflé **6 240**
Nombre de nuits où quelqu'un a été réveillé par mon ronflement **1 872**
Nombre de nuits où j'ai été réveillé par mon ronflement **32**

[5] Les ronflements peuvent être considérés comme gênants, à faire taire (d'une façon ou d'une autre : secouer l'autre, tirer sur son oreiller, faire du bruit pour le réveiller). Ou ils peuvent être vus comme un âtre dans la nuit silencieuse, un endroit vivant duquel s'approcher pour celui qui se sent trop seul, où venir se réchauffer, écouter les variations des bruits de sifflements, oraux et nasaux, comme on regarde des flammes bouger, et que la nuit paraisse plus douce, chaleureuse.

[6] Il y a un autre terme que j'ai découvert et qui m'a éclairé, car il nommait de façon précise un élément présent dans ma vie mais non verbalisé (et qui se renforçait avec la naissance de mes enfants).

Dans un article de David Foster Wallace sur la campagne de John McCain, il parle d'un acronyme utilisé par le staff de journalistes : *ODP* pour *Opportunité de pioncer*, comme ils ont aussi *ODF* pour *Opportunité de fumer* : le moment où soudain c'est possible et qu'il faut consacrer à cela, dans une perspective d'optimisation du temps. Dans mes journées, je me rends compte que je ne suis parfois qu'à la recherche de ça en fait, des ODP pour recharger les batteries : programmant dès le lever le moment où je pourrai faire une sieste, celui où, les enfants à l'école, je serai seul dans l'appartement, ou le week-end en décidant de me recoucher une heure après m'être levé, en alternance avec E.

Nommer un comportement permet de mieux se comprendre, et de gagner du temps. Il ne s'agit plus ensuite que de repérer les fenêtres de tir, les opportunités ; et l'identification claire du besoin permet d'identifier de façon claire le moyen d'y répondre.

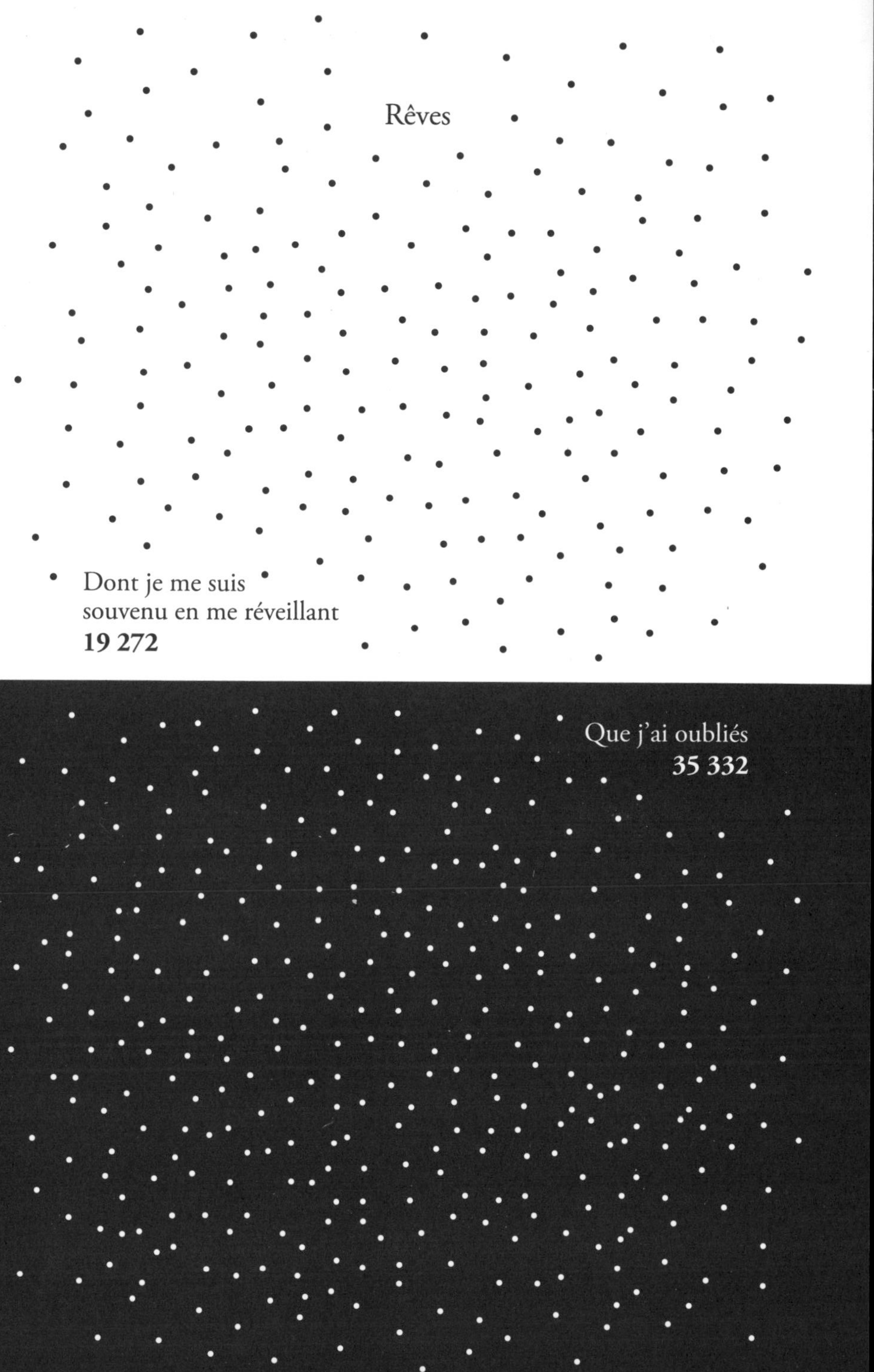
Rêves
Dont je me suis
souvenu en me réveillant
19 272
Que j'ai oubliés
35 332

11

Rapport à soi

Fugues

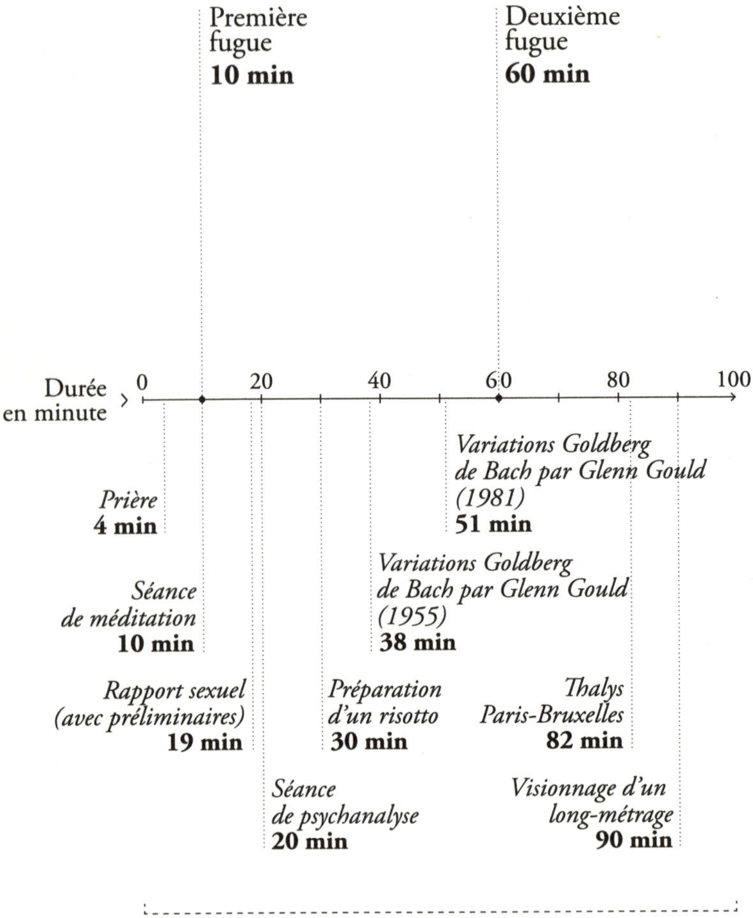

Durées comparatives

(1) Je suis caché, à huit ans, derrière la balustrade en pierre du parc en face de la maison : j'ai fugué. J'attends une heure, sans bouger, que mon père ou quelqu'un vienne me chercher. Je reviens. Je me demande s'ils ont remarqué que je me suis enfui.

(2) Pour qui fait-on une fugue ? Pour soi, pour prendre l'air, le large, les jambes à son cou, l'avenir à bras-le-corps ? Pour les autres, pour qu'ils le remarquent ? Ou c'est juste un moment pour soi, détaché du reste : une parenthèse, une bulle, une façon de partir à l'aventure, plonger dans une fiction, faire une prière ?

Car que se dit-on dans une fugue : qu'on ne reviendra jamais ou si, mais plus tard ? Ou on reviendra mais sans se le dire, car si on sait d'emblée qu'on reviendra, est-ce une fugue ou alors seulement une balade, une brève errance ? Et lors de la fugue, va-t-on quelque part ou juste ailleurs que chez soi ? Jusqu'à quel âge est-ce une fugue : l'âge légal (une démarche de mineur) ou il n'y a pas d'âge pour fuir ?

La crise de la quarantaine est-elle une forme adulte de la fugue : quitter tout ce qu'on a construit (couple, famille, travail) sans savoir si on reviendra ? Procrastiner est-ce une autre façon de le faire : créer des interstices de temps qui échappent à toute emprise du monde extérieur ?

Vivre à l'étranger, ailleurs que dans son pays d'origine, est-ce aussi une forme de fugue ? Pas sur toute la longueur (des années, des décennies) mais au moment où on décide de partir, et qu'importe le fait de prévenir, d'être joignable, localisable, car concrètement on n'est plus là ? Qu'importe aussi si on peut voir autant sa famille qu'avant, ses proches, car dans les faits on est ailleurs ? Et si on ne revient jamais, est-ce encore une fugue ou juste un départ définitif ?

Nombre de fois où l'on m'a appelé

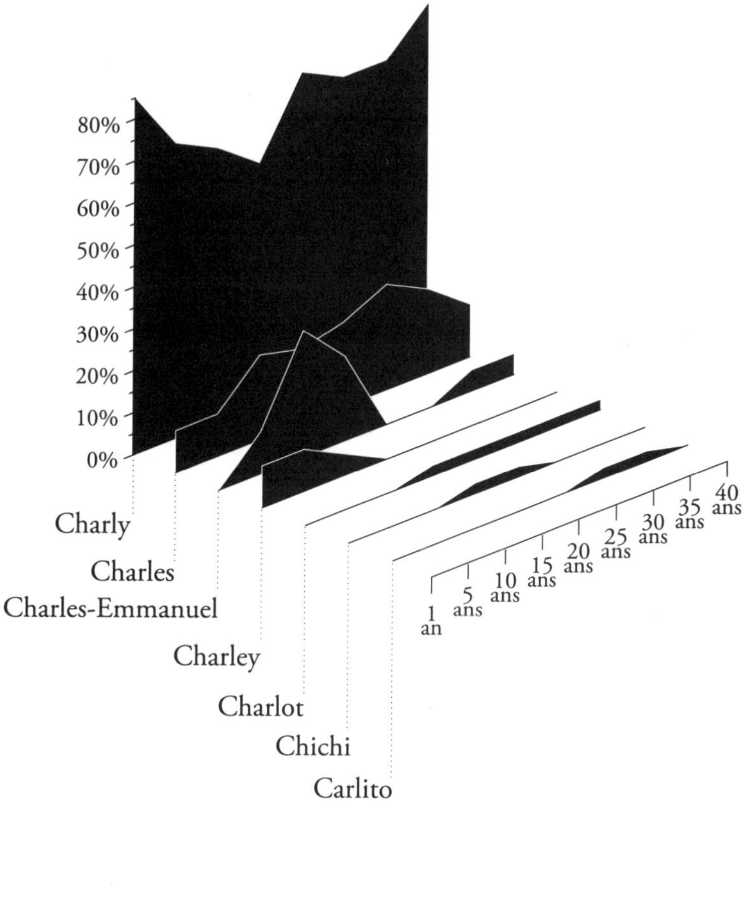

(3) Ma mère est enceinte, avec mon père ils réfléchissent à mon prénom. Si c'est un garçon, mon père pense à *Charles-Maurice*, en référence à Talleyrand. Ma mère pense, elle, à *Patrice*, quelque chose de moins vieux jeu selon elle, mais mes initiales feraient *PD* donc mon père s'y oppose. Mon père propose *Charles-Emmanuel* (il en connaît un qui dégage une plénitude, une force tranquille, une figure de pater familias élégant, habillé de guêtres). Et ça reste *Charles* (de *Carolus*, l'homme fort, une dimension impériale), et *Emmanuel* (signifiant *Dieu est avec nous*). Ils tombent d'accord.

(4) Mon grand-père paternel s'appelait *Jean*, ma grand-mère paternelle *Marie*, mon père s'appelle *Jean-Marie* (le fruit de ses deux parents). Dans cette logique, j'aurais pu m'appeler *Jean-Janine.*

(5) Ma fille a vingt mois, elle nous regarde E. et moi, disant *MaPa* comme un cri du cœur. Elle nous a fusionnés dans une seule entité.

Fonctionnement régi par

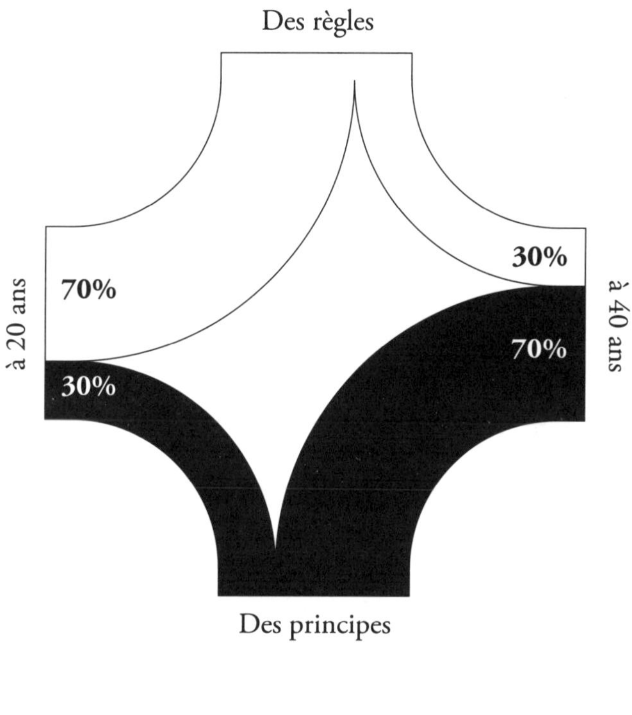

[6] Une règle est une prescription de l'ordre de la pensée ou de l'action, qui s'impose à quelqu'un dans un cas donné. Un principe en est une sous-catégorie : c'est une règle définissant une manière type d'agir et qui correspond le plus souvent à une prise de position morale *(Larousse)*. Une règle plus personnelle en somme.

Un ensemble de règles est le cadre dans lequel on grandit, que l'on intègre ; un ensemble de principes est le cadre que l'on se construit (et qui remplace le précédent). À quel âge a lieu le point de bascule qui fait passer d'un fonctionnement dicté par les autres à un fonctionnement propre, des règles émises par soi ? Est-ce soudain ou cela a lieu de manière diffuse et on ne se rend compte que plus tard qu'on a basculé ? Ou c'est une transition fluide, progressive entre vingt et quarante ans, qui relève du fait de vivre ? Et dans ces principes que l'on se forge, quelle part reste-t-il des règles qui nous ont guidés au départ ?

[7] Ma fille a dix-huit mois ; quand elle mange un aliment, elle ouvre grand sa bouche pour en montrer l'intérieur. En retour, je lui montre ce que j'ai dans la mienne (si je ne le fais pas, elle vient me voir pour que je le fasse, car le jeu va dans les deux sens). C'est une complicité qui va à l'encontre d'une règle de base : on mange la bouche fermée. Si elle n'a pas l'âge pour intégrer cette règle, ou désapprendre cette habitude, jouer avec un interdit aurait pu être un principe éducatif en soi. Plus simplement, ça nous amuse

(qu'importe si c'est transgressif ou non), et rire est souvent un principe de vie au-delà des règles.

(8) Carte reçue de mon père pour mes dix-sept ans, qui se terminait par :

> *La vie est à toi et je te la souhaite belle.*
> *Essaye de respecter les règles : c'est plus facile ainsi.*

Éléments standards de la crise de la quarantaine ressentis ou qui ont eu lieu

	À 40 ans	À un autre moment de ma vie	Jamais
Défi sportif			●
Défi personnel	●	●	
Changement d'activité		●	
Nouveau hobby	●	●	
Dépression passagère	●	●	
Crise existentielle		●	
Achat d'une voiture de sport ou d'une moto			●
Nouvelle femme		●	
Chirurgie esthétique			●
Tatouage			●
Nouvelle garde-robe		●	
Décision d'une année sabbatique		●	
Se consacrer à une activité artistique		●	

(9) En regardant les éléments standards de la crise de la quarantaine, ses étapes-clés, je me rends compte que j'ai fait la mienne en grande partie tout au long de mes quarante premières années. La faire avant, diluer la crise dans sa vie entière, rend moins violent le passage des quarante ans. Ça n'a pas été une volonté ni de la prévoyance, mais un travail répété de déstabilisation de mes choix, une habitude de tout remettre en cause, devenu à force un comportement permanent, et une façon d'entretenir le dialogue avec soi. Mais autant l'avoir tout le long de sa vie que par crises ponctuelles. D'autant que, quand les humains vivront plus de cent vingt ans, il y aura peut-être une crise individuelle majeure tous les quarante ans (dont celle de la quatre-vingtaine). Et là, une instabilité continue sera manifestement préférable à deux ou trois crises graves.

Paires de chaussures possédées par type

Couleurs portées par fréquence

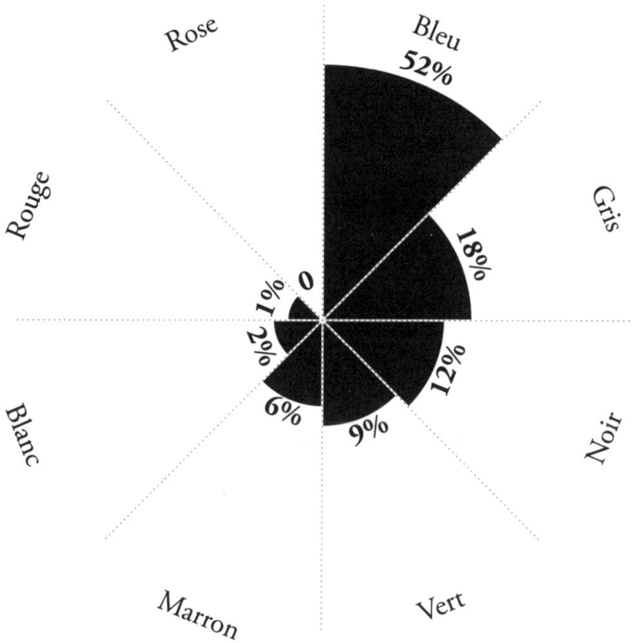

Moments où je me suis imaginé
à quoi ressemblait le fait d'être

Président

78

1

Premier ministre

Voitures de course possédées

En jouet
(enfant)
8

En vrai
(adulte)
0

[10] Preuves dans ma vie d'adulte de choses de l'enfance qui se sont éteintes : vouloir être cow-boy (je ne possède ni Stetson ni santiags), vétérinaire (je n'ai plus aucun animal) ou pilote (je conduis une voiture familiale, plus réaliste).

Part de moi qui est plus

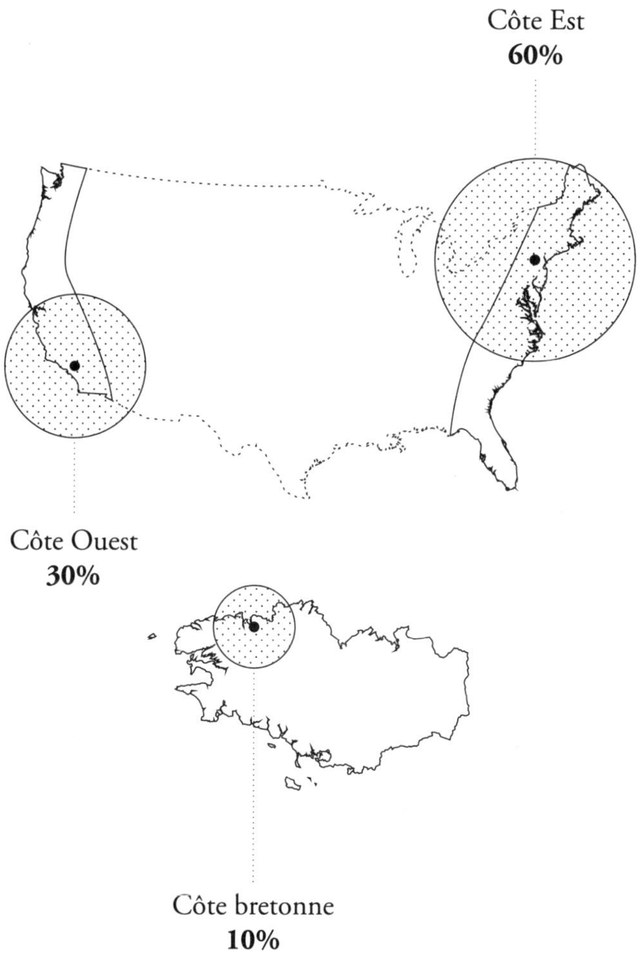

Heures annuelles passées
à écouter

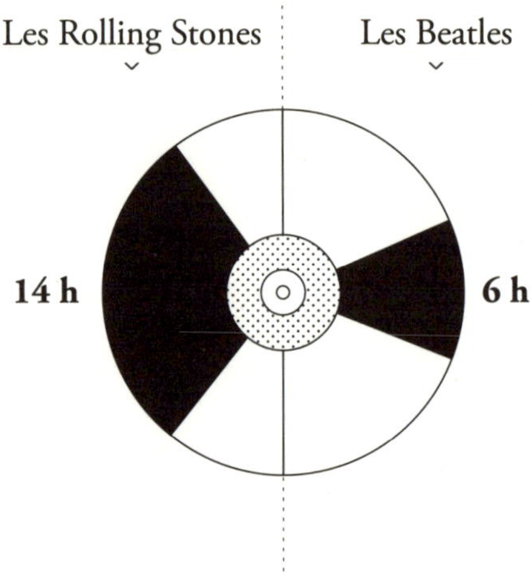

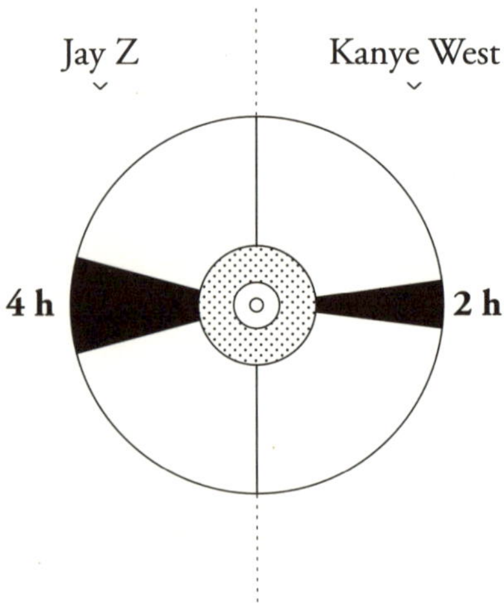

Années vécues dans
un environnement

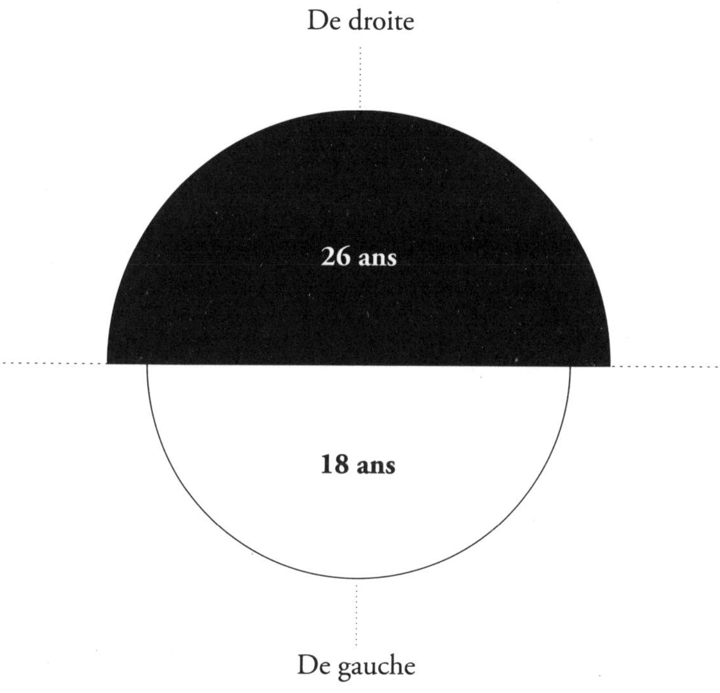

[11] Je suis dans ma famille politiquement (presque) le plus à gauche et dans ma belle-famille (presque) le plus à droite ; au centre ainsi de mon environnement global. La volonté de consensus faisant de moi, de façon plus générale, le chef centriste de la coalition de ma vie.

Cours arrêtés après un temps variable

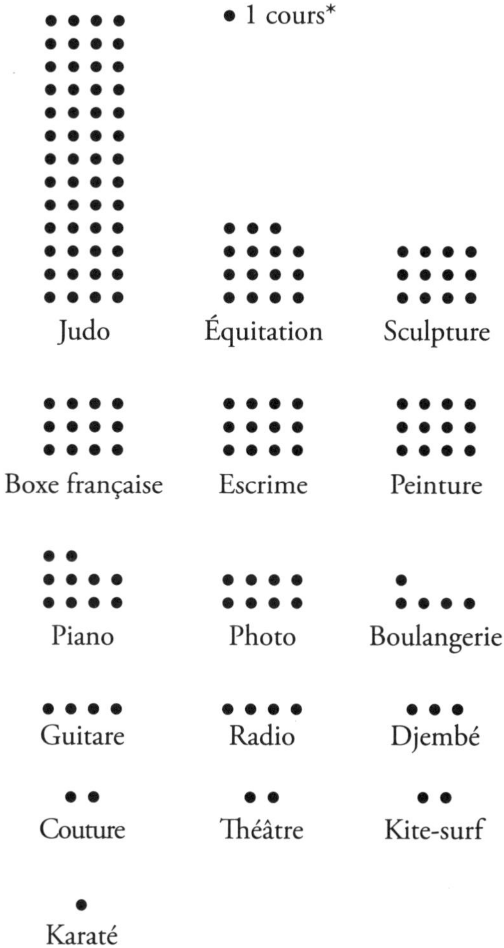

**Hors sports de raquette (tennis, badminton, squash, ping-pong)*

(12) Je suis devant un piano, je ne sais jouer que les quelques mêmes accords depuis dix ans, je me rappelle qu'avant je regrettais en m'asseyant là de ne pouvoir devenir pianiste professionnel. Plus maintenant.

(13) Je suis dans une grange à Troyes la nuit, j'ai vingt ans, j'ai fait huit heures de camion pour me retrouver face à un cheval que m'a offert un ami qui me le montre de la main en souriant (un vieux cheval sous morphine, proche de la retraite mais beau). Je regarde cet être immense et sens soudain une responsabilité : c'est mon cheval et je ne monte pas à cheval.

(14) Je suis sur un cheval à sept ans, dans un manège, j'ai peur, je veux être sur une mobylette. Je crie à haute voix : *Je veux être sur une mobylette.*

(15) J'ai brossé mon cheval, je le promène avec une corde. Je m'en occupe, c'est très bien comme ça, je ne suis pas obligé de le monter : j'assume ma responsabilité.

(16) Que doit savoir faire un homme, que doit-il apprendre ? Pêcher, se battre, fabriquer des vêtements, son pain, dompter un animal ? Une personne m'a montré la cabane qu'elle avait construite seule de ses mains, à la campagne en Belgique : une pièce sur pilotis devant un lac en contrebas, avec une terrasse et un toit cathédrale, avec un canapé, un lit, un poêle, de quoi y vivre, y dormir. Une

véritable cabane dans les bois, une plongée au Canada (ailleurs qu'au Canada).

C'était donc la réponse, car quand on sait construire une maison, on est à l'abri de tout, qu'importe ce qui arrive. On peut protéger sa famille, c'est la première étape, ce que tout homme se doit de faire. Sans savoir si cette réponse a un lien avec un élément primitif (se donner un toit) ou le fait d'avoir hésité à un moment à être architecte.

(17) À dix-huit ans, je suis des cours de peinture. Ils ont lieu à dix heures du matin le vendredi mais je me réveille deux heures à l'avance pour réfléchir à ce que je vais peindre. Je me suis retrouvé bloqué devant la toile blanche, sans sujet, les cours précédents, le professeur passant de temps à autre voir si ma réflexion avance, me disant de peindre le premier sujet qui me vient, ce qui compte est de peindre. Au cours suivant, cela recommence malgré mes deux heures de réflexion préalable, je reste statique, sans plus de sujet (ou de sujet qui justifie de le peindre). Je finis par peindre la toile d'une seule couleur et, avec l'autre côté du pinceau, je gratte pour écrire des phrases. Je n'y retourne plus.

Temps passé à avoir les mains

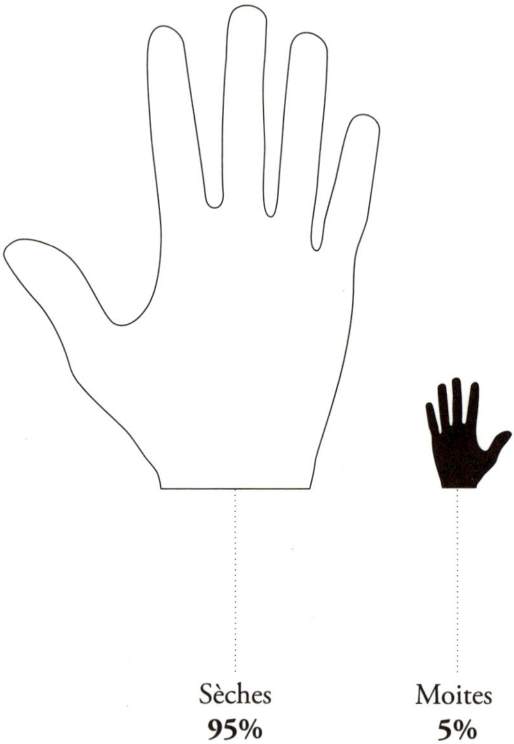

Tatouages

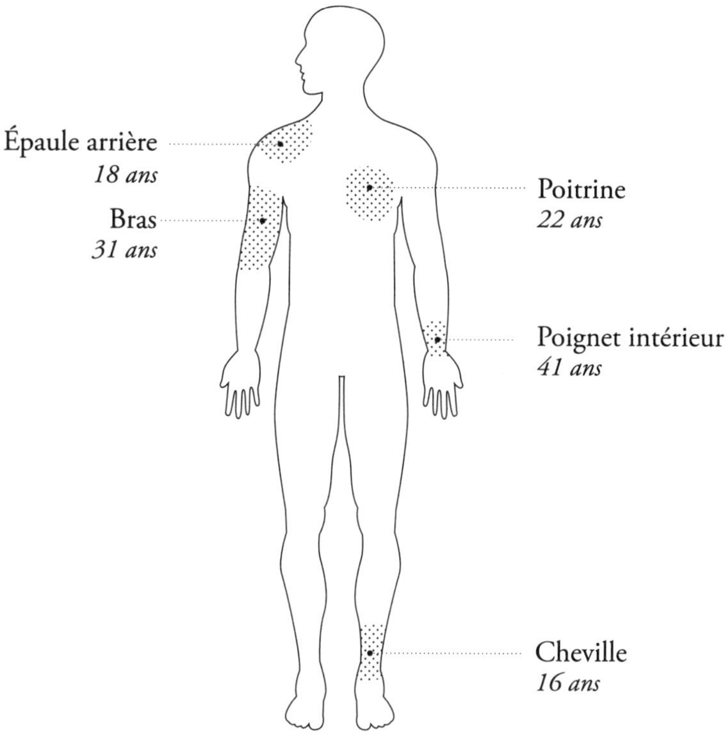

Endroits où j'ai songé à en faire un
(et âge auquel y avoir pensé)
5

Endroits où j'en ai fait un
0

(18) Le seul tatouage auquel j'ai songé sérieusement, à quarante et un ans, était d'inscrire sur l'intérieur du poignet, en petit, *RAF*, pour *Rien à foutre*. Un ami m'avait dit ces lettres comme un mot d'ordre qu'il fallait se rappeler en période de trop grande perméabilité aux impératifs extérieurs, sensibilité aux discours culpabilisants ou excès de pression. Le rappel d'une chose simple par ces trois lettres, d'un droit, d'une légitimité à s'extraire de tout, à ne pas être happé, à un moment où c'était nécessaire. L'idée de les tatouer comme un pense-bête.

Nombre de fois où l'on m'a trouvé une ressemblance avec

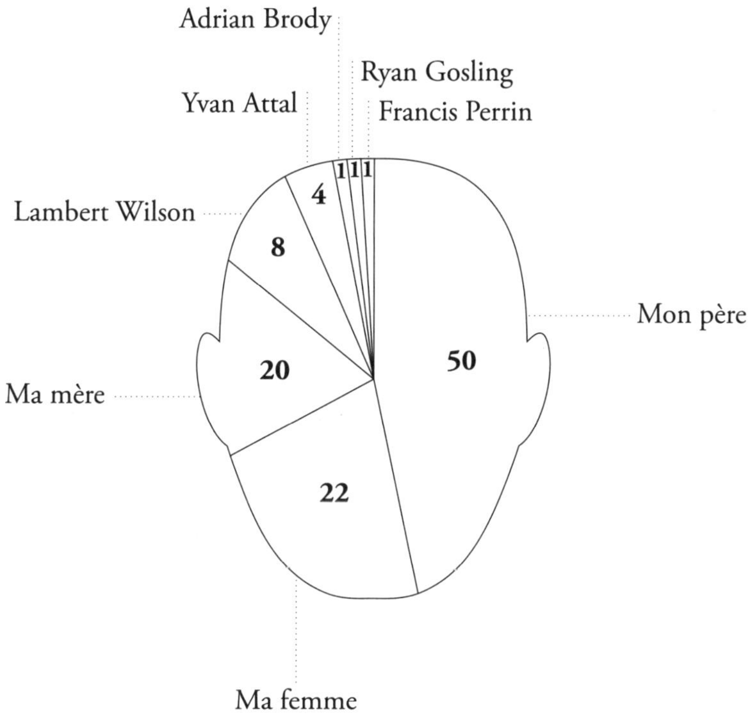

[19] Lettre reçue de mon père (tapée à l'ordinateur par sa secrétaire) qui se terminait par :

N.B. Si mes souvenirs sont bons, c'est à Marrakech que j'ai rencontré quelqu'un qui te ressemble étrangement, en tout cas de profil. Voici ses coordonnées :
Pietro Mugnaini
via delle Ballodole 9/34
Firenze
Tel. 055/400 511 – bureau 055/247 7383
Peut-être un jour tu le rencontreras par hasard.

Colères

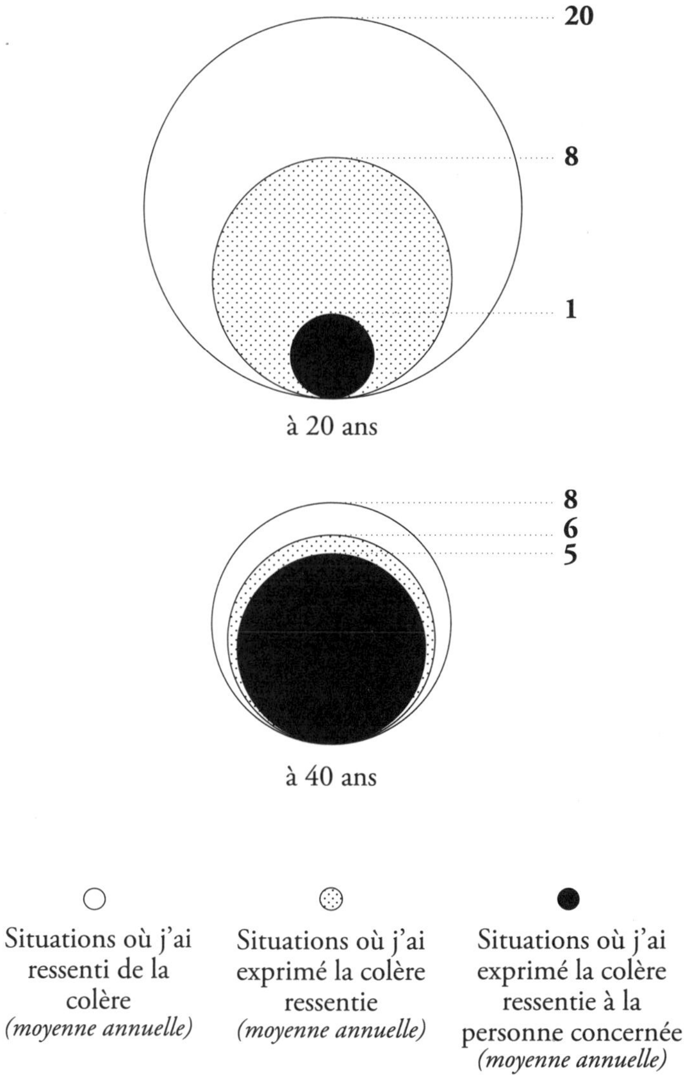
20
8
1
à 20 ans
8
6
5
à 40 ans
Situations où j'ai ressenti de la colère (moyenne annuelle)
Situations où j'ai exprimé la colère ressentie (moyenne annuelle)
Situations où j'ai exprimé la colère ressentie à la personne concernée (moyenne annuelle)

(20) À six ans, je menace mes sœurs (plus âgées), boîte d'allumettes en main, de leur brûler les yeux si elles ne changent pas de chaîne sur la télévision. Je casse des assiettes aussi. Et détruis du poing, faute de patience, la maquette d'avion que je suis en train d'assembler.

(À quarante-quatre ans, je ne fais plus ça.)

12

Rapport aux autres

Personnes rencontrées

Dans ma vie
2 460

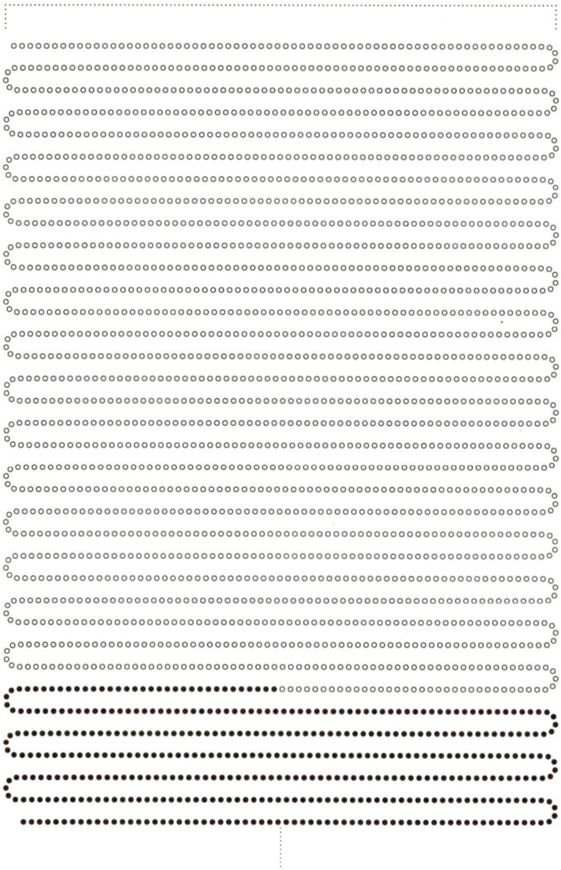

Que je reconnaîtrais
dans la rue
442

(1) Dans le hall d'un hôtel lors d'un festival, je croise une femme, je la connais, elle aussi a cette impression. On cherche ensemble, cela dure un moment avant que je comprenne qu'elle présente un magazine de cinéma diffusé en boucle sur une chaîne du câble (pour remplir les grilles des insomniaques) et sur lequel je suis tombé plusieurs fois. Je lui dis qu'on ne trouvera pas maintenant mais que peut-être ça reviendra.

Le même jour un homme s'arrête pour me saluer, sa tête ne me dit rien, ou très lointainement peut-être, mais il me parle comme s'il n'y avait pas de doute, on se connaît. Je cherche encore mais non, vraiment ça ne me dit rien, je suis sûr. Il me rappelle qu'on a eu une réunion de travail de deux heures ensemble la semaine d'avant.

Personnes annuelles moyennes

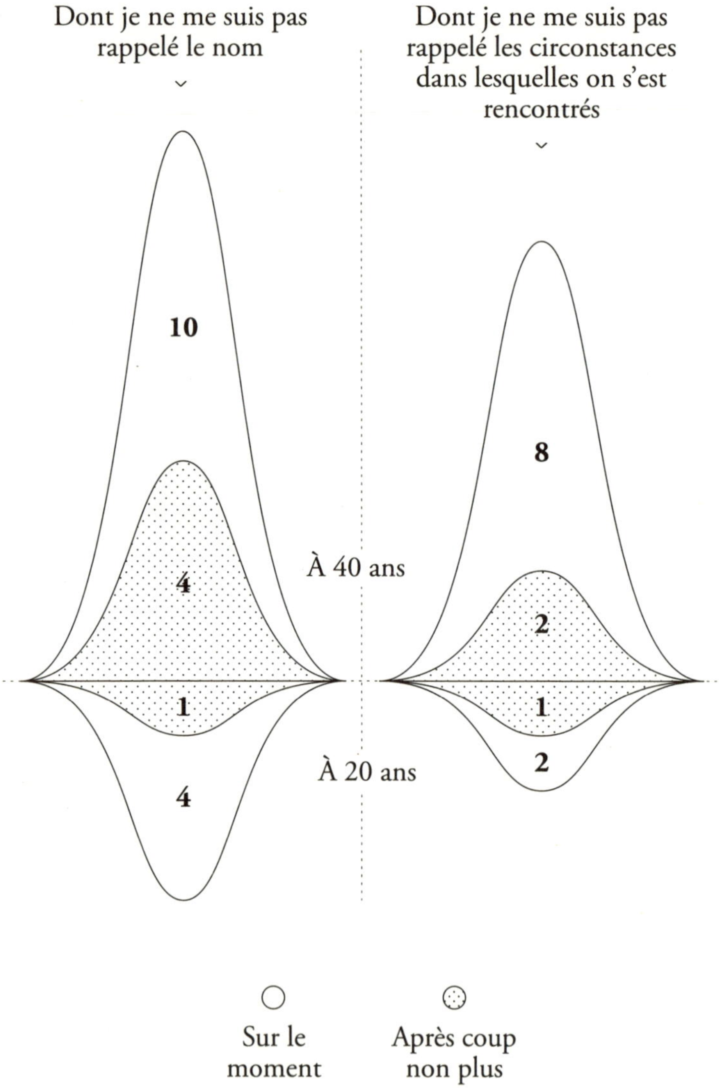

Nombre de cadeaux annuels moyens

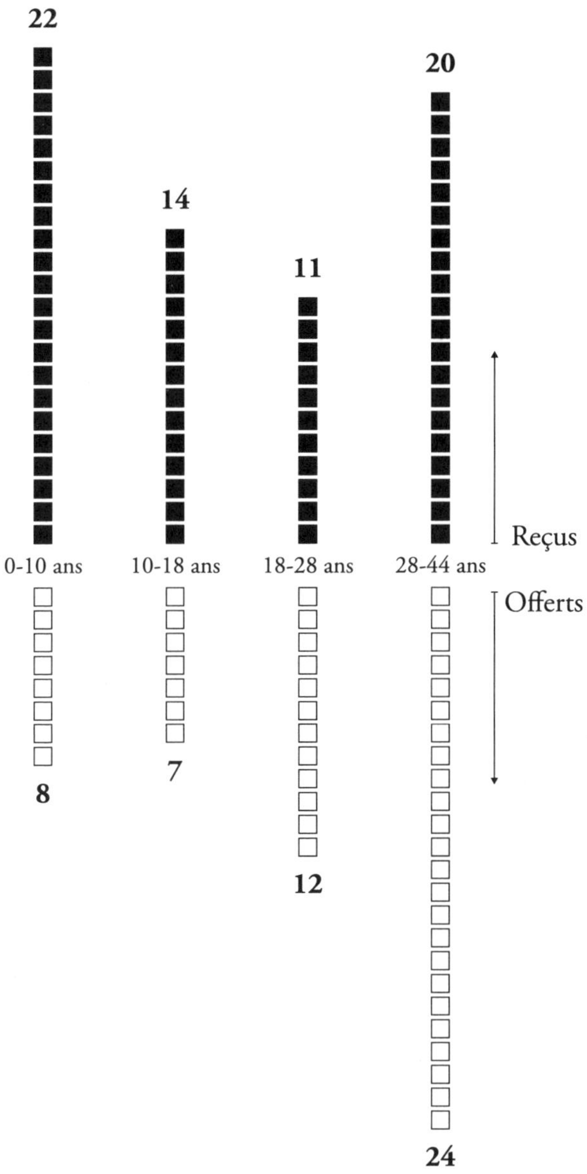

Distance relative par rapport au monde
prise le plus souvent pour

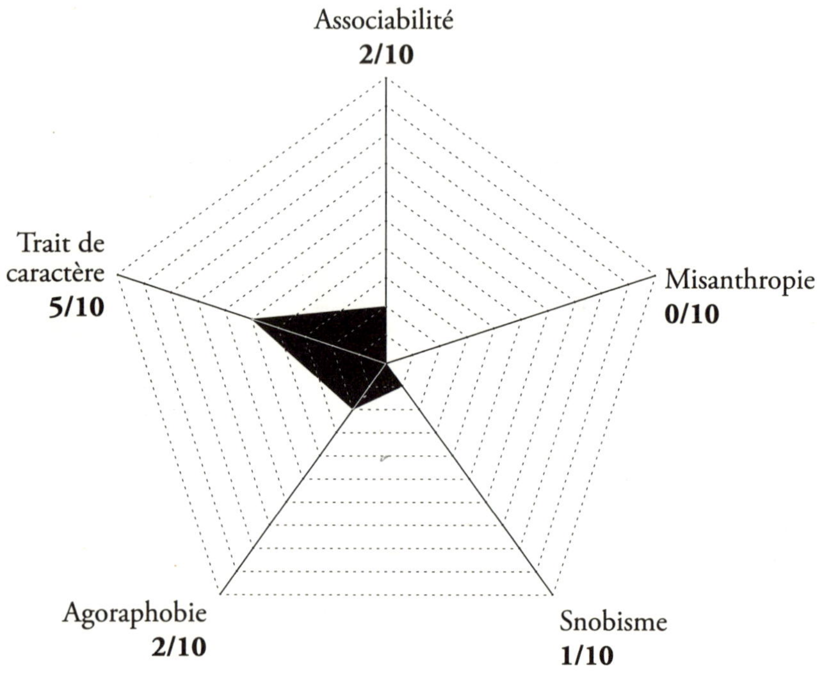

(2) Dans le hall de la maison, à quatorze ans, je ressens une atmosphère étrange. Je pousse la porte du salon et une dizaine de personnes réunies par ma mère me souhaitent joyeux anniversaire (c'est la première fois qu'on me fait un anniversaire surprise). La première pensée qui me vient est que ce ne sont pas mes amis qui sont là, l'étrangeté que je ressens s'est muée en malaise mais je ne le montre pas.

(3) J'ai onze ans, le 1er avril dans la maison de campagne de mes grands-parents où on prépare avec mes cousins des mauvais coups, par tradition. En voulant partir à vélo, le mien est attaché à d'autres dans la remise où nous les rangeons. Quand je réussis à le défaire, les pneus sont plats, la chaîne déraillée. Cela devient moins drôle blague après blague au fil de la journée, comme si tous les coups étaient dirigés contre moi. Le soir, je me glisse enfin dans mon lit, mais le drap a été plié en portefeuille, m'empêchant d'y entrer, avec l'envie de pleurer. Je comprends qu'on peut rire de tout et avec tout le monde, à condition que ce ne soit pas toujours la même personne au centre de la blague.

(4) Je suis face à un mur, à dix ans chez mes grands-parents, le jeu est un cache-cache ballon, je compte jusqu'à dix puis me retourne. Je cherche le dernier cousin qui reste caché, à distance raisonnable du ballon (s'il tape dedans, il libère les autres). Je le trouve

avant qu'il n'y parvienne, crie son nom. Il se rue sur moi et me frappe. Je comprends soudain que la notion de jeu est relative.

(5) En pension, sur le bulletin de fin d'année de mes quatorze ans, à la rubrique *Comportement dans la vie de l'internat*, est marqué :

> *Trop de désinvolture à l'égard de son environnement.*

Interaction

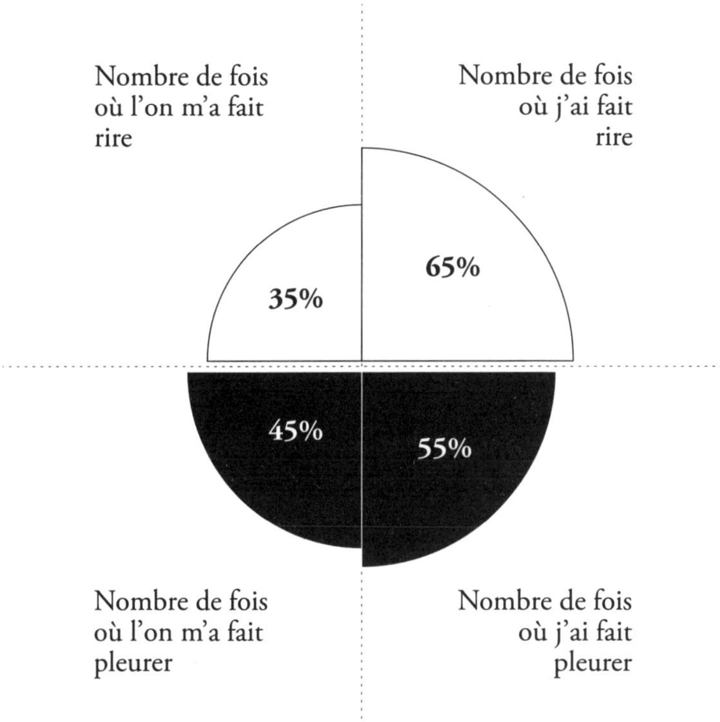

Dix amis proches

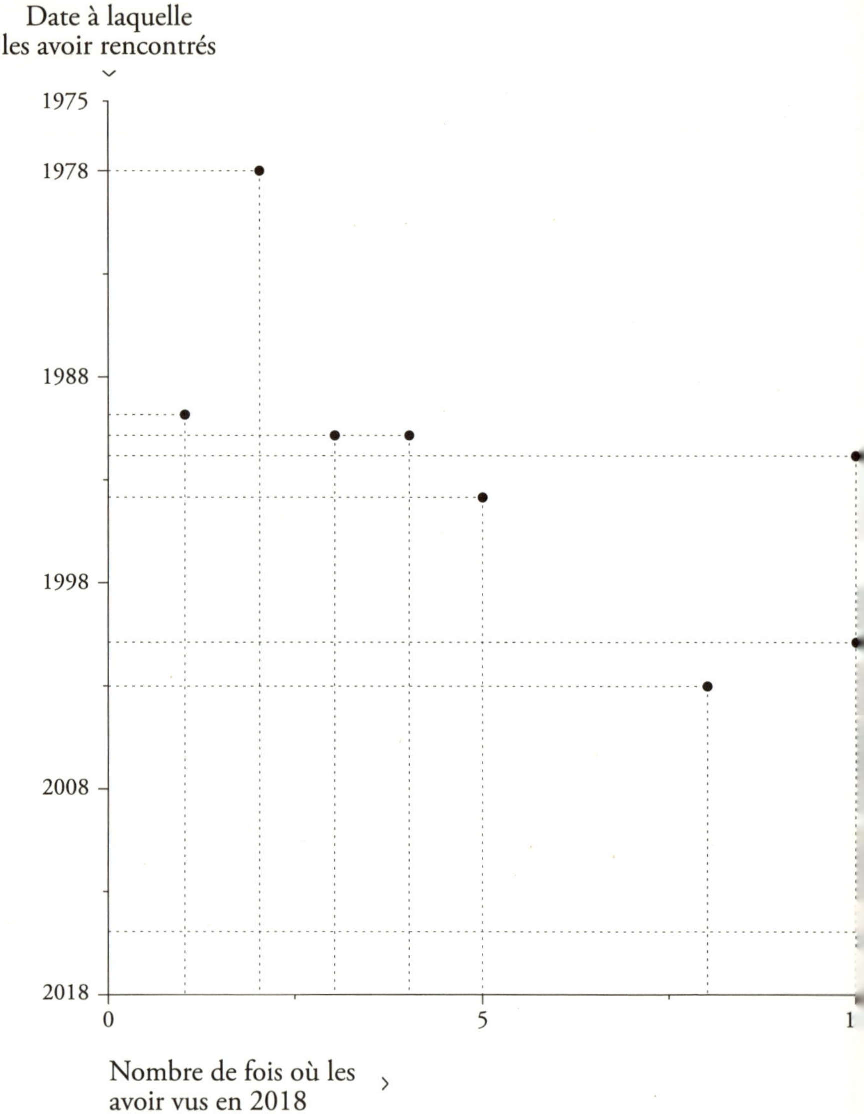

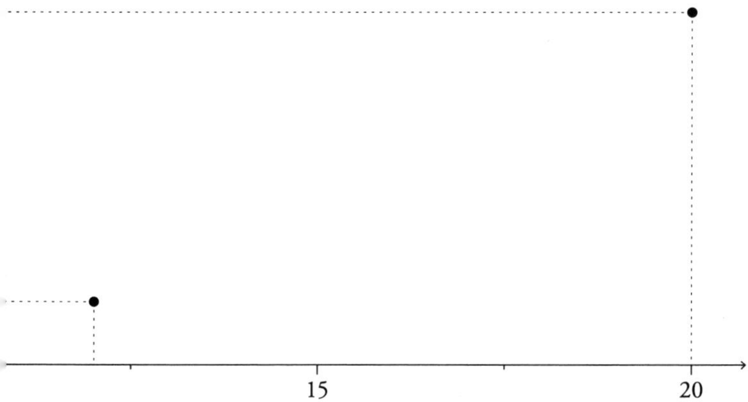
15
20

[6] Mes grands-parents (paternels) n'ont organisé chez eux que deux dîners dans leur existence car voir des gens *fragilisait* le couple, le mettait en danger. À l'inverse, une personne croisée un jour me dit avoir soixante amis très proches, au point de former une garde rapprochée en cas de problème majeur dans sa vie. Deux dîners, c'est trop extrême. Soixante amis aussi.

Voisins

Voisins directs des
endroits où j'ai vécu
43

Voisins directs
avec qui j'ai
discuté une fois
23

Voisins directs
devenus des
amis
3

Amis devenus
des voisins
3

Promesses

Nombre de fois où j'ai sincèrement promis de
Nombre de promesses non tenues
4
2

Merci / Non merci

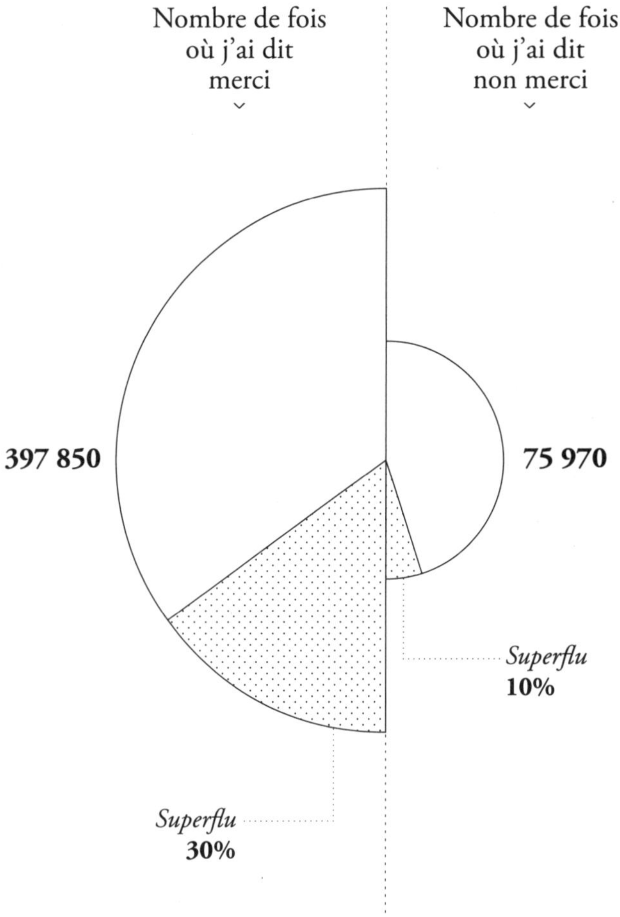

Pardon

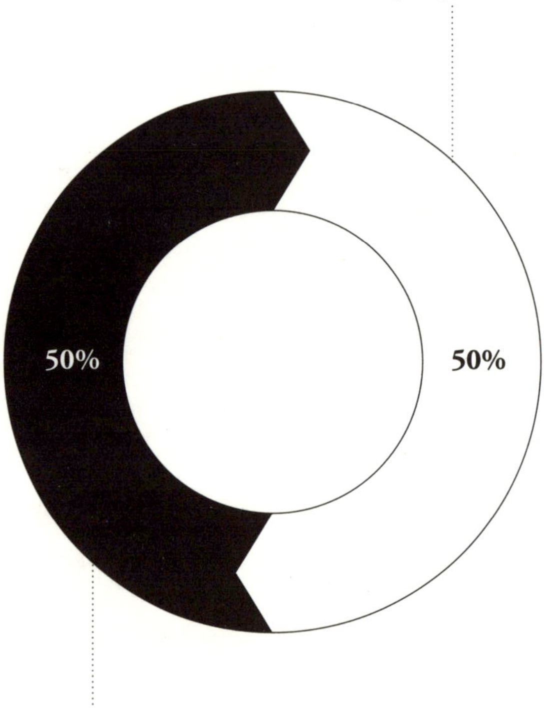
Nombre de fois
où j'ai pardonné
50%
50%
Nombre de fois
où j'ai été pardonné

Amis

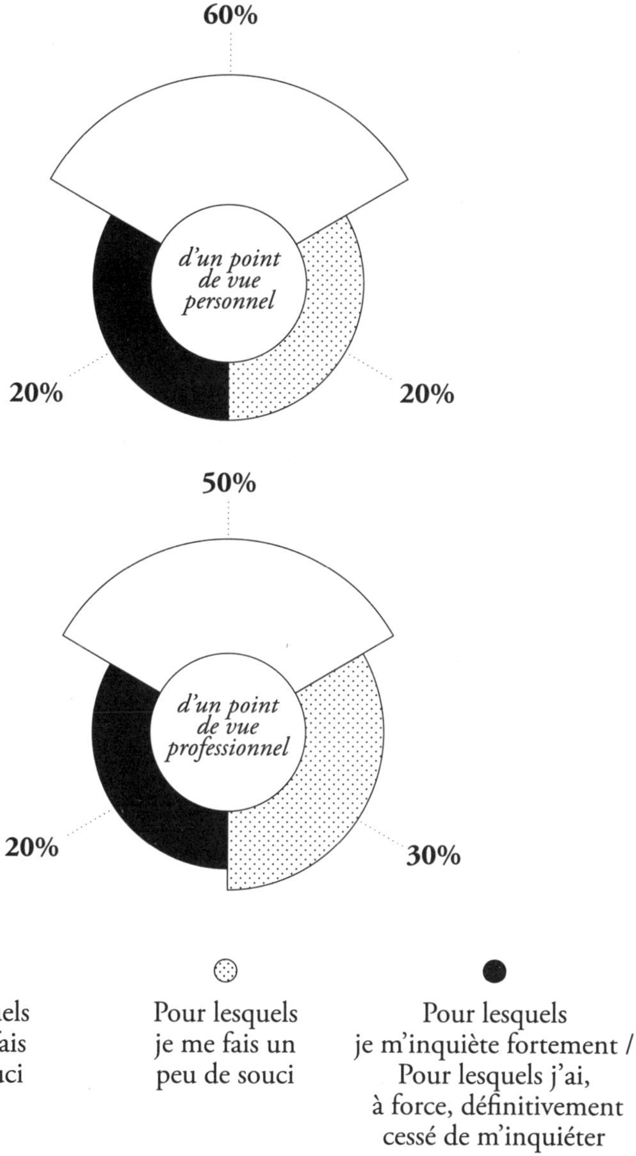
60%
d'un point de vue personnel
20%
20%
50%
d'un point de vue professionnel
20%
30%
Pour lesquels je ne me fais aucun souci
Pour lesquels je me fais un peu de souci
Pour lesquels je m'inquiète fortement / Pour lesquels j'ai, à force, définitivement cessé de m'inquiéter

13

Écriture

Romans

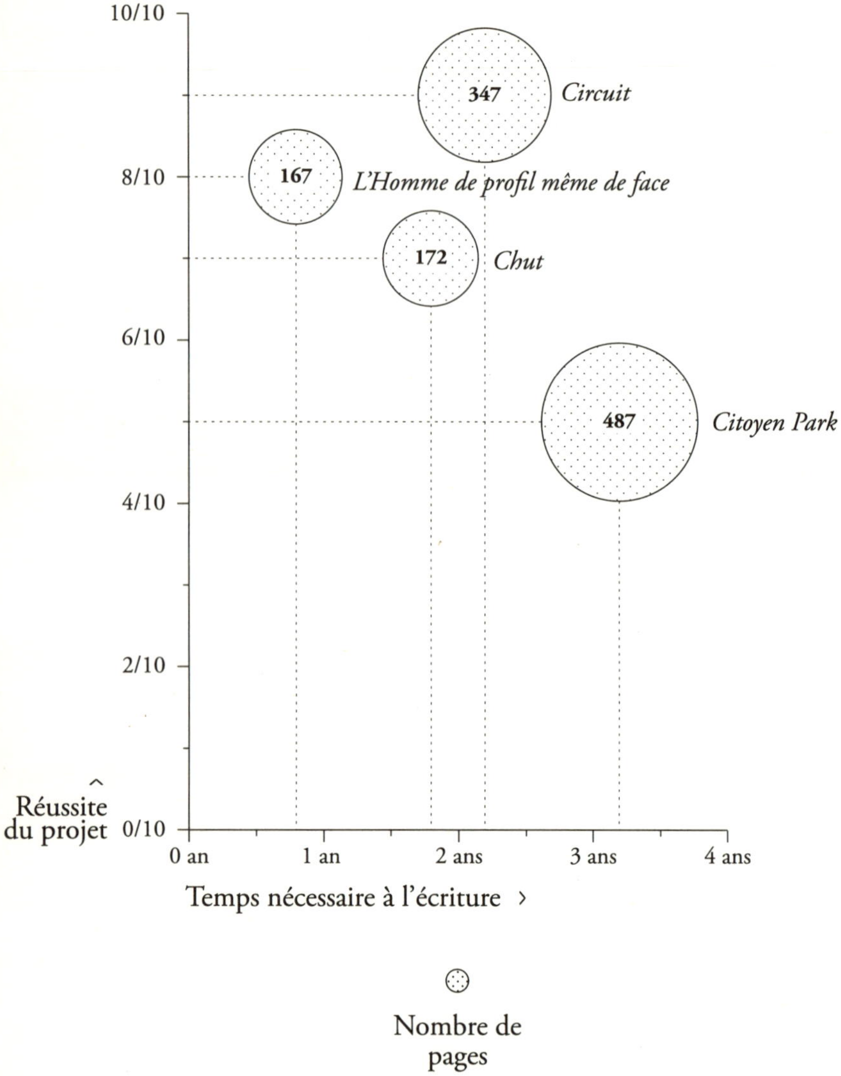
10/10
8/10
6/10
4/10
2/10
0/10
Réussite du projet
347
Circuit
167
L'Homme de profil même de face
172
Chut
487
Citoyen Park
0 an
1 an
2 ans
3 ans
4 ans
Temps nécessaire à l'écriture
Nombre de pages

(1) À dix-huit ans, j'écris des textes incompréhensibles, des assemblages de mots dont personne ne comprend le sens si ce n'est par bribes. Des textes que je structure en pages à la suite, tapées à l'ordinateur. Quand je les fais lire à un ami, il me rend le texte avec écrit à la fin :

T'as fait des progrès Charlot, c'est presque lisible !

(2) J'écris pour digérer le monde, du moins je me suis dit ça au moment de la publication de mon premier roman, je l'ai dit aux autres, je m'y suis tenu et ça reste vrai. Un travail d'absorption, de digestion, de filtration et de rendu ; comme tout dans la vie.

(3) Dans mon premier roman, *Circuit*, le personnage est animé par une sorte de peur au ventre, un mélange de trac et d'excitation qui le fait avancer, c'est une quête de *plus* qu'il formalise comme telle. À une époque antérieure à l'écriture, je prenais au Polaroid une photo de chaque personne qui entrait chez moi, et lui demandais d'inscrire en dessous une devise ou maxime. Sur deux photos de ma mère, prises à des moments différents, elle a écrit la même phrase : *Plus est en toi (Louis de Gruuthuse).*

Dans ce même roman, le personnage occupe un bureau vide dans une société où personne ne l'a engagé, le 144. Retrouvant des années après l'écriture une serviette qui datait de la pension, j'ai retrouvé sur l'étiquette le numéro d'élève qui m'y avait été attribué pendant les trois ans où j'y suis resté : le *144*. Le travail de digestion dans l'écriture est en grande partie inconscient.

Récits

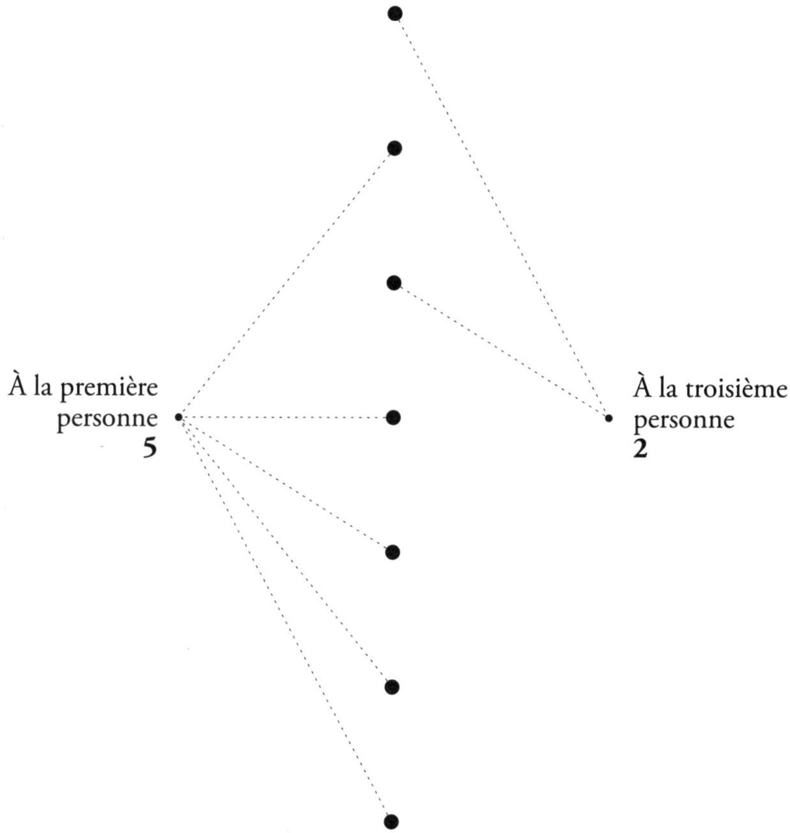

(4) Avançant dans l'âge, les gens lisent davantage d'essais ou de récits que de romans. Est-ce parce que l'horizon se rapproche et réduit l'espace où se projeter ? Parce qu'on s'est assez projeté (et qu'on a utilisé son quota de vies imaginaires) ? Parce qu'à un moment on devient plus exigeant avec la fiction ou qu'on n'y cherche plus la même chose ? Ou parce que rien ne vaut la réalité, être les deux pieds dedans ?

Je me demande si cette évolution aura lieu aussi pour ce que j'écris.

(5) Pour l'écrivain espagnol Javier Cercas, le roman n'est pas un genre *responsif* mais *interrogatif* :

> *Écrire un roman consiste à se poser une question complexe et à la formuler de la manière la plus complexe possible, et ce, non pour y répondre ou pour y répondre de manière claire et certaine ; écrire un roman consiste à plonger dans une énigme pour la rendre insoluble, non pour la déchiffrer (à moins que la rendre insoluble ne soit précisément la seule manière de la déchiffrer). Cette énigme, c'est le point aveugle, et le meilleur que les romans ont à dire, ils le disent à travers elle : à travers ce silence pléthorique de sens, cette cécité visionnaire, cette obscurité radiante, cette ambiguïté sans solution. Ce point aveugle, c'est ce que nous sommes.*

C'est en ce sens aussi qu'écrire est la pratique qui me va en général (non la science).

(6) À soixante-dix-neuf ans, après trente et un romans écrits en cinquante-trois ans, Philip Roth décide d'arrêter d'écrire de la fiction. Il colle un post-it sur son ordinateur : *Le combat avec l'écriture est terminé* (*The struggle with writing is over*), disant au *New York Times* : *Je regarde ce mot chaque matin et cela me donne de la force.* Pour ne pas oublier. Car si écrire est une décision chaque fois renouvelée, ne pas écrire l'est aussi.

Idées de films

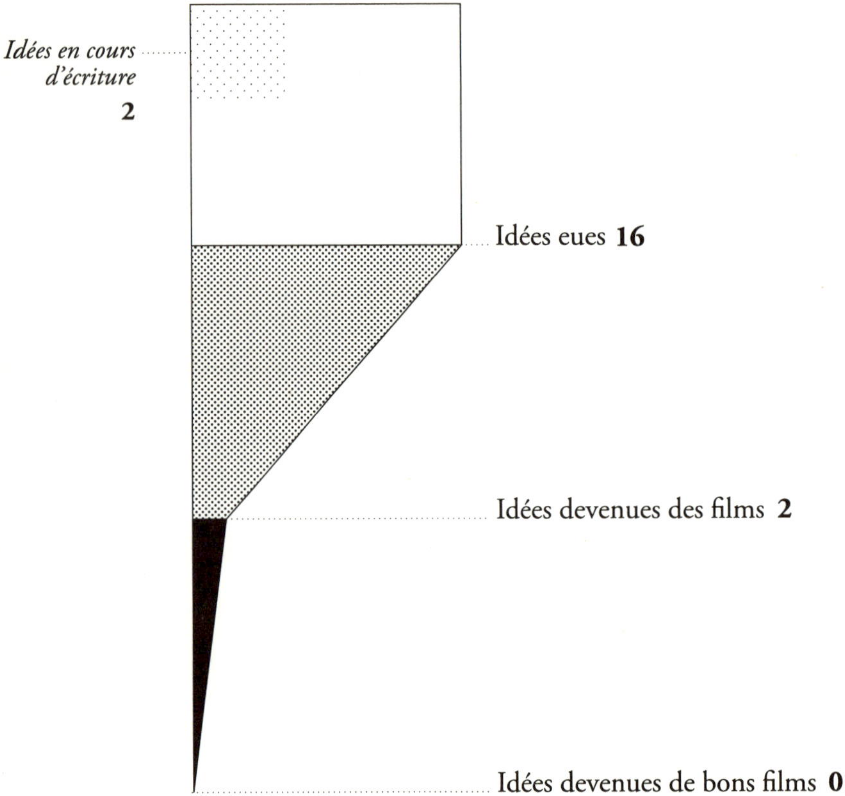

[7] Un étudiant au standard d'un bâtiment d'habitation de la *New York University* où je résidais à dix-huit ans m'a un jour tendu un papier où il avait écrit :

I.D. (abréviation de *Identity document*)
Idea

Il avait découvert un raccourci dans l'existence, un sens aux choses qui était là, dans les mots, et apparaissait soudain. Ça m'a semblé évident aussi : on est les idées qu'on a. Je comprends maintenant que ça fonctionne dans l'autre sens aussi : les idées qu'on a dépendent de qui on est, elles nous ressemblent.

Livres

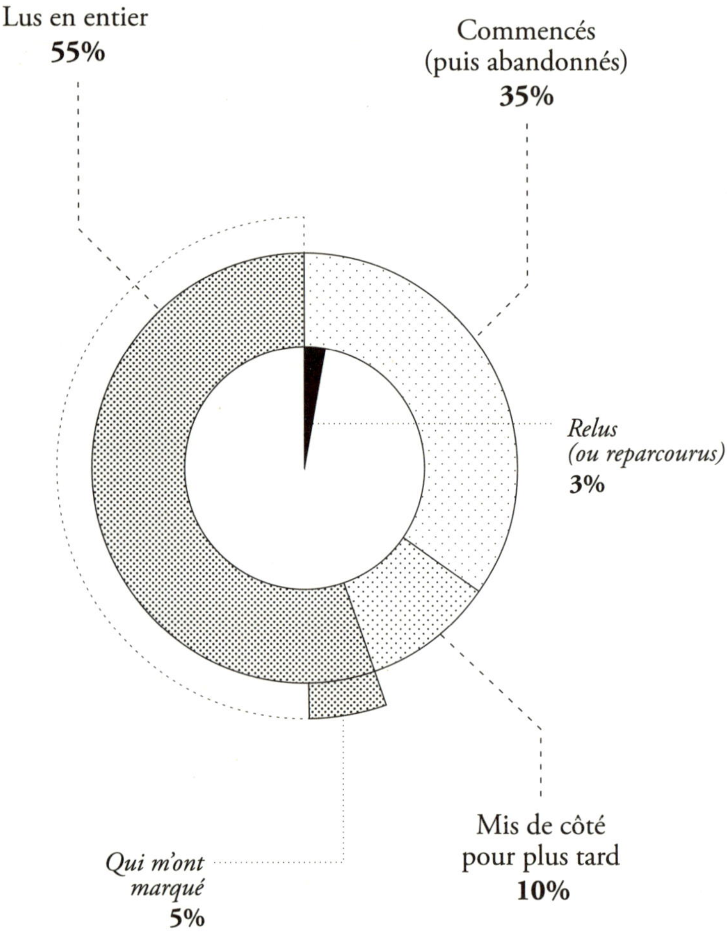
Lus en entier
55%
Commencés
(puis abandonnés)
35%
Relus
(ou reparcourus)
3%
Mis de côté
pour plus tard
10%
Qui m'ont
marqué
5%

(8) Livres qui sont en partie responsables de mes choix :

Middlesex – Jeffrey Eugenides / *La Route* – Cormac McCarthy / *Pleins de vie* – John Fante / *Karoo* – Steve Tesich / *Œuvres* – Édouard Levé / *Portnoy et son complexe* – Philip Roth / *De sang-froid* – Truman Capote / *Ferdydurke* – Witold Gombrowicz / *L'Invention de la solitude* – Paul Auster / *La Salle de bain* – Jean-Philippe Toussaint / *La Plaisanterie* – Milan Kundera / *De l'inconvénient d'être né* – Cioran / *La Volonté de puissance* – Nietzsche / *Crime et châtiment* – Dostoïevski / *Le Nez* – Gogol / *Cronopes et Fameux* – Julio Cortázar / *Fictions* – Borges / *Le Temps, ce grand sculpteur* – Marguerite Yourcenar / *La Modification* – Michel Butor / *La Chute* – Albert Camus / *La Nausée* – Jean-Paul Sartre / *Le Château* – Franz Kafka / *Le Comte de Monte-Cristo* – Alexandre Dumas.

(9) Je suis plus conscient aujourd'hui que, sans certains écrivains, j'aurais mis un temps incommensurable à être moi, et comprendre que ma vie avait justement à voir avec cela, les mots. Comme d'autres œuvres, en peinture, sculpture, photographie, musique, ont complété cette information ; des artistes qui prenaient l'art au sérieux et la vie avec humour (et l'inverse simultanément).

Écrivain

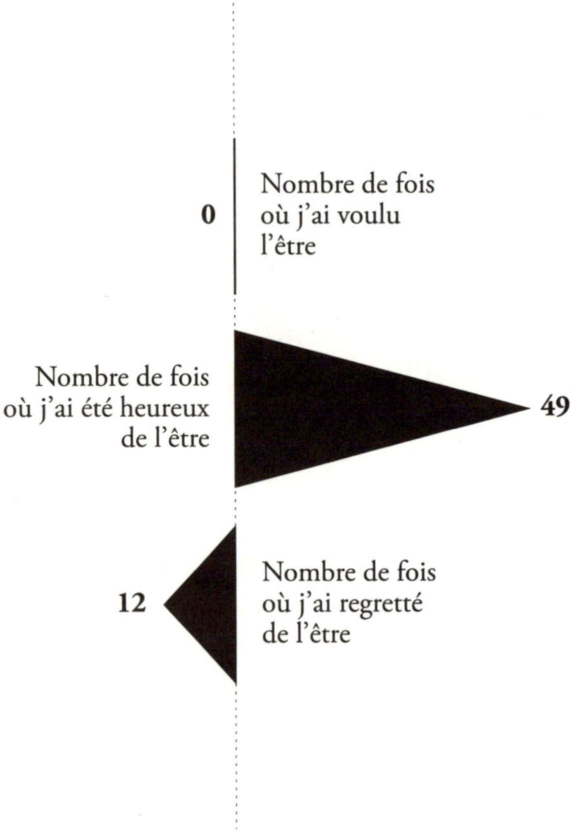
0
Nombre de fois
où j'ai voulu
l'être
Nombre de fois
où j'ai été heureux
de l'être
49
12
Nombre de fois
où j'ai regretté
de l'être

(10) Je suis en train d'écrire des éléments épars de ma vie pour un projet de livre, mon fils de trois ans me demande ce que je fais, ce que j'écris, je ne sais pas exactement. Une vie comme une autre, la seule que j'ai dans les faits.

(11) Je ne me suis jamais dit que je voulais être écrivain. Ce n'est pas parce qu'on ne se dit pas quelque chose qu'on ne travaille pas inconsciemment à le faire advenir. Et quand cela arrive (le résultat du travail), on est étonné du chemin que prend sa vie. Une façon de fonctionner entre un manque de clarté personnelle et un instinct long terme organisant les choses dans votre dos (ou c'est une forme de déni qui fait travailler à quelque chose sans pour autant arriver à le verbaliser).

(12) Je suis debout dans un café, devant un éditeur qui me dit qu'il prend mon premier roman. C'est tout ce que je veux, je n'arrive pourtant pas à m'asseoir ; comme si je voulais l'inverse dans l'immédiat, ne pas être là, m'enfuir.

Chances que soit nommé

Charly Delwart

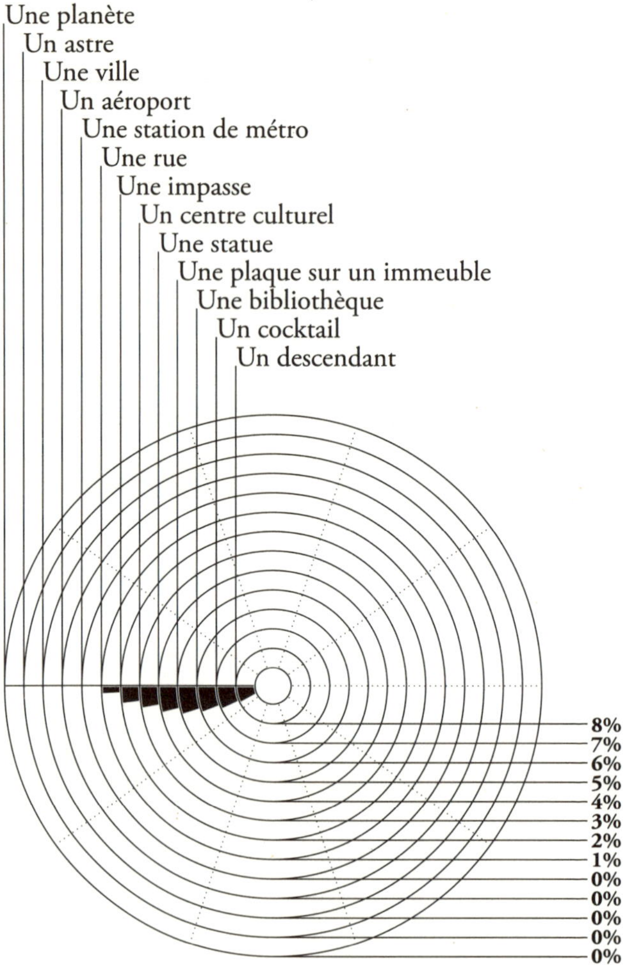

(13) Il y a une marche à suivre pour obtenir qu'une chose porte son nom. La probabilité que cela ait lieu est seulement fonction du temps qu'on veut y consacrer et des moyens qu'on est prêt à se donner.

Pour une bibliothèque publique, il faut s'installer dans un village perdu, offrir une infrastructure et des livres. Pour un bâtiment dans un campus américain, la démarche est similaire (mais avec plus de moyens, incluant la construction d'un bâtiment). Cela s'applique aussi pour une banque, une fondation, une ville.

Pour avoir un cocktail à son nom, un ami donnait juste son nom au barman, comme s'il s'agissait d'un classique (un *Brouwer*), étonné que celui-ci ne connaisse pas. Il donnait alors la composition. À force de croiser les mêmes barmans, certains connaissaient. Il demandait alors un *Brouwer* et il obtenait un *Brouwer*.

14

Relations amoureuses

Inconnues

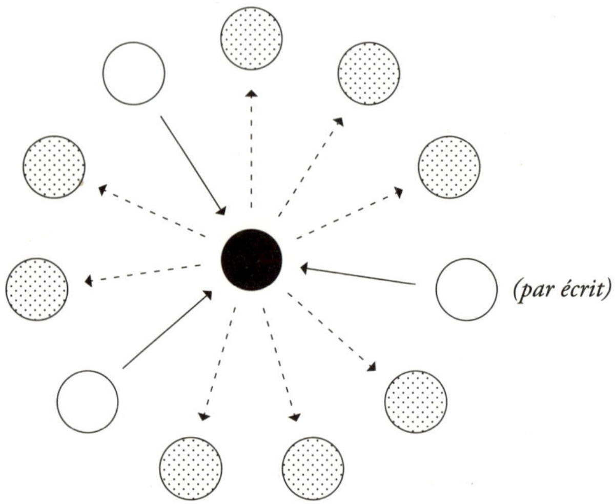

Qui m'ont abordé dans la rue **3**	Que j'ai voulu aborder dans la rue **8**	Que j'ai abordées dans la rue **0**

(1) Mot retrouvé sur le pare-brise de ma voiture, dans le 8e arrondissement de Paris, d'une femme dont j'avais croisé le regard quelques minutes plus tôt en me garant (plaque minéralogique belge) devant la terrasse de café où elle se tenait :

Si vous n'êtes pas actuellement belge et pas vraiment en couple, appelez-moi (06...)

(2) Cela ne tient à rien d'entrer en contact avec une inconnue dans la rue, le métro, la ville, de créer soudain un lien. Cela tient à un mot, à franchir le pas, transformer les regards en paroles (comme on transforme un essai au rugby).

Dehors pourtant (dans la rue, le métro, la ville), il y a une barrière psychologique qu'il n'y a pas dans une fête, un bar, un amphi, n'importe quel lieu qui crée comme une connexion préexistante (à l'instar aussi de la campagne où les gens se saluent en se croisant sur un chemin, dans la forêt).

Or cette bulle potentiellement brisée en une seconde, je ne l'ai jamais brisée. Je ne sais pas pourquoi (indépendamment du fait qu'aujourd'hui cela serait vu comme une intrusion évidente) : un principe tacite ? Une règle de l'Univers ? L'état de fait ou la croyance que les choses ne se passent pas de la sorte ? C'est une limite en moi.

Couleurs de cheveux des filles
avec qui je suis sorti

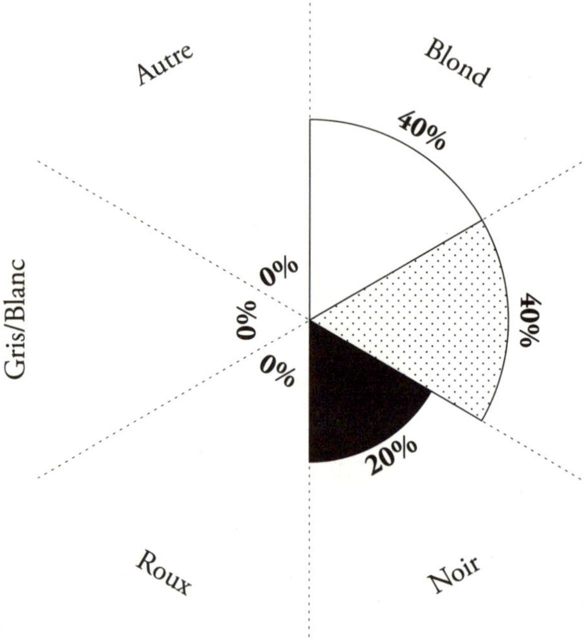

(3) Bien qu'ayant les cheveux châtains, E. n'est pas d'accord si je lui dis qu'elle est brune ; elle est blonde. Elle me l'a d'ailleurs écrit sur un papier : *Je me considère comme une blonde.* Pour une question de méthodologie, je l'ai intégrée dans les brunes car les éléments pris en compte sont issus de la réalité et non de la croyance (pour reprendre la définition de Philip K. Dick : *La réalité est ce qui continue d'exister lorsqu'on cesse d'y croire*). Et elle n'a pas écrit non plus : *Je suis une blonde.*

Rupture

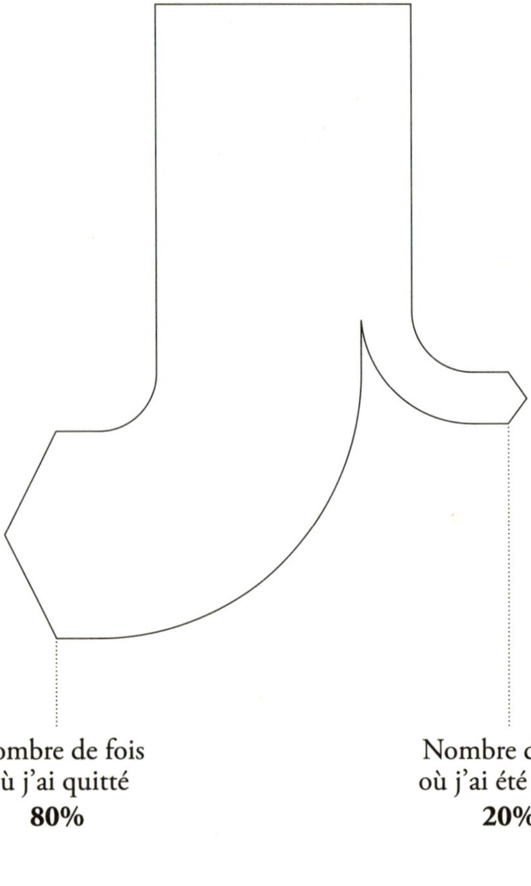
Nombre de fois
où j'ai quitté
80%
Nombre de fois
où j'ai été quitté
20%

(4) En hiver, alors qu'il fait froid dehors, face à la femme avec qui je suis, on s'engueule. Dans l'énervement je lui pousse légèrement l'épaule mais elle est sur une plaque de glace et glisse, tombe et recule allongée sur le sol jusqu'à un poteau où cogne sa tête. Tout cet enchaînement est démesuré par rapport au geste de départ. Elle se relève, me regarde comme le pire des êtres, je reste silencieux, dire *C'est la plaque de glace* ne servirait à rien.

(5) En me réveillant, je descends l'escalier qui mène de la chambre au salon et vois la femme avec qui je suis depuis trois jours jouer au piano ; j'aime cela, être avec une femme qui joue au piano, plus qu'elle comme personne.

(6) Phrase dite par E. au début de notre relation, qui m'a libéré de l'idée inverse que je m'étais forgée : *Une relation c'est beau quand on sait que ça se finit.* Cette possibilité de quitter l'autre comme le principe de base assurant que la relation puisse en attendant se prolonger, à l'infini.

Homosexualité

Nombre de fois
où je me suis demandé
si j'étais homosexuel

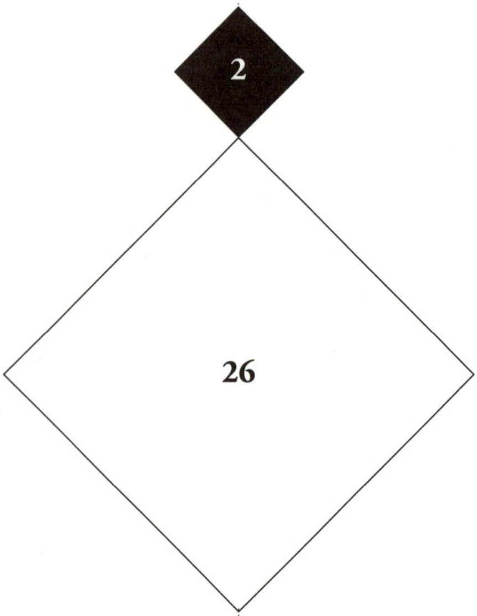

Nombre de fois
où ma mère s'est demandé
si j'étais homosexuel

Principales positions sexuelles utilisées

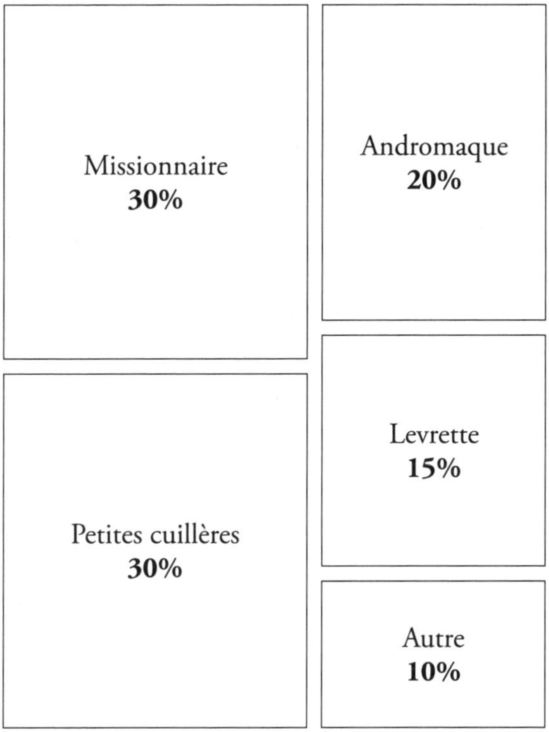

(7) Significations possibles de certaines positions sexuelles :

Missionnaire

Que votre partenaire sache qu'il s'agit de vous

Que vous sachiez qu'il s'agit d'elle

Pour se rappeler l'un l'autre de qui il s'agit

Qu'elle sente la densité de votre être

Levrette

Qu'il pourrait s'agir de quelqu'un d'autre ayant le même dos

Qu'il pourrait s'agir pour elle de n'importe qui

Que ce que vous préférez chez elle c'est son dos

Que vous souhaitez qu'elle profite de la vue

Petites cuillères

Que faire l'amour ne doit pas prendre toute votre énergie

Qu'on peut faire l'amour de façon parallèle

Andromaque

Que la voir d'en bas est une façon de la sublimer

Qu'un peu de domination est toujours sain

Que vous faites l'amour mais que vous avez de toute façon décidé de passer la journée allongé sur le lit

Debout dans la cuisine

Qu'avant d'être des êtres évolués vous étiez des êtres plus sauvages

Que la civilisation ne peut pas tout conditionner

Qu'il y a peut-être un problème avec la chambre étant donné que dernièrement vous le faites partout, sauf là (mais vous comprenez que c'est mieux de ne pas en parler là tout de suite)

(8) La répartition de toute chose en diverses proportions (les fruits et légumes que vous mangez par exemple) peut être le résultat d'un constat, d'une récolte de données (arrivé a posteriori : vous avez mangé dans votre vie autant de légumes que de fruits).

Cette répartition peut être aussi une règle (décidée a priori : manger toujours autant de légumes que de fruits).

Elle peut aussi être les deux : un constat qui devient une règle pour la suite, dans la mesure où cela a bien fonctionné jusqu'ici, et que cela convient à la personne que vous êtes à cet instant (dans la mesure aussi où vous êtes la somme de vos expériences passées). Et autant garder le même équilibre ou rythme, en y veillant davantage cette fois sur une base régulière (il faudra manger autant de légumes que de fruits). Ce raisonnement pouvant s'appliquer à tout, positions sexuelles incluses.

Disputes annuelles moyennes de couple

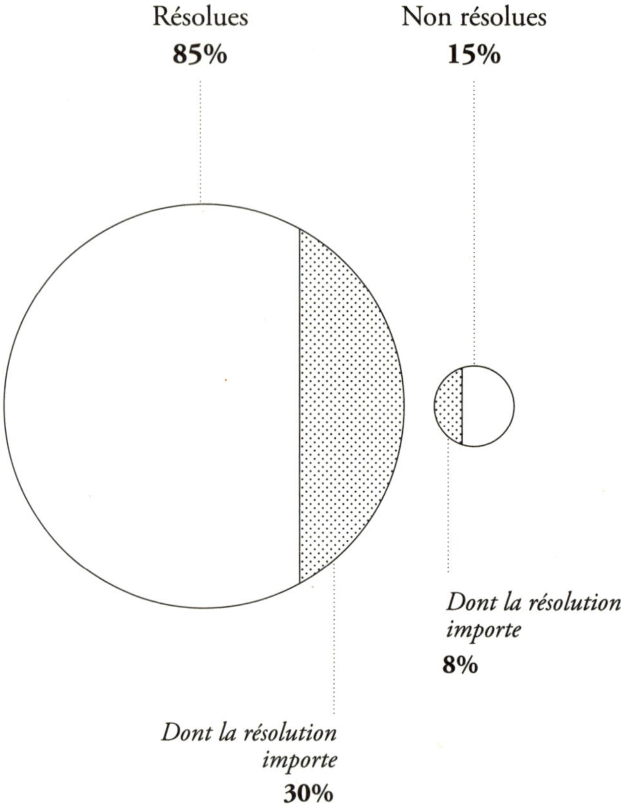

[9] Quand j'ai rencontré E., elle venait de connaître une rupture qui la déprimait. Pour l'en sortir, alors qu'on ne se connaissait pas, je lui ai écrit chaque jour pendant près de trois semaines (et elle a accepté) un SMS comportant une pensée à méditer (p), des travaux pratiques (t) et un défi (d), du 8 au 26 septembre 2001. Le dernier message était :

p = construire son histoire prend une vie entière
t = quand son monde s'effondre, savoir qu'on a toujours des alliés
d = partager

[10] Quelle est la plus belle façon de l'embrasser : comme si c'était la première fois ou comme si c'était la dernière fois ?

15

Existence

Personnes nées le 13 janvier 1975

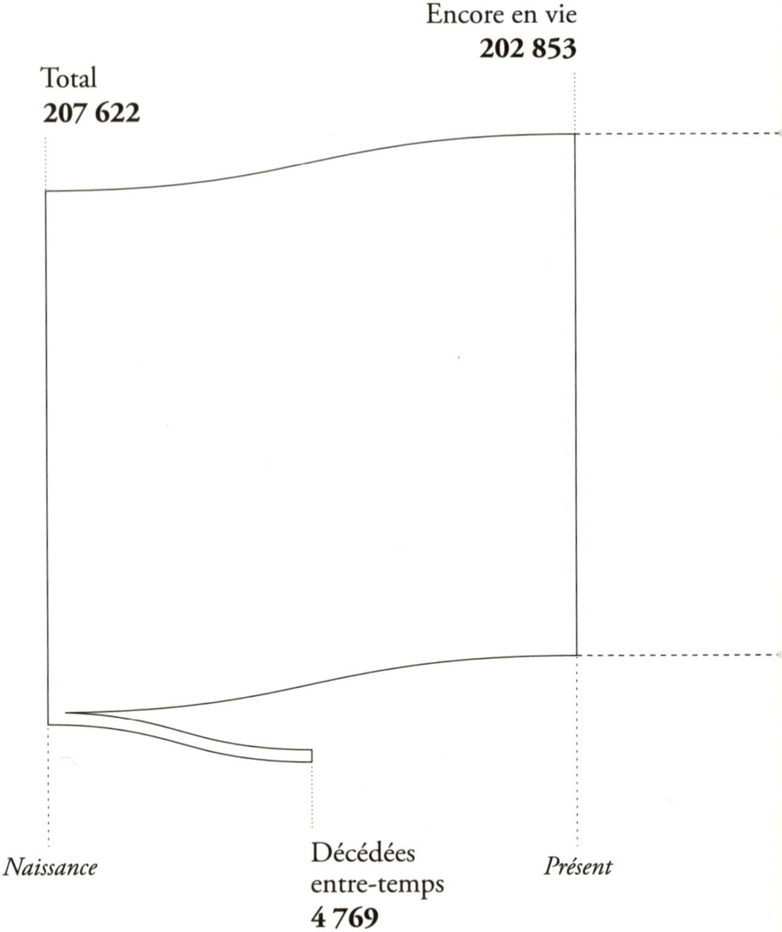

(1) Les tortues marines font un nid dans le sable sur le rivage et y déposent jusqu'à deux cents œufs, mais la distance à franchir avant de plonger dans l'eau est le lieu de tous les dangers pour celles qui viennent de naître : frégates, crabes, oiseaux marins. Quelques-unes survivent (et reviendront sur cette plage des années plus tard y pondre à leur tour).

Les œufs de grenouilles, agglutinés dans le frai à la surface de l'eau, sont plus nombreux : des milliers de têtards sortent de la masse gélatineuse pour se disséminer, tenter, eux, d'esquiver poissons, tritons, larves de libellules, oiseaux ; avec l'idée que plus grande est la portée, plus grand est le nombre de ceux qui survivront, assureront le futur.

Dans ce sens, les personnes nées le même jour sont une sorte de ponte ou de couvée abstraite, avec des prédateurs différents, des objectifs divers pour chacun. Car il faut aller où et comment ? Le plus vite vers un environnement plus sûr ? Droit devant soi ? Le plus haut possible sur une échelle de mesure déterminée par la société (réussite, salaire) ? Le plus proche d'un but qu'on s'est fixé soi-même ? Et c'est quel genre de course l'existence humaine : un sprint, un marathon, un trail, un quatre cents mètres haies ? Une *rat race*, un décathlon (car il ne s'agit pas que d'avancer mais de faire d'autres choses en même temps) ? La destination à atteindre est-elle fondamentalement différente pour chacun dans la forme seulement (les mêmes besoins primaires et secondaires devant être satisfaits) ? Ou s'agit-il au fond moins d'une course que d'une traversée, quelque chose entre soi et soi-même, qui tient avant tout au voyage ? Ou la course change de nature en cours de route, devient une course de fond où il s'agit de tenir le plus longtemps possible, être en vie tant qu'on le peut ?

De ceux nés le 13 janvier 1975, certains sont déjà morts (et cela arrivera de plus en plus), jusqu'au jour où il n'en restera plus qu'un en vie qui aura gagné sans le savoir, à moins qu'il ne reçoive un prix spécial au Paradis ou se retrouve surclassé pour avoir tenu si longtemps, grâce à un mélange de chance et de ténacité (ce sera peut-être moi).

Angoisse / Sexe

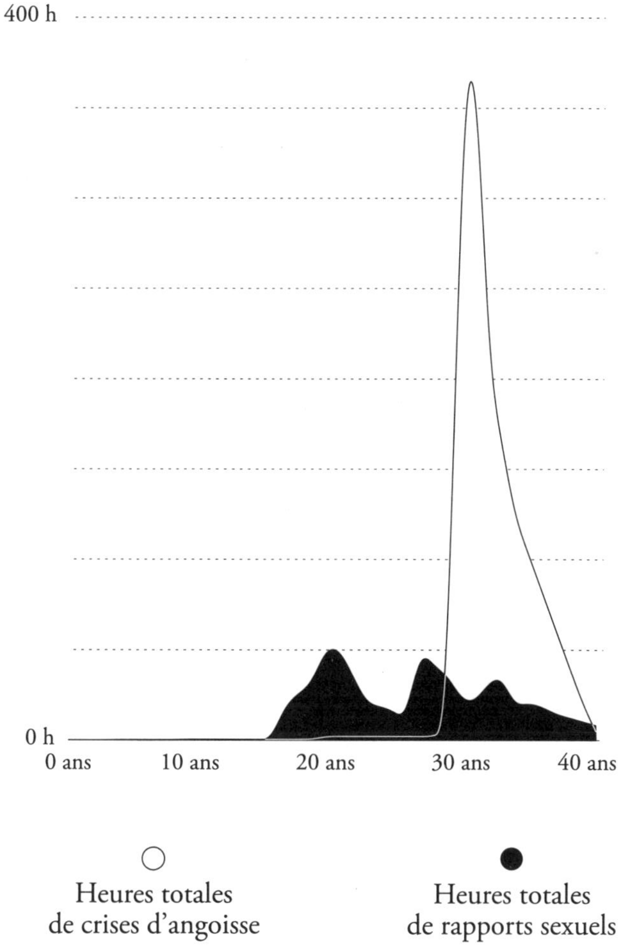

Photographies prises en 2018

Total
4 661

Accrochées
au mur
5

(2) Sur une plage de Venise, je photographie ma femme et mon fils de deux ans en veillant qu'à l'arrière-plan une nouvelle baigneuse improbable s'avance chaque fois dans le cadre. J'anticipe le fait que cela fera rire mon fils dans vingt ans, ce qui est le but aussi.

(3) Je suis allongé dans les fougères, relevé sur un coude dans la montagne en Écosse, à dix-sept ans. Mon père est dans la même position à un mètre derrière moi. Devant nous, la vue s'étend à l'infini, la pente qui descend, la mer, le ciel. Nous prenons chacun une cigarette, la fumons en silence, une même longueur d'onde.

Des années plus tard, j'écris une scène où le personnage et son père (Kim Jong-il et Kim Il-sung) sont allongés dans les fougères, relevés sur un coude, dans la même position à un mètre l'un de l'autre, en Corée du Nord. C'est mon père et moi transposés ailleurs. C'est une autre façon de faire des photos et les accrocher.

(4) Quand on crée une famille, on crée une forme de chaos, un ensemble expansif, mouvant, protéiforme, évolutif. Les jours sont d'emblée placés dans cette configuration alors qu'avant vous étiez seul ou à deux, libre d'évoluer sans interagir en permanence avec un ensemble. Depuis deux ans, je prends en photo ce chaos l'été, quand il trouve une forme pleinement visible (au bord de la mer idéalement, le sable collé par la crème sur les peaux chauffées par

le soleil trop fort, les mouvements et actions de chacun dans des directions opposées : se sécher, gonfler une bouée, mettre de la crème, lire, manger une glace, ramasser un galet ; comme si tous se démultipliaient). Et la beauté d'avoir créé ce chaos.

Questions existentielles
que je me suis posées

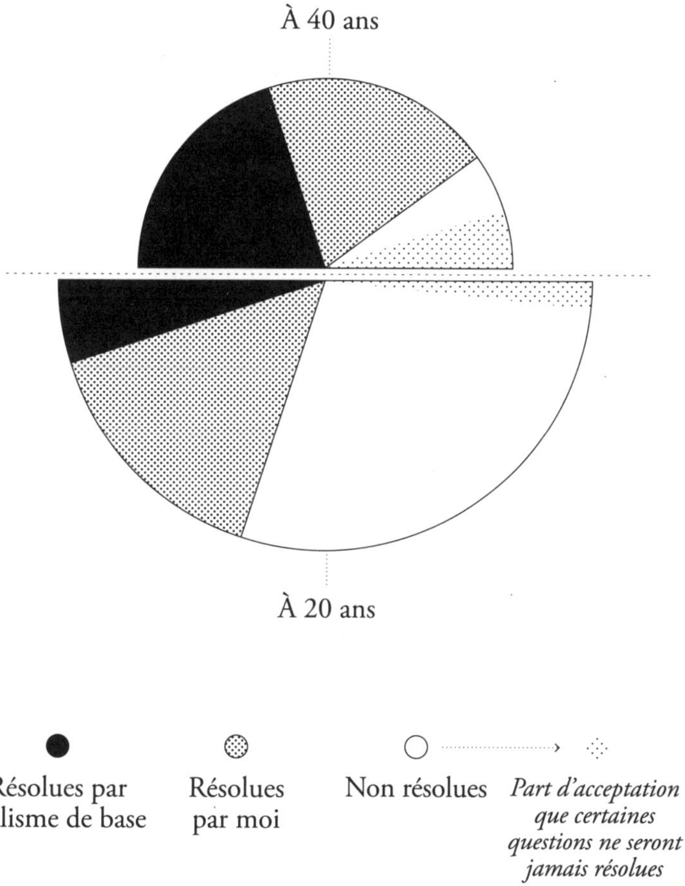

[5] Je me repose récemment des questions que je me posais adolescent, de l'ordre des premières questions existentielles. Je me demande si on reste toute sa vie avec les mêmes questions malgré soi, ou si on se les repose pour y répondre enfin.

[6] À un moment (mais lequel ?), on comprend que les réponses se construisent, elles ne se trouvent pas seulement. Donnant parfois alors l'impression de trouver sans chercher (mais c'est la contrepartie d'avoir longtemps cherché sans trouver).

Nombre de fois
où l'on m'a pris pour un

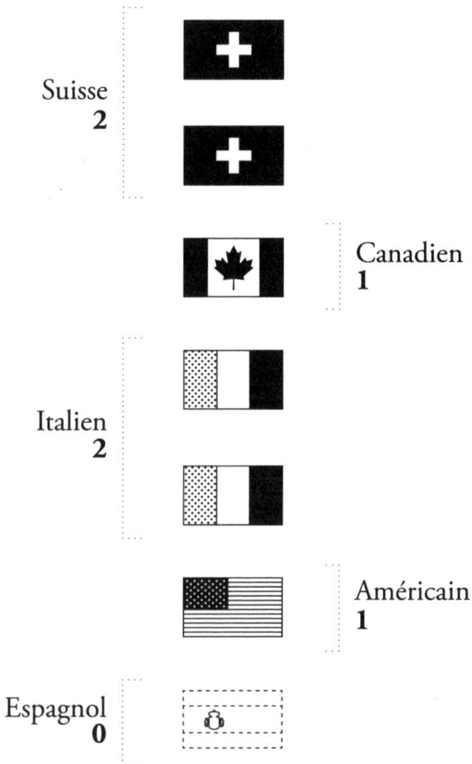

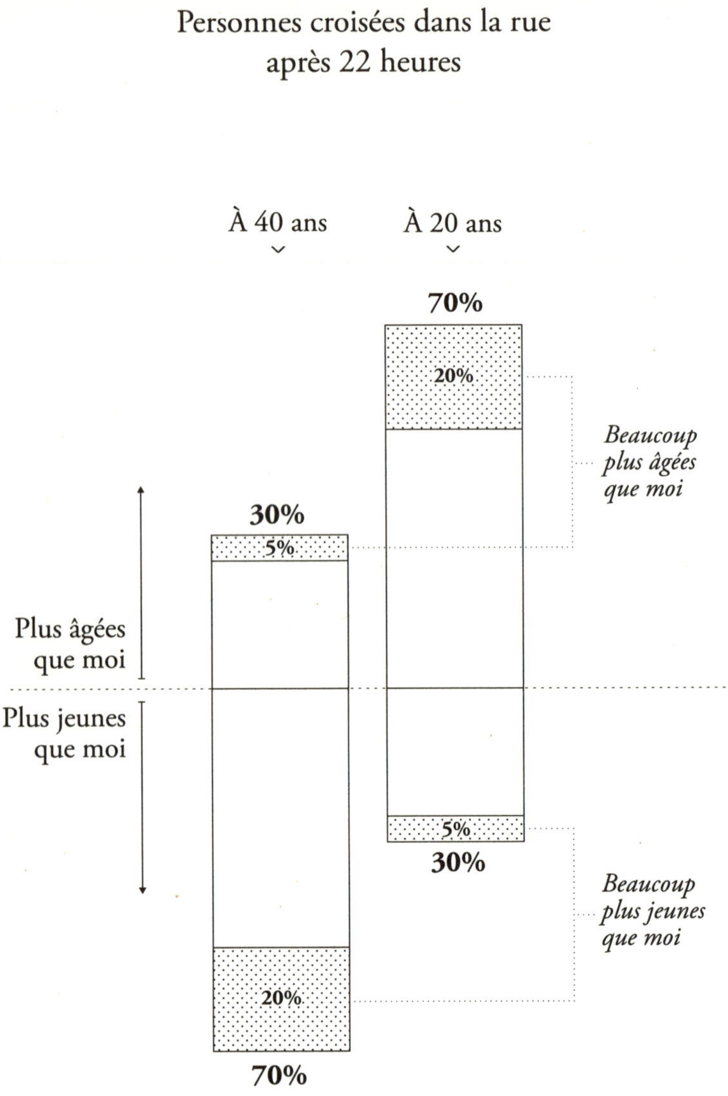
Personnes croisées dans la rue
après 22 heures
À 40 ans
À 20 ans
70%
20%
Beaucoup
plus âgées
que moi
30%
5%
Plus âgées
que moi
Plus jeunes
que moi
5%
30%
Beaucoup
plus jeunes
que moi
20%
70%

Questions

(7) J'ai fait beaucoup de référendums quand j'avais dix-huit ans, dans des cercles restreints. Des amis à qui je posais les questions fondamentales pour lesquelles je n'arrivais pas à me décider (quitter mon amoureuse ou non, quelles études suivre, démissionner ou pas, dans quelle ville vivre), leur demandant ce que je devais faire. Un sondage dont j'étais l'institut (fixant les règles, regardant s'il fallait plus de réponses pour alimenter le débat interne de façon équitable, et trouver justifié de suivre l'avis global qui se dessinait). Ça s'est poursuivi jusqu'à mes vingt-huit ans. Dix années personnellement collectives.

(8) Des années plus tard, je dois prendre une décision pour laquelle j'ai au fond la réponse. J'appelle quand même des amis pour leur exposer mon dilemme, cela me rappelle cette époque où je faisais des référendums. Je les appelle pour ça aussi, réactiver un mécanisme passé.

Heures moyennes annuelles
où j'ai parlé tout seul

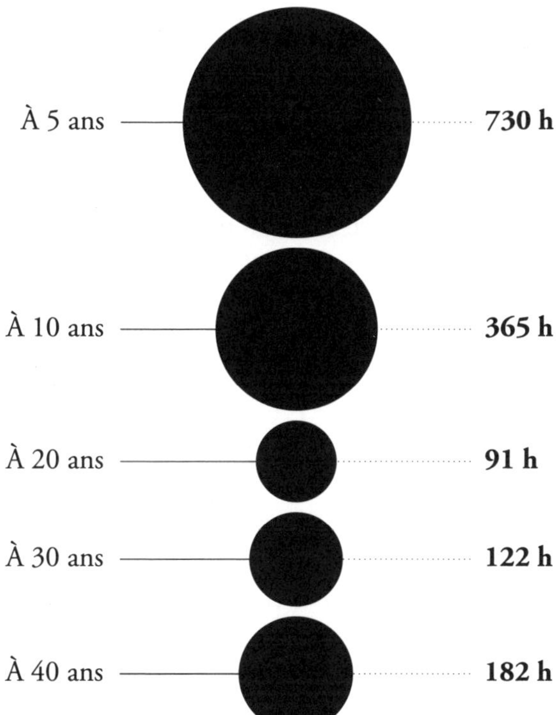

[9] Pour Louise Bourgeois l'art est une garantie de santé mentale *(Art is a guaranty of sanity).* Penser à voix haute l'est aussi (dans les deux cas il s'agit d'exprimer, d'avoir un dialogue avec soi-même). L'élan verbal naturel, enthousiaste, passé un seuil, peut devenir aussi autre chose : une absence de conventions sociales, un *free talk,* comme si la vie était une scène ouverte. Mais quelle partie est celle que l'on verbalise hors de sa tête, pourquoi ?

À 5 ans, pour donner corps à un jeu, le jouer vraiment *(là je bondis au-dessus des montagnes, et je saute pour atterrir juste devant la maison).*

À 10 ans, pour décrire des actions *(je trace le contour, puis je plie la feuille).*

À 20 ans, pour rejouer ou exprimer des conflits non résolus *(non, et ta réaction n'était pas la bonne).*

À 30 ans, pour faire des commentaires sur sa journée (avec l'option de le faire en anglais pour pratiquer la langue : *I will leave earlier in order not to be stuck in any traffic jam but I clearly still have time*).

À 40 ans, pour exprimer certaines pensées sans plus aucun filtre (avec une tendance à s'adresser aux inconnus croisés dans la rue sans qu'ils l'entendent : *toi tu as trouvé ton style*). Ou pour faire un point sur le travail en cours (une réunion de débriefing sans autre participant : *ça, c'est en bonne voie, il reste encore ce chapitre à retravailler*).

(10) En Bretagne l'été dernier, le dos bloqué, je croise des cyclistes qui parcourent la région équipés de sacs à dos, de matériel, partis pour un périple. J'en croise d'autres les jours suivants, ressentant à force une forme de contrariété, sans aucune envie de parcourir le pays à vélo mais avec celle de pouvoir me mouvoir librement. Ils me renvoient à ça, à force de les regarder pédaler. Je me surprends à un moment, en les croisant, alors qu'ils n'ont rien fait, à parler seul pour les insulter, dire *Bike my shit.*

Jours

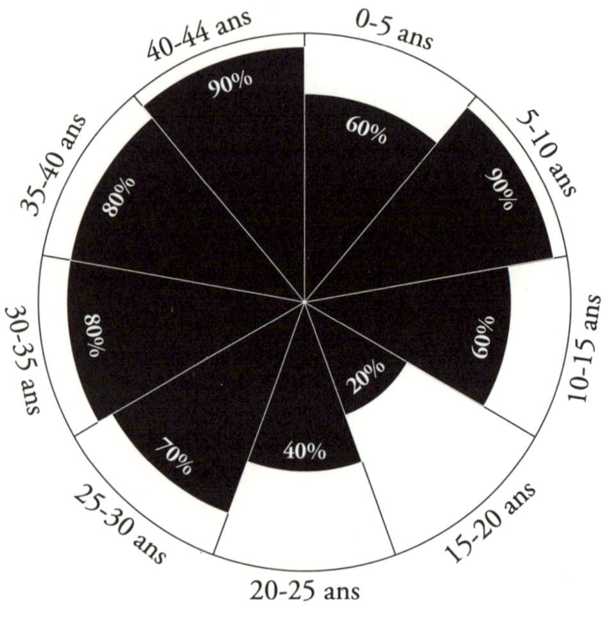

Jours vécus
pleinement

(11) C'est quoi vivre pleinement ? Vivre au maximum de ce que peut être la vie en général ou vivre sa vie tout simplement, avec ce qu'elle comporte de phases intenses et de phases d'automatisme ? À partir de quel pourcentage peut-on estimer vivre pleinement : dès cinquante et un pourcents de tout ce qu'une journée ou la vie peut être, ou il faut au moins deux tiers ?

Le sentiment de vivre pleinement est-il fonction de la vitalité de chaque âge ? Le ressentir, est-ce une question de lâcher-prise (se fondre dans le galop des jours), de vigilance à ce qu'on en fait (car *La vie a pour habitude de te vivre si tu ne la vis pas*, selon Philip Larkin) ou une combinaison des deux (mais dans quelles proportions dans la mesure où être trop vigilant met à distance des choses ?) ?

Vit-on plus pleinement parce qu'on a cherché à en savoir davantage sur soi ? S'agit-il réellement d'un sentiment ou plus d'une sensation ?

Proches
Vivants
90%
Morts
10%

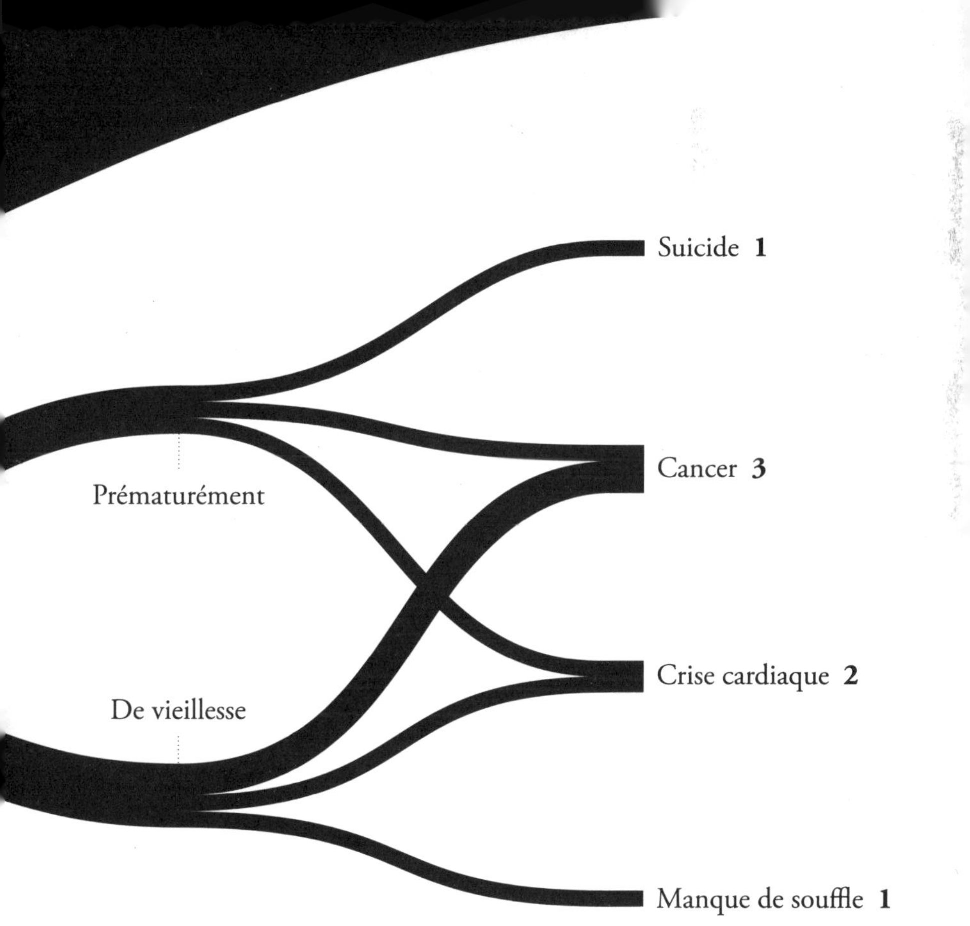

Suicide 1
Cancer 3
Prématurément
Crise cardiaque 2
De vieillesse
Manque de souffle 1

[12] J'apprends le décès de mon grand-père (paternel) en revenant du cinéma où je suis allé voir *E.T.*, à sept ans. Je suis très triste mais je n'arrive pas à pleurer car j'ai l'impression que mon quota de larmes a été épuisé par le film. J'essaie encore, je m'en veux de ne pas avoir l'air triste.

[13] Dans sa chambre, ma grand-mère (paternelle) est allongée dans la pénombre, décédée. Elle sera enterrée dans deux jours, je lui dis adieu. J'ai vingt-huit ans, on est à la fin du mois de mai. Sur la table de nuit, son agenda est le seul objet resté apparent. Je l'ouvre discrètement, les dates des vacances d'été dans la maison familiale où j'ai passé chaque été de mon enfance sont déjà indiquées.

[14] Je suis entré dans la chapelle attenante à l'hôpital, au bord du parking, j'ai vingt et un ans, je regarde ma grand-mère (maternelle) allongée sur son lit funéraire. Étonné qu'il n'y ait pas de sas entre l'extérieur et elle, de me retrouver si directement face à elle. Un sas n'aurait rien changé.

[15] Je suis dans la rue à vingt-neuf ans, je pense à ma grand-mère (paternelle), je veux l'appeler pour déjeuner avec elle. Je me rappelle qu'elle n'est plus là. Je m'en rends compte vraiment : ce n'est plus jamais possible de la voir.

Méditation

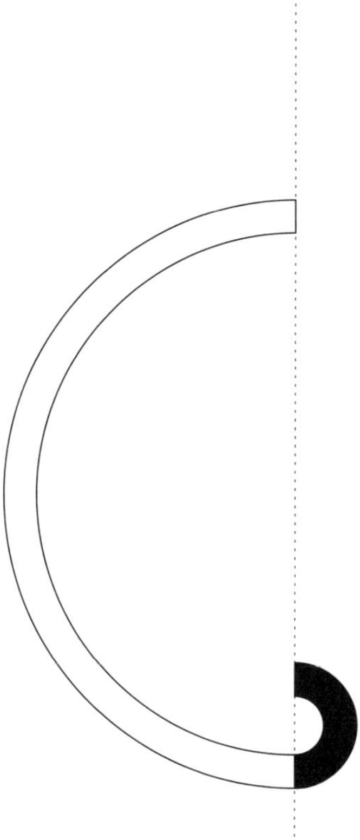

Heures annuelles passées à faire de la méditation
47,5 h

Heures annuelles passées à penser devoir faire de la méditation
1,3 h

[16] Devise de l'année 2003, écrite sur la première page de mon agenda (Filofax) : *Tu fais ou tu te tais.*

[17] Une image (ou une œuvre à réaliser) : des haut-parleurs disséminés dans toute la ville, au travers desquels une voix murmurerait : *Ça va aller. C'est bien. Continue de marcher. Respire. Expire. Avance plus loin. Ne t'attarde sur aucune pensée. Sens tes pieds l'un après l'autre sur le bitume.* Comme une voix off qui vous accompagnerait partout.

Part de moi qui est

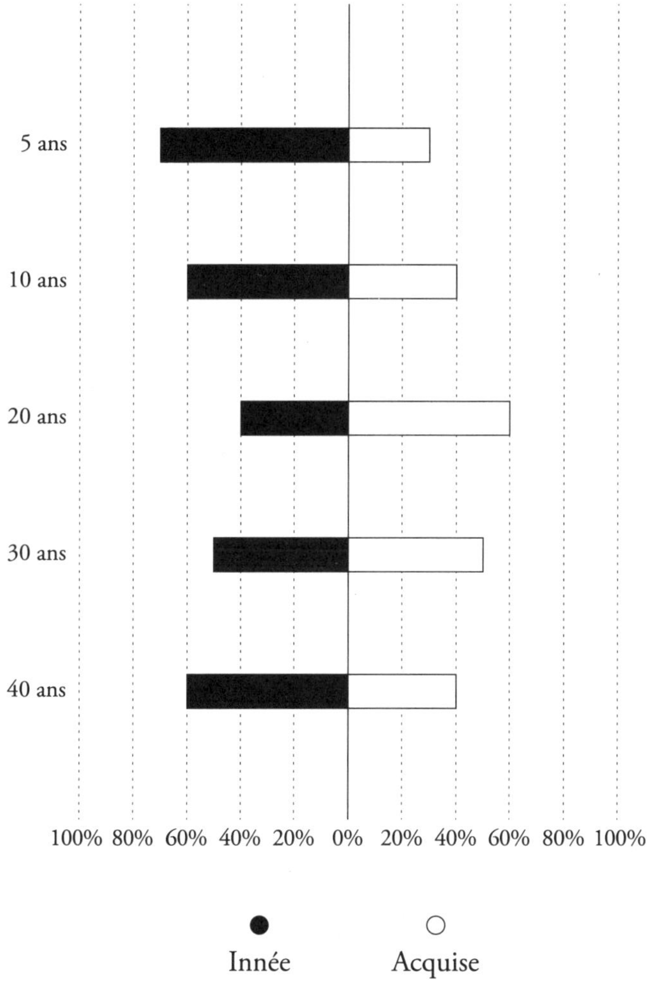

Heures de musique écoutées

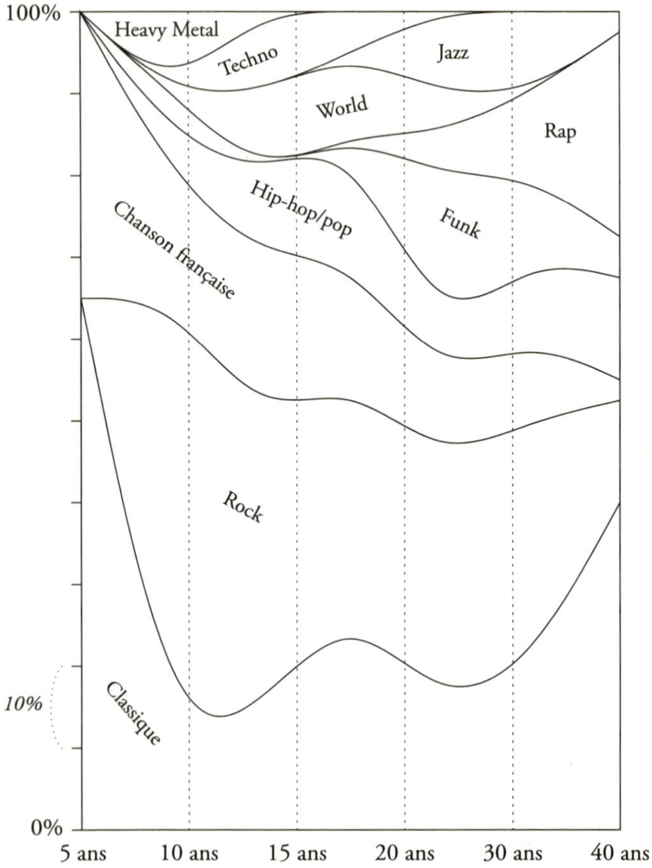

Autoportraits photographiques effectués

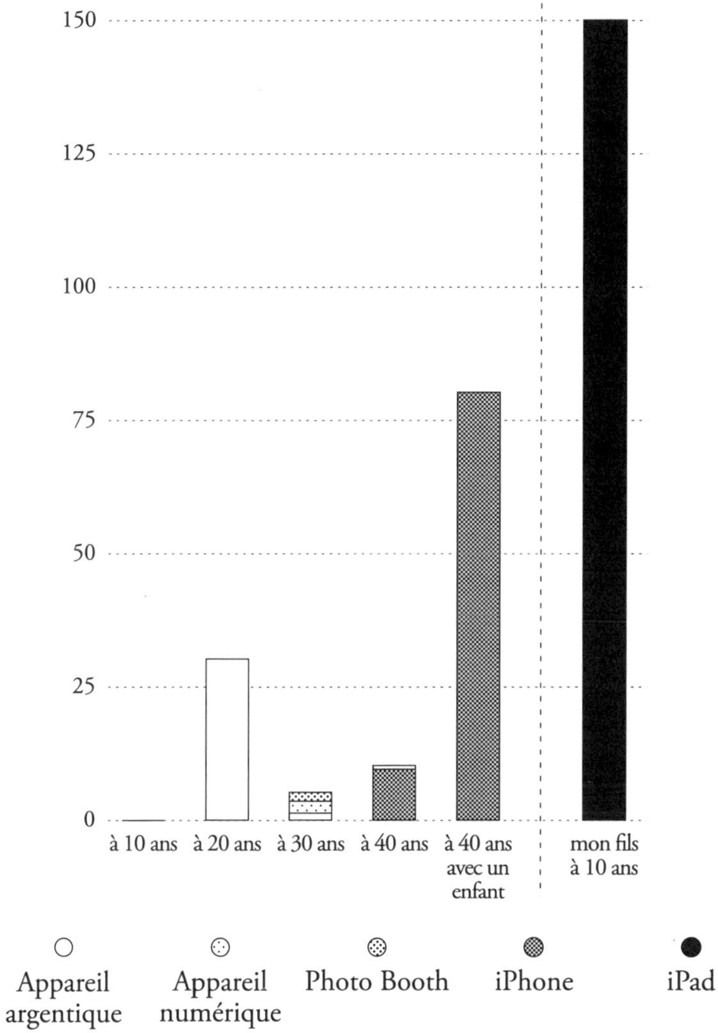

(18) Je suis dans la salle de bains de mon premier appartement où je vis seul, à vingt ans, je fais des autoportraits dans le miroir avec un appareil photo. J'ai l'impression de prendre ces photos (indépendamment de l'exercice auquel se sont adonnés tous les photographes, de Vivian Maier à Helmut Newton, de Francesca Woodman à Richard Avedon) pour voir objectivement, à ma tête, une fois celles-ci développées, comment je vais.

Appréhension / réalité

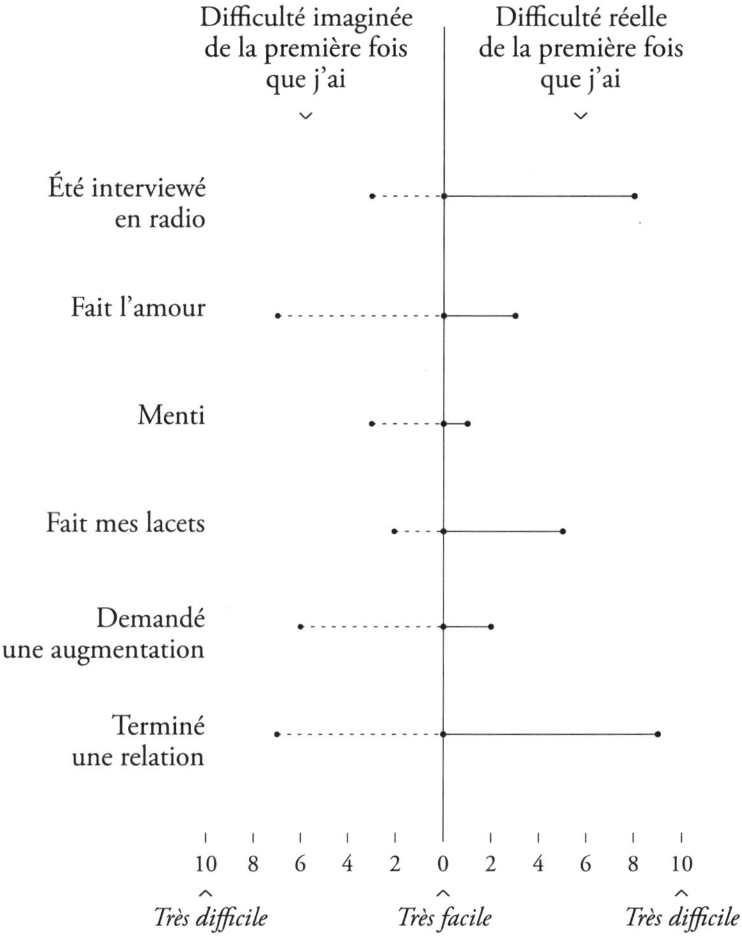

(19) Je me retiens de me gratter malgré les démangeaisons depuis une dizaine de jours. Quand je me frotte la peau dans des moments d'oubli, en avançant dans la ville, en courant au parc, de l'épiderme reste sur mon doigt, fissurant la peau autour du morceau qui s'est détaché car celle-ci commence à sécher sur l'entièreté de mon corps. Sur mes jambes, mon cou, mon torse. Avec l'envie de m'en libérer une fois pour toutes, tout enlever d'un coup mais ce n'est pas encore le moment, la peau d'en dessous n'est pas entièrement prête, trop fragile à certains endroits qui risquent de faire mal. Pour cela, je mange moins depuis quelques jours, pour accélérer le processus de mue.

C'est une question de jours, je le sens dehors aussi, chaque année, à la chaleur qui revient ; je le vois sur la route vers mon bureau, au nombre de petits lambeaux que je trouve par terre, à ceux que je vois se débarrasser de leurs peaux sans y faire attention quand de l'autre main ils lisent un livre ou téléphonent. L'œil attiré vers les pellicules fines qui volent au vent, ou la peau d'un bras entier dans le caniveau. L'enfant au feu rouge, à côté de moi, s'enlève un petit morceau de mue du cou et goûte si c'est bon avant que sa mère ne le reprenne. Voir ces lambeaux me renvoie à ceux que je me retiens d'enlever car l'autre raison de ne pas me gratter est de vouloir laisser une peau d'un seul tenant à un endroit, non des bouts épars partout où je me rends. Un geste en soi. C'est l'autre manière de le faire, qui demande de me restreindre encore, respirer, souffler, penser à autre chose quand me prend une crise de démangeaison, penser à la mue unique et parfaite que je laisserai (quand exactement, d'un moment à l'autre, quand tout se détachera soudain naturellement). Pensant qu'avec la peau d'un tenant, c'est une période de ma vie qui se détachera de moi, le moment pour me remémorer ce que j'ai vécu ces derniers mois, traversé, ce que ma peau a touché, ceux qui l'ont touchée, caressée ; tout cela s'évanouira, hors de moi.

En rentrant du bureau finalement, je sens que c'est le moment, alors que je sors du métro. Je vérifie qu'il n'y a personne dans la rue, qu'aucun ne peut me voir même si cela ne dérange pas certains de le faire devant d'autres. Dans la pénombre, je me mets le long des grilles du parc pour retirer mes vêtements, faire le même geste répété au fil des ans qu'à force je maîtrise, même s'il m'a fallu du temps (en grandissant, la peau devenait trop petite plusieurs fois par an). Me rappelant comment mon père me l'a appris enfant, me remémorant l'ordre à suivre : d'abord se frotter contre un mur, un arbre, n'importe quelle paroi, afin de s'assurer que tout s'est bien détaché, là sur le métal des grilles. Puis une torsion, bougeant par rotations d'abord les pieds puis secouant les jambes, entaillant de mon ongle la peau le long du V formé par la face intérieure des cuisses pour pouvoir remonter la mue du bas vers le haut, par circonvolutions une fois les jambes et le bassin libérés ; remontant lentement l'ensemble délicat pour ne pas déchirer la peau sèche au passage difficile du dos et des épaules, les bras levés pour finir par la tête, les bras et enfin les mains, chaque doigt que je recroqueville pour détacher chaque phalange, me rhabillant avant de la disposer sur le trottoir. Mon empreinte complète allongée en trois dimensions, comme si je m'étais désintégré, évanoui, mais que j'aurais laissé une trace.

Une femme passe, regarde la mue intacte, l'empreinte monocolore, là comme une personne translucide sur le trottoir. Elle me regarde ensuite, intriguée, reconnaissant la même allure générale au sol et debout devant elle. Je fais comme si c'était comme ça qu'il me fallait faire. Reprenant le chemin vers chez moi, je me caresse le visage, couvert de mon épiderme neuf, tout lisse. Ressentant une sensation d'apaisement soudain, plus aucune démangeaison. Ou c'est le renouveau, une ouverture, un printemps personnel, laisser des choses derrière soi, et de nouvelles à vivre avec cette peau-là, je ne sais pas mais un calme intérieur, profond.

16

Monde

Pays

Nombre total de pays
existant en 2019
selon l'ONU
197

Nombre total
de pays visités
29

(1) En Albanie, au XXIe siècle, certaines familles appliquent encore la loi du talion selon un code vieux de six siècles qui veut que si on tue un membre de votre famille, vous pouvez vous venger sur tous les hommes de la famille de l'agresseur jusqu'à ce que vous estimiez que le crime originel a été réparé, l'affront lavé. Le plus souvent, cet affront reste intact, les crimes continuent, d'où la nomination par le gouvernement albanais d'un homme pour négocier une issue conflit par conflit, et le montant d'un dédommagement financier pour que le cycle de crimes cesse avant que les familles des victimes deviennent elles-mêmes les agresseurs, et ceux qui veulent réparer un affront les prochaines victimes.

On est au XXIe siècle. Mais, pour une nation qui veut entrer dans l'Union européenne, il est difficile d'être encore régie par les lois plus anciennes : du temps où un homme a traversé à cheval le pays pour donner oralement aux habitants des règles de conduite appelées *Kanun* (dont *Œil pour œil, dent pour dent*), qui se transmettent depuis de génération en génération et s'appliquent toujours car elles se sont toujours appliquées. Et cela bien avant que quelqu'un ait l'idée de former une Union européenne et de se dire qu'il y a des façons plus civiques de régler des conflits.

En attendant, des milliers d'enfants mâles restent cloîtrés chez eux, les cours à domicile payés par l'État, car ils sont les prochains sur la liste sauf s'ils ne sortent pas de l'enceinte de leur habitation. Cela constituerait une provocation, un affront supplémentaire, tandis qu'en demeurant là, ils font acte de repentance vis-à-vis des victimes d'un temps où ils n'étaient pour la plupart pas nés. Certains n'ayant jamais franchi la porte, ne connaissant rien d'autre du monde que leur maison.

Avion

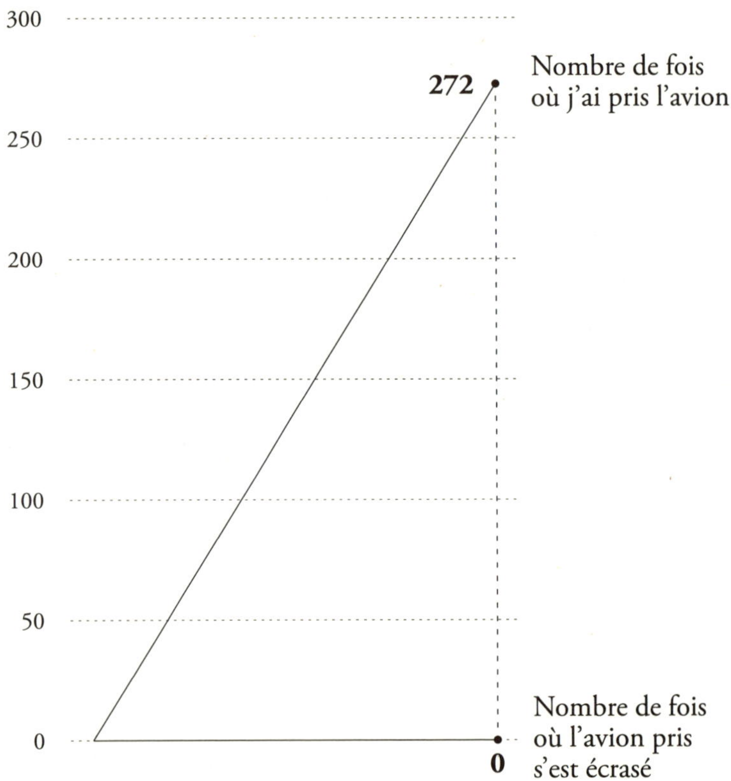

300
250
200
150
100
50
0
272
Nombre de fois
où j'ai pris l'avion
0
Nombre de fois
où l'avion pris
s'est écrasé

(2) D'en haut, par les hublots, alors que l'avion a décollé de Boston en direction de Los Angeles, prend de la vitesse à l'oblique pour se diriger vers le plafond nuageux, on peut voir la banlieue, les embouteillages en direction de la ville, imaginer les cafés chauds dans des gobelets en carton. Plus loin, si on pouvait, on verrait New York s'éveiller à quatre cents kilomètres alors que l'avion a pris sa vitesse de croisière, les queues devant les vendeurs ambulants de bretzels au pied du World Trade Center. Plus loin encore, à des milliers de kilomètres, on verrait un homme, la cinquantaine, barbe blanche rasée courte, James Mitchell, chaussures de jogging aux pieds, mettre ses écouteurs et claquer la porte de sa maison de Philadelphie pour courir le long des berges du Delaware, plus régulier dans son footing matinal depuis qu'il vient de prendre sa retraite après de loyaux services comme instructeur auprès de l'US Air Force, à présent consultant. Les pieds en parfaite cadence, tandis qu'à des centaines de kilomètres de là un autre homme, Bruce Jessen, lui aussi ancien instructeur de l'US Air Force, sirote son café, revue de presse matinale, rien de spécial. Chacun commençant sa journée.

Si on voyait à travers les murs, on verrait George W. Bush arriver dans une école de Floride, faire des blagues avec les enfants, pratiquer l'humour où il excelle davantage qu'à la fonction qu'il occupe depuis quelques mois. Et du côté de Langley, ville où se tient le siège de la CIA, ou à Washington, on verrait s'affairer des centaines d'hommes et de femmes dûment accrédités, et le monde entier se réveiller ce 11 Septembre. Et bien plus loin, dans une grotte, ou caché dans une maison quelque part en Afghanistan, un homme regarder sa montre en prévision de ce qu'il organise de longue date, après qu'il a eu confirmation que l'avion a bien décollé de Boston, ainsi qu'un autre du même aéroport, et ceux de Washington et de Newark.

Par les hublots du premier avion, on verrait aussi un paysage qui n'est pas celui prévu par le plan de vol, alors que l'avion a changé de direction, que des individus ont pénétré dans la cabine de pilotage après avoir blessé des passagers, et dévié le Boeing vers New York telle qu'on ne l'a jamais vue, survolée de si près. Comme d'en bas on n'a jamais vu un avion voler si bas, s'approcher des plus hautes tours de la ville. Les passants s'arrêtent, regardent interloqués quelque chose d'impossible à mesure que l'avion s'approche encore de la tour, quelque chose qui ne peut pas avoir lieu, comme si l'avion se dirigeait droit vers elle, et l'avion qui la pénètre de plein fouet entre le 93e et le 99e étage.

Dans la salle de classe, George W. Bush est prévenu qu'un avion s'est encastré dans une des tours du World Trade Center, il ne comprend pas bien l'information, ne sait pas comment réagir, d'autant qu'il est filmé. Il fait un sourire embarrassé, poursuit sa visite comme si de rien n'était. Ou pour faire que tout soit comme si rien ne s'était passé, tester cette option quand ce qu'on vient de lui annoncer est impossible, il a dû mal comprendre, alors que le monde entier qui a entendu parler de l'avion dans la tour allume sa télévision, Internet, prévient ses proches ou tombe dessus par hasard comme James Mitchell quand il rentre de son jogging, allume l'écran de la cuisine, s'arrête pour le fixer, devant l'impensable, comme Bruce Jessen, comme le monde entier regarde en direct l'affolement, par écran interposé ou devant l'événement.

Depuis les rues de Manhattan, partagés entre la nécessité vitale de s'éloigner et de regarder éberlués les corps qui tombent de la tour en feu, se demandant comment cela a pu avoir lieu, s'il s'agit d'un accident ou d'un acte terroriste d'une ampleur inimaginable, mais on ne peut pas faire exprès d'enfoncer un avion dans une tour, cela ne peut pas arriver sur le sol américain, inattaquable par les airs ; avant qu'un autre avion apparaisse à l'horizon, se dirige vers l'autre tour, et qu'en même temps qu'il la percute, il apporte la réponse, alors que les deux tours s'effondrent. Et que les suspicions ne sont pas encore tournées vers l'homme dont la plupart n'ont jamais entendu parler, celui tapi quelque part en Afghanistan, pour qui l'essentiel du plan a fonctionné.

Évacué selon la procédure, Bush doit réagir au plus vite. La première puissance mondiale a été attaquée en son cœur et fera tout pour trouver les coupables, terrasser cette forme nouvelle et puissante de terrorisme dont le combat ne respecte aucune règle internationale. Il faut la réduire à néant, avec tous les moyens possibles, c'est ce que son père aurait fait à sa place, et c'est la réponse qu'il donne à tous le soir même :

Les images des avions s'écrasant dans des bâtiments, des incendies, d'énormes structures s'effondrant nous ont remplis d'incrédulité, d'une tristesse terrible et d'une colère silencieuse mais inébranlable. Ces massacres ont été planifiés pour précipiter notre nation dans le chaos et la retraite. Mais ils ont échoué. Notre pays est fort. L'Amérique a vaincu ses ennemis auparavant, et nous ferons de même cette fois encore. Aucun de nous n'oubliera jamais ce jour, pourtant nous allons de l'avant pour défendre la liberté et tout ce qui est bon et juste dans notre monde.

Cinq jours plus tard, en tant que secrétaire à la Défense, Donald Rumsfeld le dit plus simplement au journaliste de NBC qui l'interviewe : *Les États-Unis devront désormais basculer du côté obscur*, qu'importe ce que ce côté obscur peut comporter, toutes les options sont ouvertes. La phrase est relativement énigmatique, mais pas pour James Mitchell et Bruce Jessen qui comprennent très bien ce qu'elle veut dire. Ils ont peut-être enfin un rôle à jouer, à leur mesure : apporter leur expérience combinée de psychologues et d'entraîneurs de l'armée pour créer un vrai système de torture, professionnaliser leurs techniques d'interrogatoire, qu'importe si jusqu'ici ils n'ont fait que prétendre torturer pour préparer les soldats au cas où ils tomberaient dans les lignes ennemies ; car soudain cela devient réel, une opportunité professionnelle. En attendant, les médias repassent en boucle les images, l'effondrement des tours, les corps qui tombent, les décombres, l'impensable, pour tenter de l'assimiler, que tout ça est bien réel.

(3) Parmi les passagers ce jour-là, combien ont-ils changé leurs plans au dernier moment pour prendre ces vols et n'auraient pas dû être dans ces avions ? La question se pose à chaque accident aérien, comme pour comprendre ce que la vie a d'arbitraire, à quoi elle peut tenir. Elle ne se pose pas pour ceux qui ont pris au dernier moment un autre itinéraire à pied, en voiture, métro, bus, que celui initialement prévu ; car pour les avions seulement nous avons les noms de ceux qui ont embarqué.

Lieux

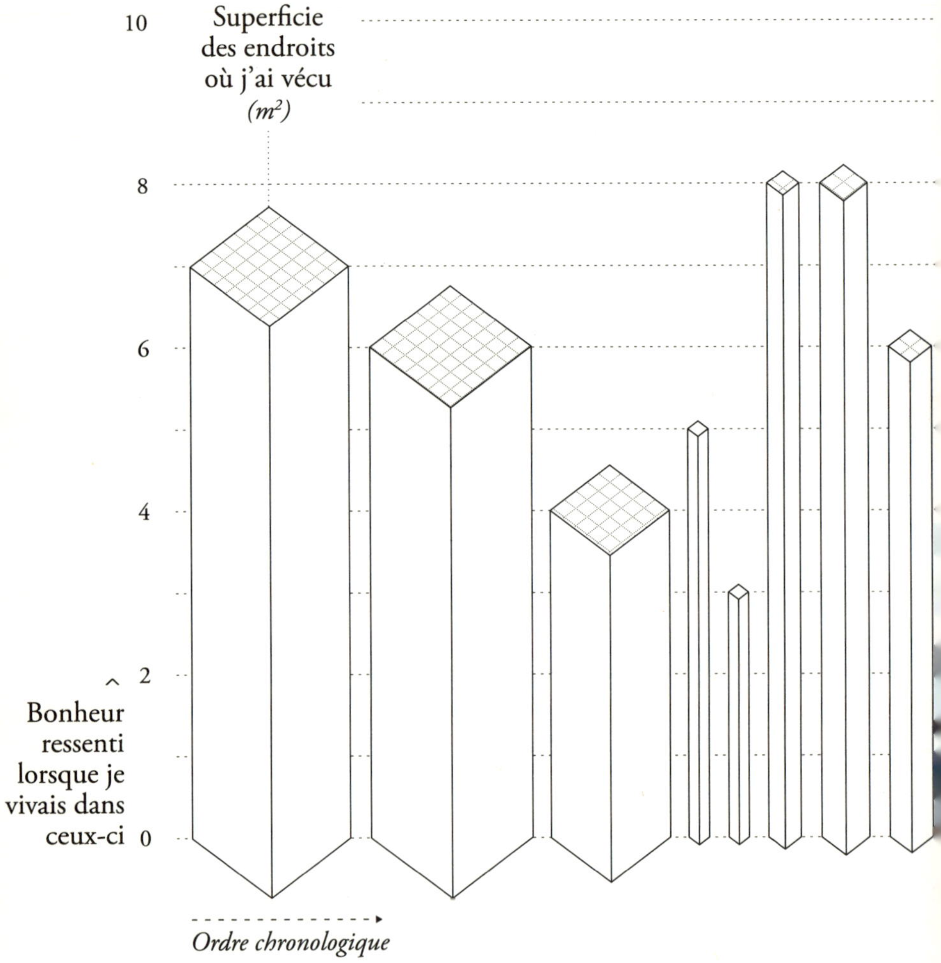
10
Superficie des endroits où j'ai vécu
(m²)
8
6
4
2
Bonheur ressenti lorsque je vivais dans ceux-ci
0
Ordre chronologique

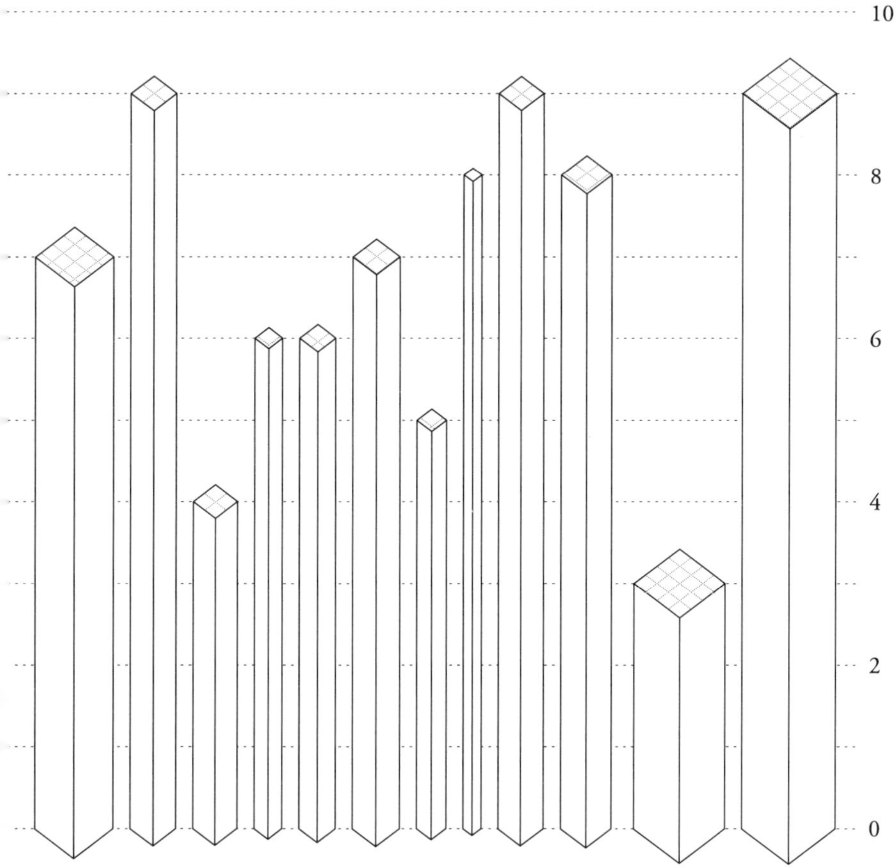
10
8
6
4
2
0

[4] Les cartons sont entassés devant la maison de mon enfance, dans l'attente de l'arrivée du camion, le déménagement a lieu à la séparation effective de mes parents, j'ai dix ans. Les objets posés là, amassés n'importe comment, sortis de leur place d'origine, certains destinés à être jetés, composent une image qui me paraît d'une grande violence. Une impression de chaos, de douleur vive. Plus rien n'est à sa place. Plus rien dans le monde entier, ni moi.

Dans ce déménagement, j'ai perdu la plupart des objets qui ont fait mon enfance (cahiers, jouets). Je n'ai eu le sentiment de les avoir perdus que récemment, depuis que j'ai voulu relire des textes, revoir des objets, toucher de plus près cette part de ma vie et que soudain ils n'existaient plus, cette part de moi disparue en partie avec eux.

[5] Quinze ans après être parti de la maison de mon enfance, habitée depuis par quelqu'un d'autre, je sonne pour la visiter, déambule dans les pièces qui n'ont plus rien à voir avec ma vie là-bas (ma chambre est devenue une salle de fitness). Dans le grenier vide, il y a juste un carton dans un coin, oublié là, avec des photos de mes parents et d'autres de mon enfance. Comme si une partie de moi y était restée.

Étoiles

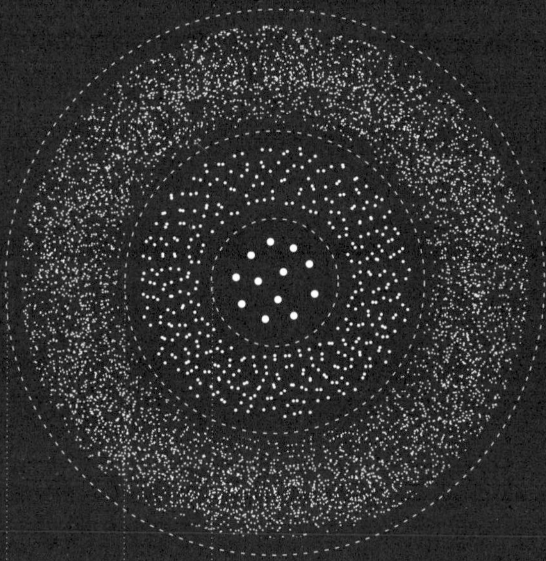

Étoiles ou constellations
dont je connais le nom
12

Étoiles visibles
depuis la Terre
3 000

Étoiles que contient
la Voie lactée
200 milliards

Fauves rencontrés

En captivité
44

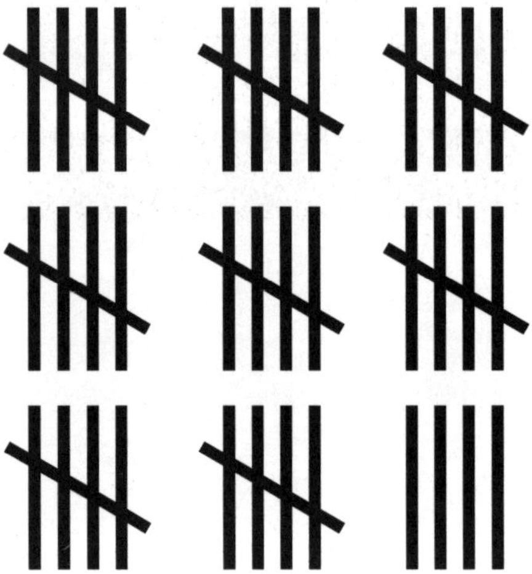

Par hasard en liberté
0

Climat

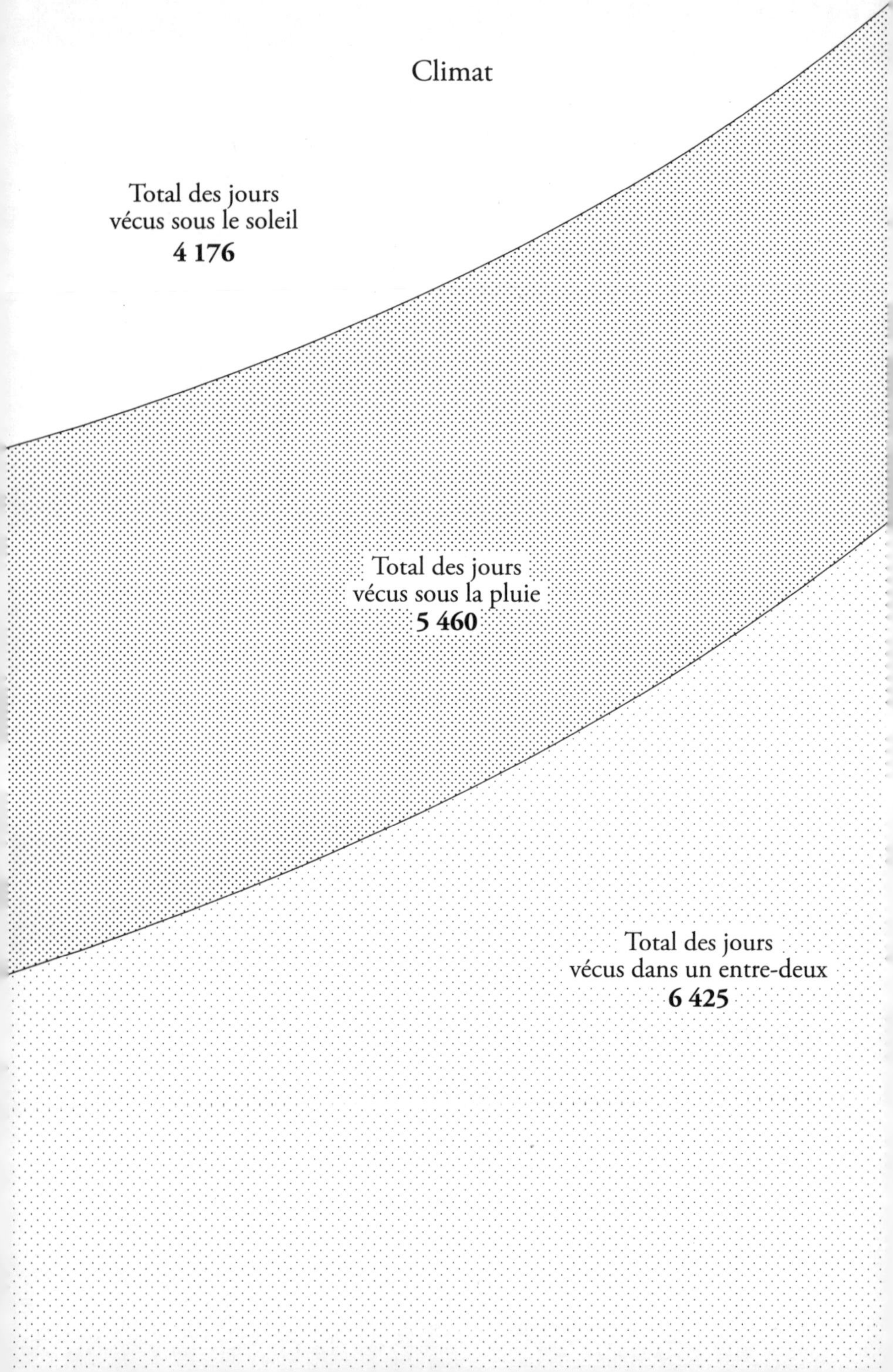
Total des jours
vécus sous le soleil
4 176
Total des jours
vécus sous la pluie
5 460
Total des jours
vécus dans un entre-deux
6 425

(6) La décision de Trump de retirer les États-Unis de l'accord de Paris sur le climat n'a pas altéré la position des autres pays signataires, ni, dans le pays, des centaines de villes se réunissant sous la bannière : *We are still in.* Mais cela peut en décomplexer d'autres, dont Jair Bolsonaro ; comme si Trump avait ouvert une porte, donné l'exemple et que Bolsonaro le suivait. À moins que Bolsonaro aille plus loin que Trump, et que ce soit alors lui qui donne l'exemple, et qu'un autre avec des idées plus dommageables pour la planète aille encore un pas plus loin. Une forme de concours du plus climatosceptique (celui-ci s'arrêtant à l'épuisement des ressources ou en cas de cataclysme).

Car, au centre du cerveau reptilien humain, se trouve le striatum qui détermine la programmation du fonctionnement individuel, celui-ci n'étant pas conçu pour penser à l'environnement mais rechercher de la dopamine. Cinq choses l'activent depuis la nuit des temps : manger, avoir des rapports sexuels, dominer, capter le plus d'informations et faire le moins d'efforts. Avant, survivre passait par ces cinq choses. Le striatum veut toujours plus, sans autre notion de temps que l'immédiat (le reste est trop lointain). Certains fonctionnant plus encore que les autres sur cette base séculaire, comme Trump, comme Bolsonaro, comme les Rapa Nui.

Il faut des milliers d'années pour changer des milliers d'années.

Eau
Baignades totales
7 220
Baignades sans maillot
82
Baignades où j'ai failli me noyer
2

(7) La première fois que je manque de me noyer, j'ai quatre ans, près de la maison de campagne de mes grands-parents, un cousin me pousse dans la rivière au bout du jardin, je suis rattrapé par le pied in extremis par ma tante.

La deuxième : en Équateur à dix-huit ans, un rouleau de vagues m'empêche de rejoindre le rivage, un ami me tend une main que je n'arrive pas à attraper, ne pouvant pourtant relâcher l'effort un quart de seconde, la tension maximale en moi car seul moi peux me sauver de là.

Calamars

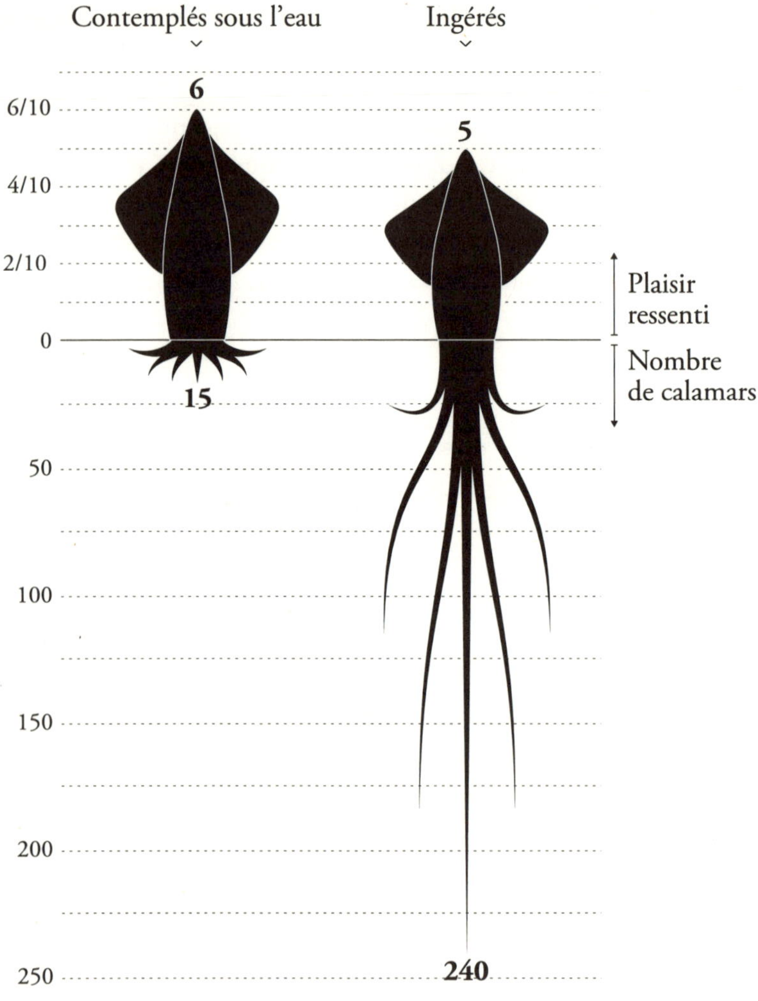

Contemplés sous l'eau
Ingérés
6
5
6/10
4/10
2/10
0
15
50
100
150
200
250
240
Plaisir ressenti
Nombre de calamars

Altitude / Profondeur

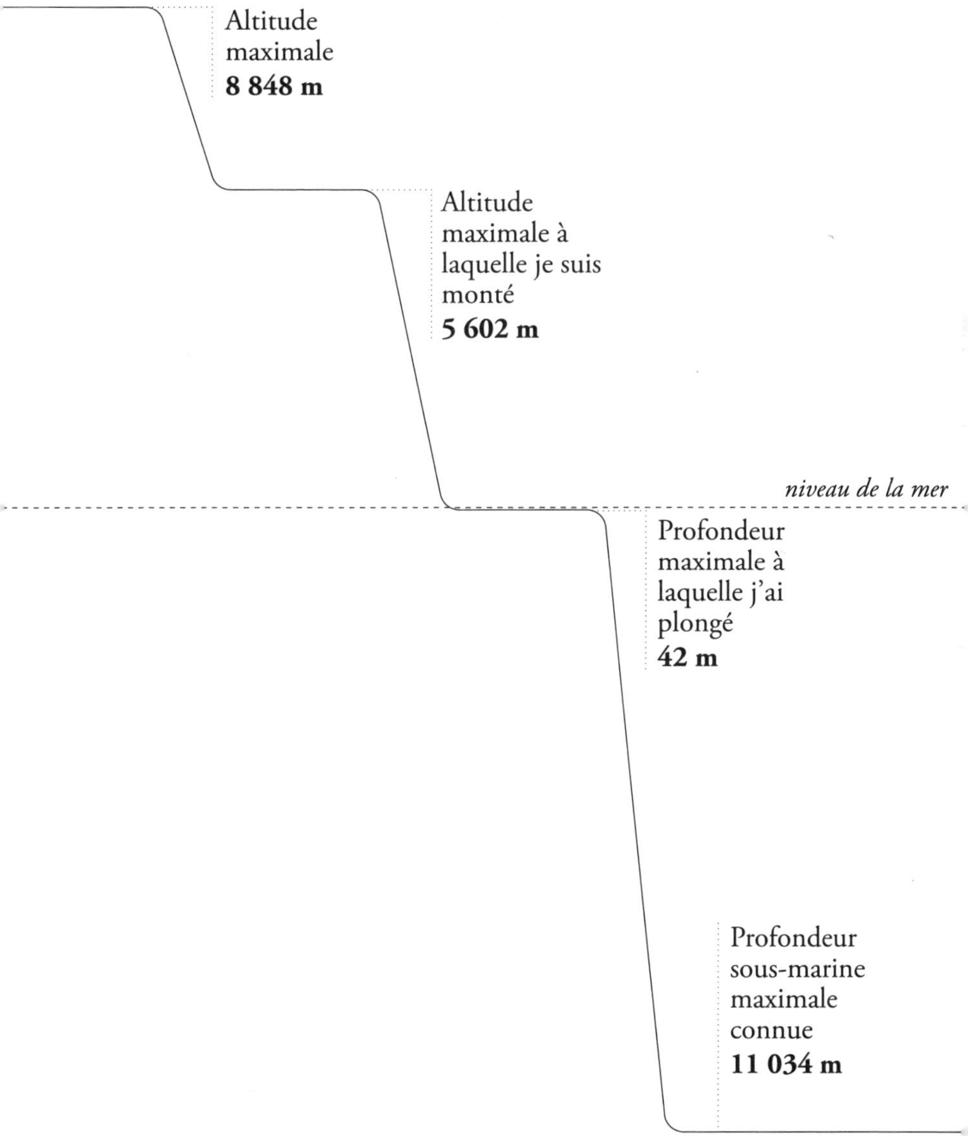

Informations quotidiennes

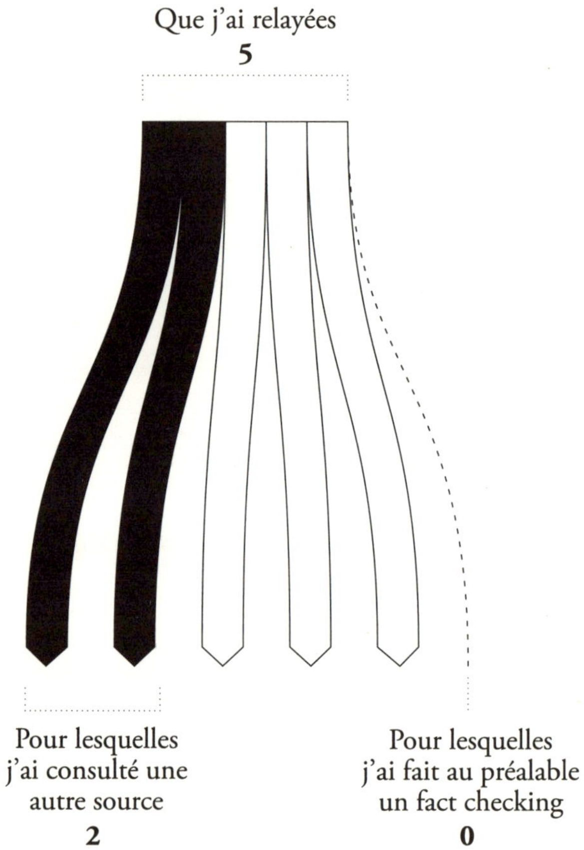

(8) À la suite des attaques du 11 septembre 2001, James Mitchell et Bruce Jessen ont signé un contrat de 181 millions de dollars avec la CIA. Leurs techniques d'interrogatoire renforcées, pratiquées dans des prisons secrètes à travers le monde, ne donneront aucun renseignement valable. La CIA décidera pourtant de les appliquer à l'ensemble de leurs sites de détention, dont Guantánamo.

Car Donald Rumsfeld l'a dit quelques mois après les attaques :

> *Il y a des connus connus ; des choses connues comme étant connues. Nous savons aussi qu'il y a des inconnus connus, c'est-à-dire qu'il y a des choses que nous savons que nous ne savons pas. Mais il y a aussi des inconnus inconnus, des choses que nous ne savons pas que nous ne savons pas. Et si on regarde l'histoire de notre pays et d'autres pays libres, c'est cette dernière catégorie qui se révèle être la plus difficile.*

Donc tout ce qui peut permettre d'en savoir plus est à prendre en compte.

(9) Mais, appliqué à soi, c'est quoi ces choses que nous ne savons pas que nous ne savons pas ?

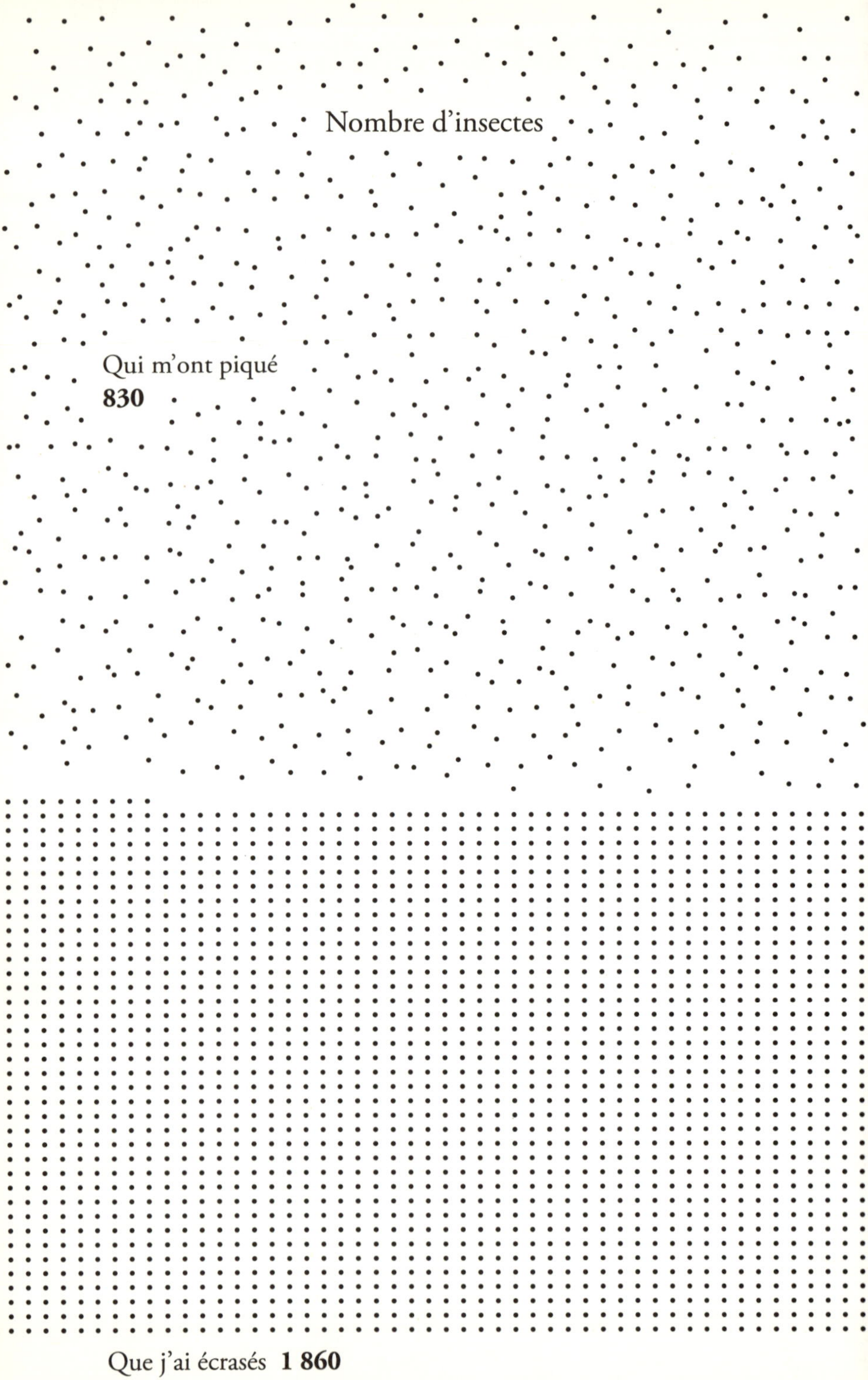
Nombre d'insectes
Qui m'ont piqué
830
Que j'ai écrasés 1 860

(10) Je suis dans la salle de bains, j'ai huit ans, j'ai posé l'aquarium avec ma grenouille sur le rebord de la baignoire pour prendre mon bain avec elle pour la première fois. J'ai comme d'habitude fait d'abord couler l'eau chaude. Ma grenouille saute dans la baignoire, se fige dans la chaleur de l'eau, morte ébouillantée. Je ne sais pas si c'est ma faute ou la sienne.

(11) Je suis sous un arbre à l'aube, à douze ans à la campagne, le soleil commence à poindre, j'ai une carabine entre les mains. J'attends caché depuis une demi-heure de tirer une pie ou une corneille, en vain. Avant de rentrer, je tire sur un moineau qui siffle sur une branche au-dessus de moi. Je jette son corps dans les buissons, et le regrettable de ce que je viens de faire.

17

Religion

Églises dans lesquelles je suis entré pour

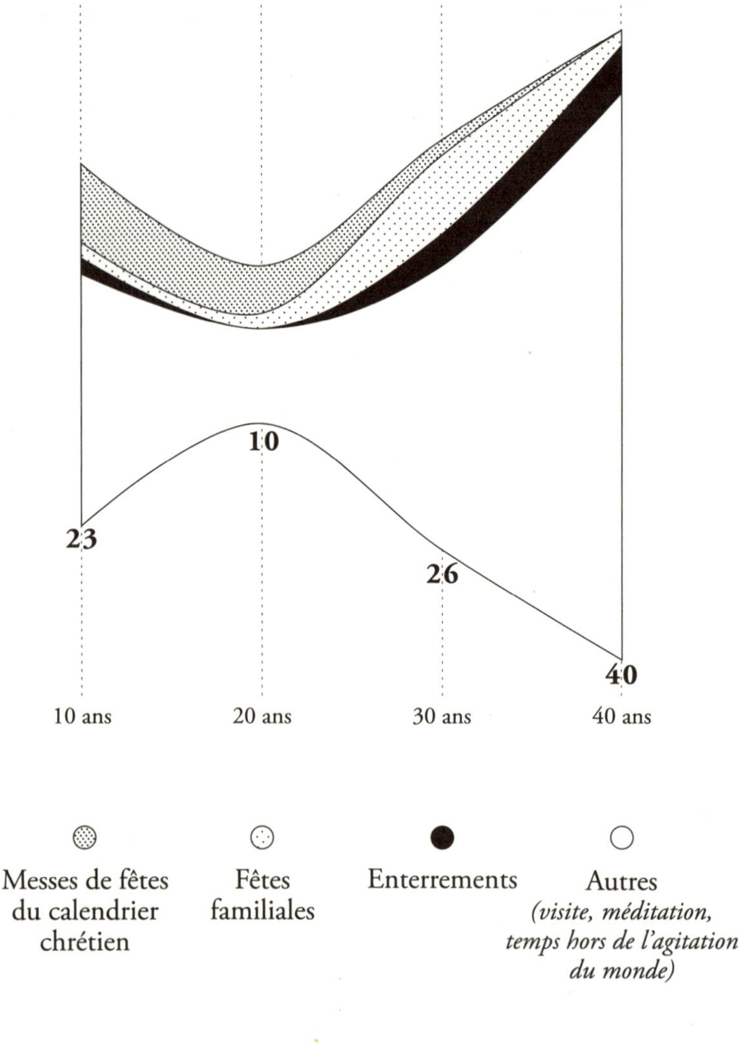

[1] En Syrie, à Alep, en pleine guerre civile, on ne fête pas Noël le jour de Noël, ou le jour de l'An le jour de l'An, car ce sont les moments où l'on a le plus de risques d'être bombardé. On célèbre donc les fêtes entre les fêtes ; soudain un jour c'est Noël ou le jour de l'An. On devrait tous faire ça (indépendamment des raisons).

Croyance

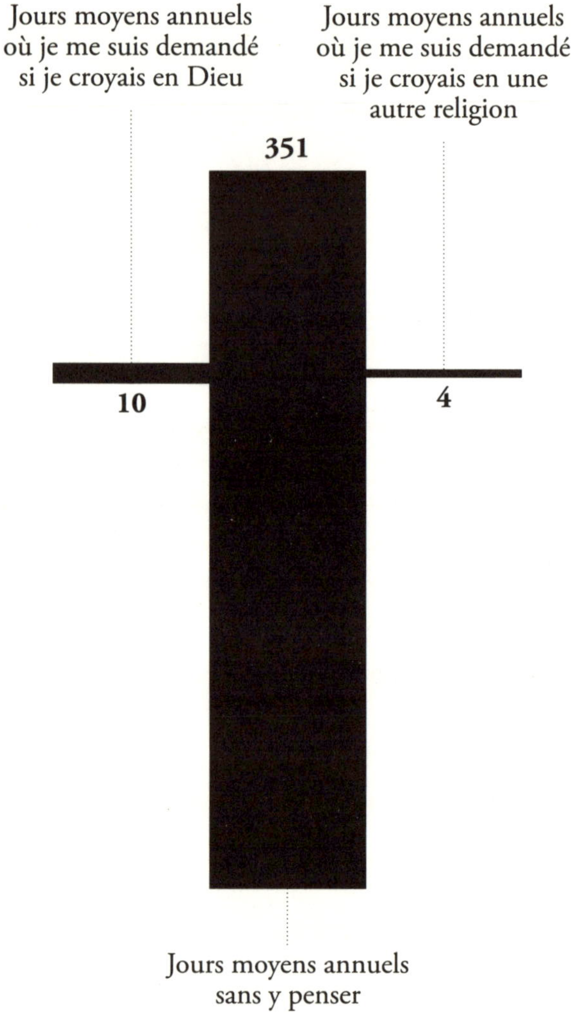
Jours moyens annuels où je me suis demandé si je croyais en Dieu
Jours moyens annuels où je me suis demandé si je croyais en une autre religion
351
10
4
Jours moyens annuels sans y penser

(2) Prière écrite sur un papier à sept ans :

Jésus – j'aimerais bien ne plus faire de cauchemars
Jésus – j'aimerais bien passer ma deuxième année (CM2)
Jésus – j'aimerais bien que papa revienne à la maison
Jésus – j'aimerais bien qu'on ne se dispute plus entre frère et sœurs
Jésus – j'aimerais bien que mon parrain vienne à ma communion (de Hong-Kong)
Jésus – j'aimerais bien qu'on passe de bonnes vacances en France

(3) De l'enfance, je me rappelle moins le religieux que le mysticisme, ou c'est le mysticisme qui vient chronologiquement en premier : une sensation de lien avec quelque chose, de présence, qui devient ensuite du religieux, ritualisé dans des lieux dédiés, pour lequel suivre des cours de catéchisme, apprendre l'histoire d'un berger, ses actes.

Je me suis éloigné lentement du religieux, le mysticisme devenu moins présent lui aussi, se dissolvant au fil des questionnements pour revenir ensuite à certains moments, fluctuant. Je l'explique à mes enfants, qui me demandent si je crois en Dieu, la croyance peut être comme une vague, un mouvement terrestre, quelque chose qu'on ne formule pas toujours de façon catégorique, définitive, mais qui reste là : un sentiment, un lien individuel à un tout.

La réponse ne les satisfait pas : donc, c'est oui ou c'est non ?

Nombre de fois où j'ai pensé
comme option religieuse ou philosophique
(hors catholicisme) au

(4) Au Vanuatu, un chapelet d'îles au large de la Nouvelle-Zélande, John Frum est un ami imaginaire pour les habitants, une sorte de dieu. L'histoire est devenue une légende devenue un mythe devenu un culte : un homme-dieu est sorti du volcan dans les temps lointains, et il reviendra sur l'île. Il est déjà revenu selon certains, c'était un homme blanc venu du continent, pour d'autres c'était le Prince Philip venu un jour visiter l'île appartenant à la Couronne britannique, habillé de blanc.

Qu'importe : il fallait une histoire pour réunir la population, lui redonner une racine commune, un allié pour résister aux occupants, légitimer les traditions séculaires des habitants qui étaient les membres d'une tribu et voulaient retourner à cet état (ne pas porter d'habits, boire une boisson nommée *kava* qui brouille les perceptions), la présence de John Frum les encourageant à renouer avec qui ils étaient. J'ai voulu écrire l'histoire de John Frum, celle d'une communauté qui se trouve une croyance comme une métaphore de toute société qui se met à croire dans une même direction. Je n'ai pas continué plus avant, investiguer le mystère l'aurait détruit, même pour moi. Ou c'était l'idée d'un sujet si lointain, mentalement et géographiquement, qui m'attirait et cette raison ne tenait pas la longueur demandée par l'écriture d'un roman.

Ou la raison était que l'histoire existait déjà entièrement dans l'explication du nom quand, pour d'autres habitants encore, John Frum était un homme venu d'Amérique, un des nombreux GI's qui s'était présenté comme tel, avant de jeter tout le surplus de leurs affaires militaires à la mer au moment de leur départ : *John from America*, devenu plus succinctement *John Frum*.

(5) Pour échapper à un emprisonnement pour fraude, le directeur financier d'une entreprise grecque qu'il venait d'escroquer s'est réfugié au mont Athos et s'est fait passer pour un moine pendant huit ans. Il est arrivé en prétendant être un croyant. Après huit ans, il en est pourtant parti et s'est aussitôt fait arrêter. Son isolement devant être d'autant plus grand qu'il était le seul à ne pas croire au sein du monastère, au point de préférer la prison. Car huit ans de présence forcée n'ont rien changé à sa croyance, cela ne fonctionne pas comme ça.

18

VIE / MORT

Danger

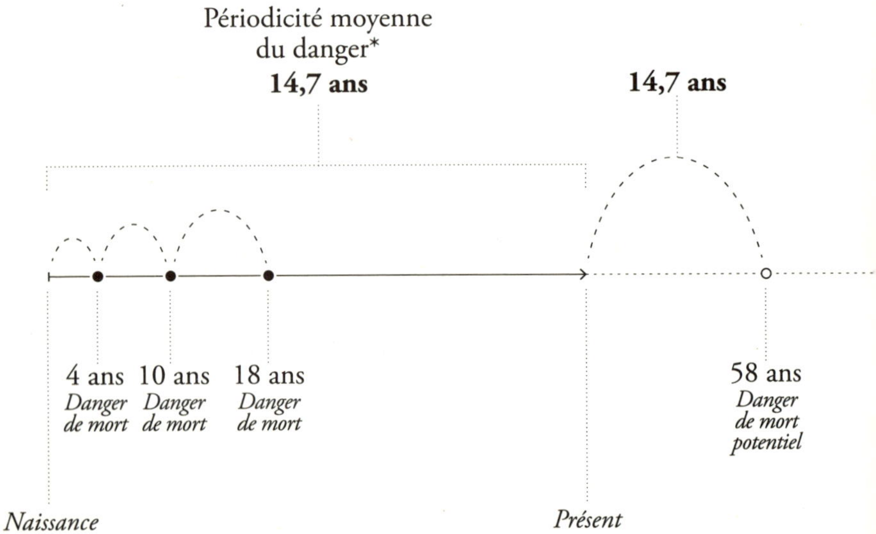

* *Nombre d'années vécues divisé par nombre de situations présentant un danger de mort*

(1) Hors deux risques de noyade, j'ai failli mourir à une fête foraine à dix ans, dans une nacelle au bout d'un balancier immense se retournant dans les airs à vingt mètres au-dessus du sol et s'immobilisant. Il fallait mesurer une certaine taille pour monter dans cette attraction, ou avoir un âge minimal requis (dix ans). Je n'avais pas la taille mais je venais d'avoir l'âge (j'ai grandi tardivement). La nacelle retournée, la barre ne me serrait pas assez les jambes et mes mains glissaient. Mon père, d'en bas, a vu à ma mine effrayée qu'il y avait un problème ; après qu'il a insisté auprès de l'homme qui tenait l'attraction, celui-ci a bien voulu me faire redescendre. Mon père m'a sauvé la vie (c'est le genre de choses qui joue inconsciemment ensuite dans le rapport au père).

(2) Plus le temps passe sans nouveau danger de mort évité, plus le risque d'un danger à venir s'éloigne (c'est une question de probabilité mathématique). C'est l'inverse pour un volcan : plus la période sans éruption s'allonge, plus le risque d'une prochaine éruption s'accroît.

De ces deux possibilités statistiques opposées, il faut déterminer laquelle s'applique pour chaque élément de sa vie, et à quel point une période plus longue sans un événement donné augmente ou réduit les chances qu'un prochain événement du même genre arrive bientôt (à moins que cela ne tienne au fond à soi ou au hasard de la vie) :

période sans voyager, période sans chance, période sans contrôle dans le métro, période sans rapports sexuels, période sans rage de dents.

Longévité

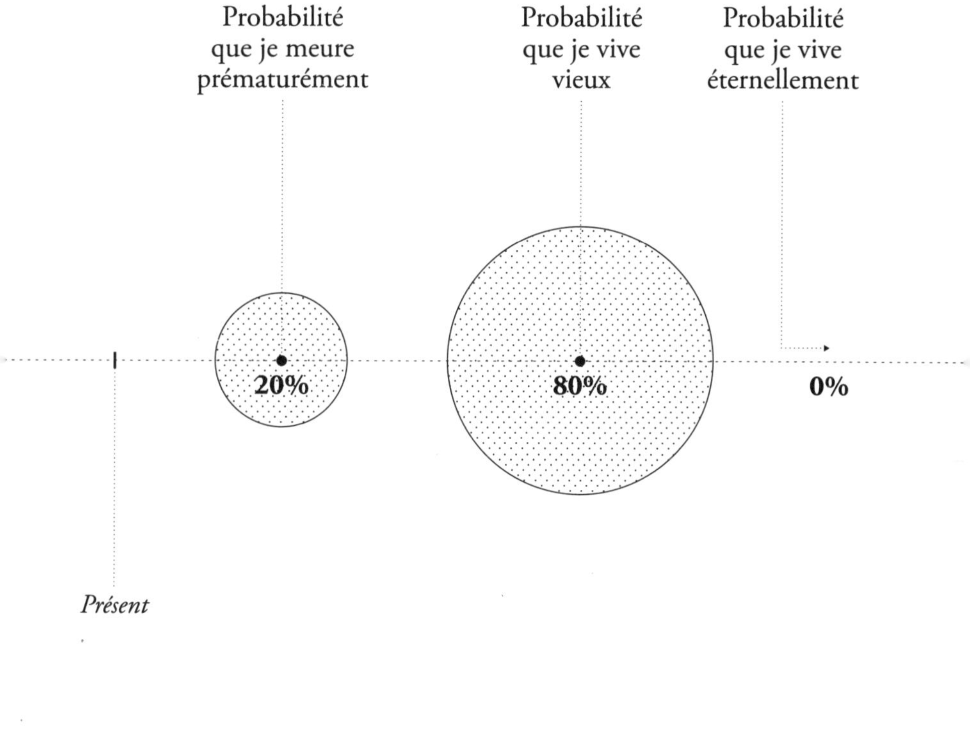

Probabilité
que je meure
prématurément
Probabilité
que je vive
vieux
Probabilité
que je vive
éternellement
20%
80%
0%
Présent

(3) J'ai toujours cru que je vivrais vieux, aussi j'ai agi plus dans ce sens que dans celui où je mourrais jeune (sans pour autant penser assurance vie, retraite). Je me trompe peut-être, c'est impossible à savoir. Mais que vaut-il mieux : faire comme si on allait vivre vieux et mourir jeune, ou faire comme si on allait mourir jeune et vivre vieux ?

(4) J'ai seize ans, je vais voir mon père qui taille les arbustes dans le jardin, et lui pose la question existentielle qui m'obsède sur le sens de la vie alors qu'on va mourir un jour. Il me dit, tout en continuant de tailler les arbustes, de ne pas m'en faire, les choses s'éclairciront plus tard.

Une trentaine d'années plus tard, il me fait part d'une idée qui l'obsède, lui : ce n'est pas sa propre mort qui annihile les choses qu'on construit, qui réduit leur valeur, leur sens, mais le fait qu'un jour la vie sur Terre s'éteindra. À quoi bon dès lors créer quelque chose (un jardin, une entreprise, une collection de salières ou d'œuvres d'art) ?

(5) Les pharaons ont tout prévu pour leur éternité, ils ont aménagé leurs tombes remplies des objets qui leur serviraient pour la suite (mobilier, bijoux, nourriture, outils, barques), les tombes construites par des artisans qui n'ont pas le droit d'aller sur la rive est du Nil afin que rien ne puisse être divulgué, les plans des tombes connus du seul chef des artisans. Ils ont tout prévu sauf les pilleurs et archéologues

qui viendraient des millénaires plus tard, car qui peut anticiper ce qui se passera dans trois mille ans ?

Déplacés hors de leurs tombes, les objets dans des musées, peut-être que les pharaons en sont réellement soudain privés dans l'au-delà, qu'ils avaient raison sur le fonctionnement de l'éternité, donc raison d'être prévoyants. Et maintenant il leur manque pour toujours couverts, parures, moyens de déplacement, et sans tout cela l'éternité est moins commode.

Suicide

Pensées de suicide
ou des moyens
possibles
95%
Pensées réelles
de suicide
5%

(6) Il y a quelque chose de shakespearien dans le fait de jouer avec l'idée de se donner la mort quand on est jeune, une énergie tragique qu'il y a sans doute moins ensuite. Un romantisme noir de l'ordre de l'inéluctable qui arrache à la vie alors que tout commençait à peine ; mais c'est comme ça, aucune issue, d'autant plus quand j'y pense la nuit à vingt ans, filant sur une route, la musique sinistre choisie densifiant encore la sensation d'infinie tristesse, et le fait que la voiture soit une arme qui peut être utilisée à cette fin.

Mais la pensée soudain me prend qu'il faudrait préparer le geste, écrire des lettres, expliquer, ne pas laisser les autres sans clé, ça ne se fait pas. Il faut réfléchir du coup à quoi écrire, argumenter (quelles raisons donner, en quoi c'était inéluctable sans que ça puisse paraître manquer d'imagination), ça devient plus laborieux, plus construit : non plus une sensation qui broie les tripes mais un raisonnement, un enchaînement d'étapes qui n'est plus du tout shakespearien. Je passe alors mentalement à autre chose, tout en continuant de rouler, et change de musique pour mettre un air moins plombant.

(7) Je vis au milieu d'une forêt, à quarante et un ans, je photographie les arbres couchés, abattus par la tempête, le vent, les maladies, le temps, en imaginant qu'ils se sont suicidés. La série est intitulée *Tree Suicides*, avec sous chaque photo la raison de leur geste (ennui, mélancolie, dépression). Comme s'ils s'étaient dit à la prochaine tempête, dont ils sentaient le vent en éclaireur : cette fois je cesse de résister.

Probabilité que je meure dans

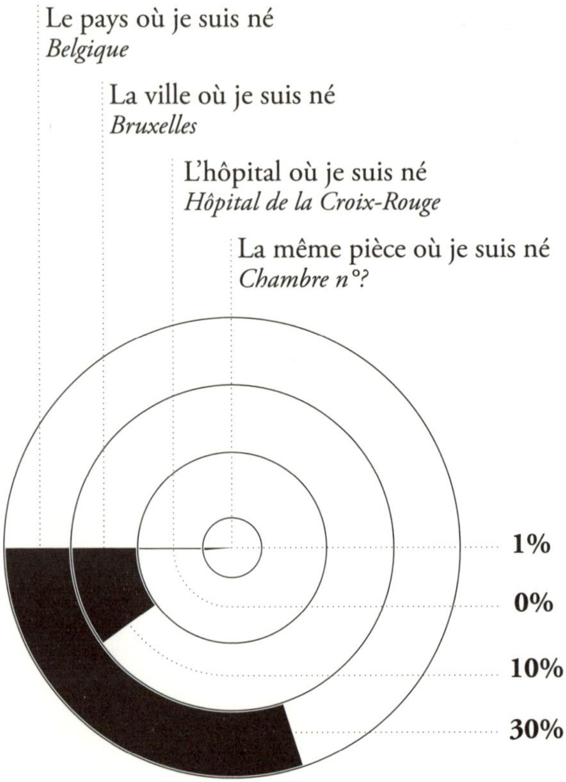

(8) Si je devais être hospitalisé pour une longue maladie, je me demande où cela aurait lieu : le pays où je vis (où habite la famille que j'ai créée), ou le pays où je suis né (ma terre natale, là où habite la famille où j'ai grandi) ? Si mes parents n'étaient plus là, est-ce que les données seraient différentes ? Le rapport de protection parents-enfants se prolonge-t-il en soi davantage dans la maladie, l'idée que vos parents seront les premiers à être là quand vous êtes malades car ils l'ont été depuis le début ? Jusqu'à quel âge cela dure-t-il dans ce cas : toujours ou jusqu'au jour où vos parents ne semblent plus en mesure de vous rassurer vraiment (parce qu'ils auraient perdu ce pouvoir ou parce qu'à un moment c'est à votre tour de rassurer, d'être là : pour vos enfants, vous-même, vos parents) ?

(9) L'hôpital où je suis né n'existe plus, le bâtiment est devenu un immeuble d'appartements. Si je voulais vraiment mourir dans la chambre dans laquelle je suis né, si j'avais cela pour objectif, il me faudrait racheter l'étage en question, et réaménager la chambre exacte. Il est peu probable que je puisse vouloir le faire, mais on ne sait pas à l'avance ce qui importe réellement à mesure qu'on vieillit.

Probabilité que je meure de

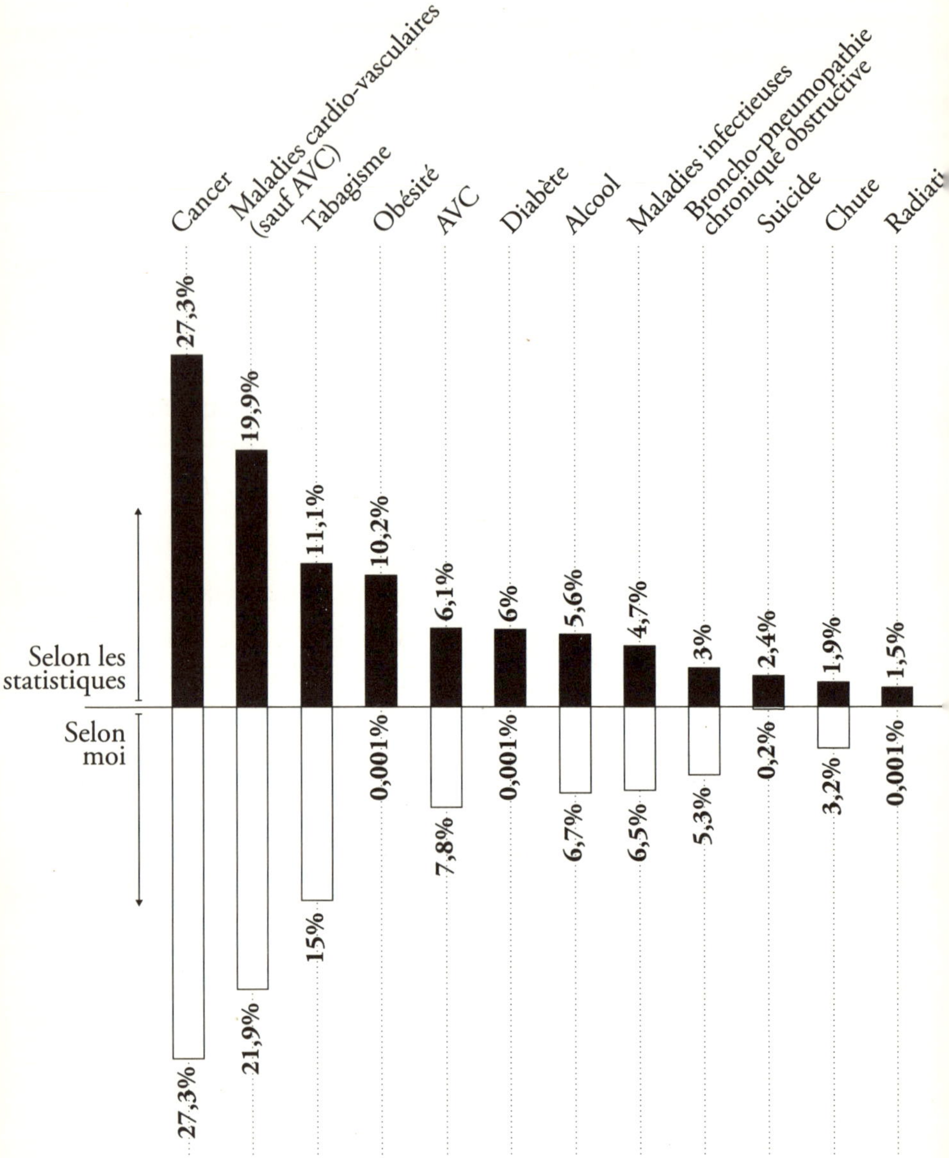

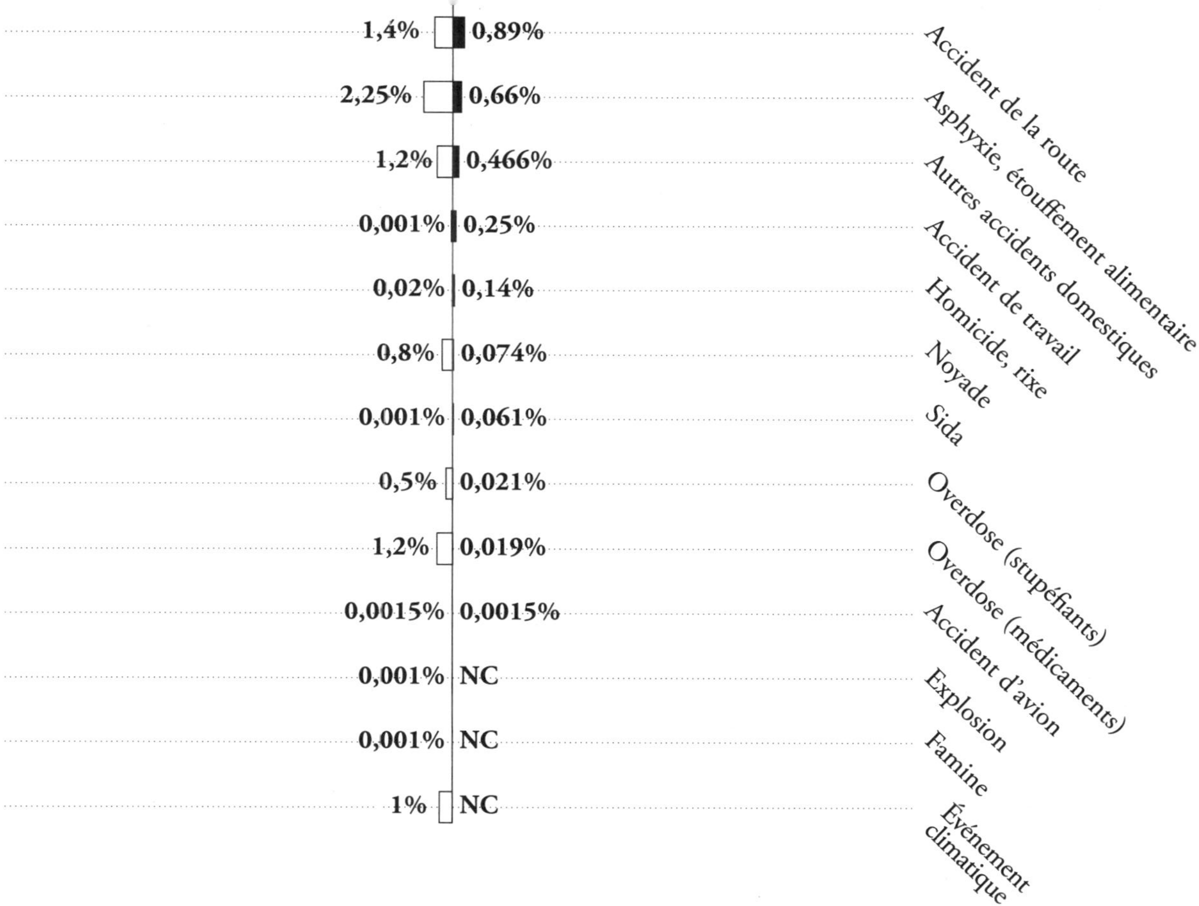
1,4%
0,89%
Accident de la route
2,25%
0,66%
Asphyxie, étouffement alimentaire
1,2%
0,466%
Autres accidents domestiques
0,001%
0,25%
Accident de travail
0,02%
0,14%
Homicide, rixe
0,8%
0,074%
Noyade
0,001%
0,061%
Sida
0,5%
0,021%
Overdose (stupéfiants)
1,2%
0,019%
Overdose (médicaments)
0,0015%
0,0015%
Accident d'avion
0,001%
NC
Explosion
0,001%
NC
Famine
1%
NC
Événement climatique

[10] Les Sentinelles vivent à l'écart du monde, sur l'île de North Sentinel dans l'archipel des îles Andaman-et-Nicobar (Inde). Des peuples non contactés, elles forment la tribu la plus intacte démographiquement, leurs ancêtres auraient quitté l'Afrique il y a des dizaines de milliers d'années et ses membres vivent de la même façon depuis (entre quarante et deux cents individus). Sauf les aléas de la modernité qui leur parviennent, faisant leurs flèches du métal d'épaves, cargos ou avions passant au loin leur donnant une conscience du monde extérieur (sans qu'on sache quel sens a pour eux cette information).

Dans les années 1990, des tentatives de gagner la confiance des peuples chasseurs-cueilleurs vivant isolés dans la jungle amazonienne virent le jour. On déposa des cadeaux : noix de coco, bananes, jouets en plastique, produits industriels. Des années après, on mesure le résultat : développement de maladies contagieuses, désintégration sociale, guerriers devenus apathiques, alcooliques, enfants exploités devant danser pour les tour-operators. À la différence des autres tribus, tout contact avec les Sentinelles s'est soldé par la mort, sur l'île très boisée, ceux-ci armés de flèches montent la garde. En 1880, des colons britanniques ont enlevé des indigènes qui sont morts sous leur garde ; depuis, l'étranger est un danger, les Sentinelles sortant sur le rivage pour tuer quiconque s'approche (récemment deux pêcheurs endormis sur un bateau à la dérive et un missionnaire). L'île est interdite, le droit des Sentinelles à rester libres de tout contact avec l'extérieur a été acté (et ceux qui aident à préparer tout voyage vers cette île seront inculpés d'homicide involontaire).

Inchangé depuis des milliers d'années, le monde le plus primitif sur Terre, le plus proche des origines, se trouve là : inaccessible, même si on avait l'envie, le besoin de voir à quoi ressemble d'où l'on vient, qui on était des milliers d'années auparavant, trouver des réponses fondamentales. Vouloir cela est le danger ultime, approcher l'île plus dangereux que le Bronx, la banlieue de Los Angeles, les favelas brésiliennes, les rues philippines, le Liberia, un cartel colombien. L'approcher équivaut à mourir, transpercé par une flèche de chasseur-cueilleur, tué par une version primitive de soi.

(11) Ma fille de sept ans m'a fabriqué successivement, pour mes quarante-trois et mes quarante-quatre ans, en papier et en trois dimensions : la maison idéale pour écrire (avec un petit ordinateur à l'intérieur) et le musée idéal (avec des tableaux de peintres que j'aime, et un d'elle). Elle me dit que le jour de ma mort, car c'est aussi important qu'un jour d'anniversaire, elle me fabriquera un cimetière en papier, avec quelqu'un qui prie.

Fin

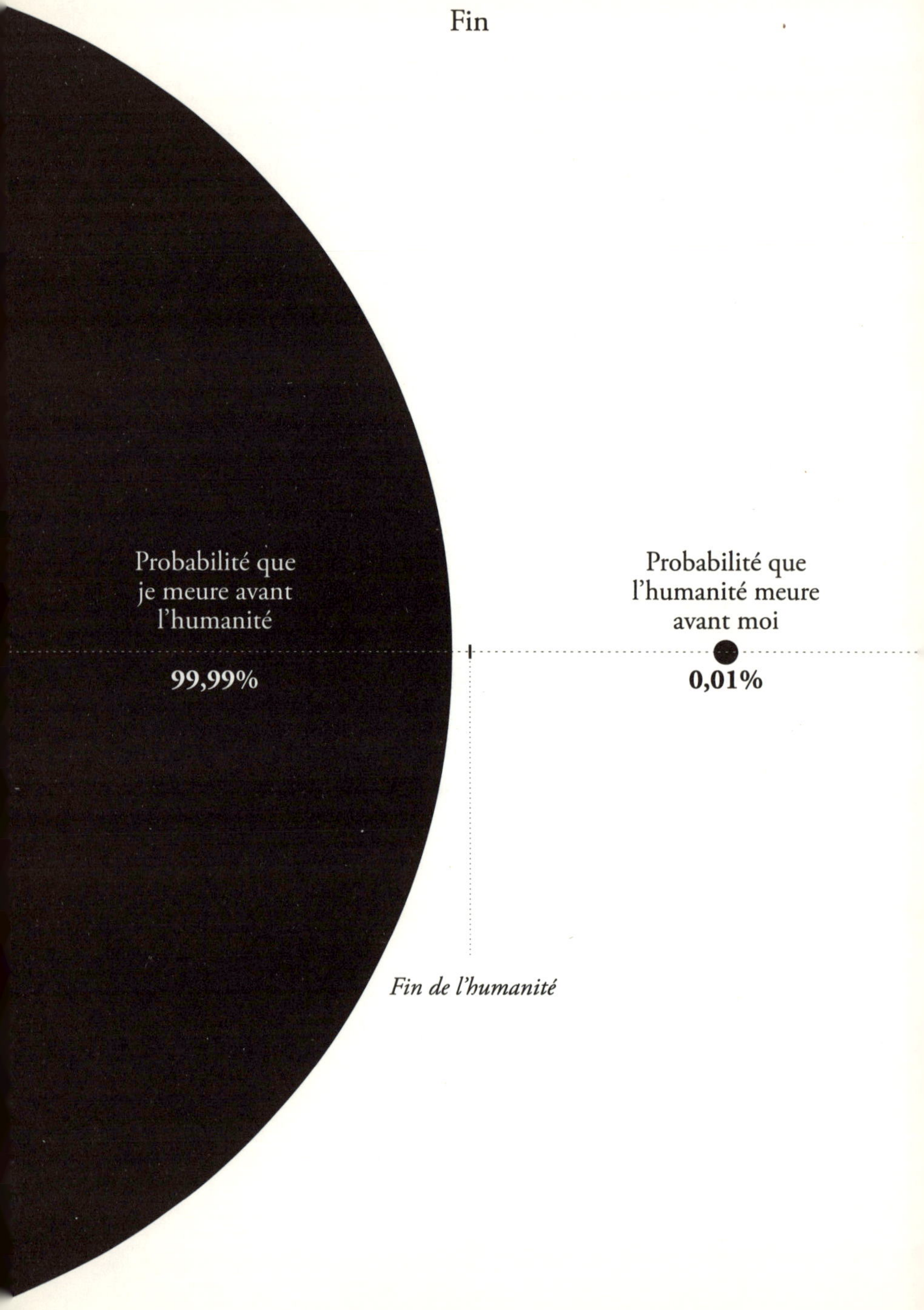
Probabilité que
je meure avant
l'humanité
99,99%
Probabilité que
l'humanité meure
avant moi
0,01%
Fin de l'humanité

(12) Cas où l'expression *La fin est le début d'autre chose* ne s'applique pas :

La fin du monde

La fin de soi

(13) Il est vraisemblable que l'on mourra chacun avant que ne meure l'humanité. On ne peut pourtant pas en être pleinement sûr car on ne sait jamais ce qui peut arriver (une épidémie contre laquelle on serait le seul immunisé, une catastrophe arrivée à un endroit où on était le seul à ne pas être présent). Ce n'est pas à espérer, être le dernier homme sur Terre serait même une forme globalisée et totale d'agoraphobie : le monde comme un espace vide, entièrement dépeuplé, et personne pour vous sauver en cas de problème car vous seriez le seul survivant. C'est peu probable aussi, mais on ne peut pas fermer complètement la porte. Comme il y a soixante-cinq millions et demi d'années, aucune forme de vie ne devait trouver probable l'idée d'une extinction massive et imminente d'un grand nombre d'espèces animales et végétales à la suite de l'action combinée d'une chute d'astéroïdes, d'éruptions volcaniques, de nuages de particules et de pluies acides.

(14) Choses qu'un sujet occidental vivant au XXIe siècle peut apprendre en quarante-quatre ans d'existence :

De son père, la liberté de penser

De sa mère, de penser à autrui
De sa femme, à aimer juste
De ses enfants, à protéger
De ses amis, la constance des liens
D'écrire, la chance de dire
De parler de soi, qu'il n'est pas besoin de tout dire
Des angoisses, qu'elles passent
De la nature, qu'elle est immuable
De l'humour, qu'il est une ligne de conduite
Des autres, qu'il faut dire merci
De la ville, que là se trouve l'énergie créative
Du monde, qu'il faut s'obliger à le connaître
Du présent, que cela se passe nulle part ailleurs
De la vie, qu'il faut être de la partie
De demain, qu'il est à nous

Index

Adolescence (Adolescent)
Angoisses (Anxiété / Attaques de panique)
Arbre
Belgique (Bruxelles)
Chaos
Cheveux
Cigarettes
Colon/intestin
Couple
Enfance (Enfant)
Fauve
Fiction
Fugue
Futur
Glenn Gould
Guantanamo
Idée
Inuit
Jeu
Jogging
Langue
Livres
Mozzarella
Mère
New York (Manhattan)
Œuf
Paris
Peau (derme / épiderme)
Pension
Pensée
Piano
Présent
Père (Papa)
Question
Roman
Réalité
Réponse
Univers
Urgences (Hôpital)

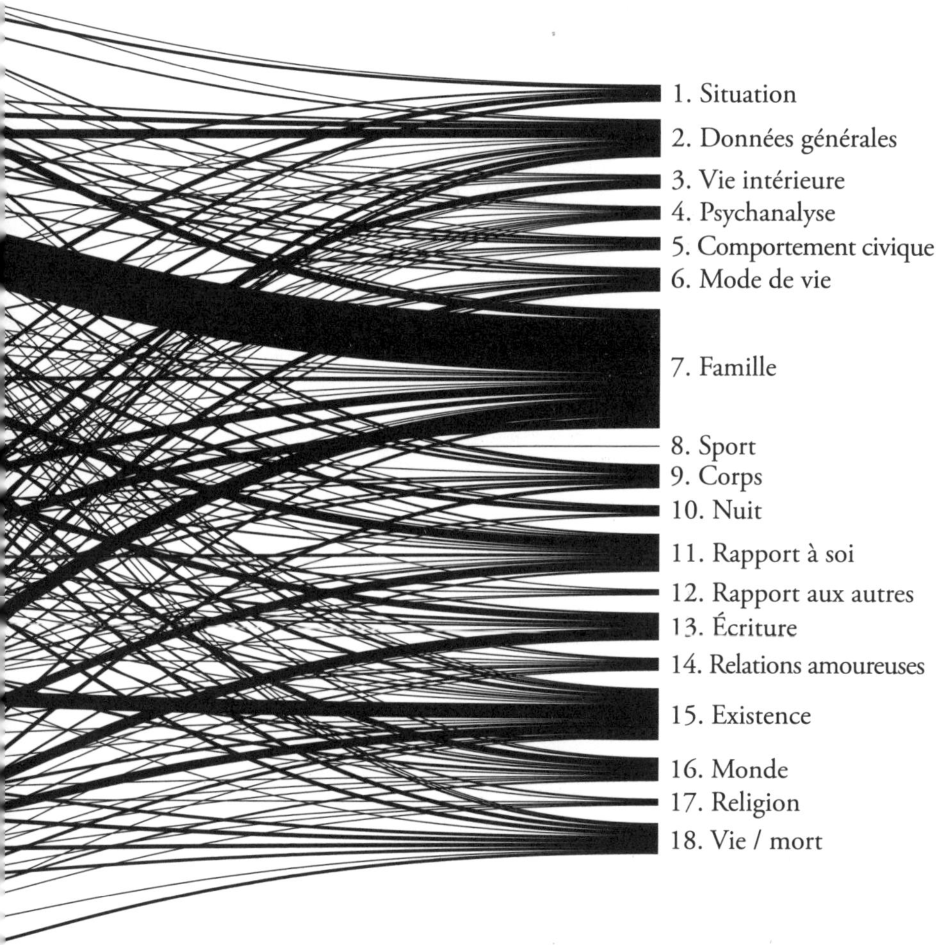
1. Situation
2. Données générales
3. Vie intérieure
4. Psychanalyse
5. Comportement civique
6. Mode de vie
7. Famille
8. Sport
9. Corps
10. Nuit
11. Rapport à soi
12. Rapport aux autres
13. Écriture
14. Relations amoureuses
15. Existence
16. Monde
17. Religion
18. Vie / mort

(Ce livre contient des citations ou reprises de : Yuval Noah Harari, *Homo deus* / Jorge Luis Borges, *L'Aleph* / Jared Diamond, *Effondrement* / Gilles Deleuze, *Pourparlers* / Sébastien Bohler, *Le Bug humain* / Philip Larkin, *Selected Letters (1940-1985)* / Louise Bourgeois, *What Is The Shape of This Problem ?* / Javier Cercas, *Le Point aveugle*)

NORD COMPO
multimédia

Composition et mise en pages
Nord Compo à Villeneuve-d'Ascq

Achevé d'imprimer en mai 2019
par Normandie Roto Impression s.a.s., 61250 Lonrai
N° d'impression : 1901940
N° d'édition : L.01ELJN000884.N001
Dépôt légal : août 2019

Imprimé en France